大漠鵬城

1 金戈玉戟

蕭瑟——著

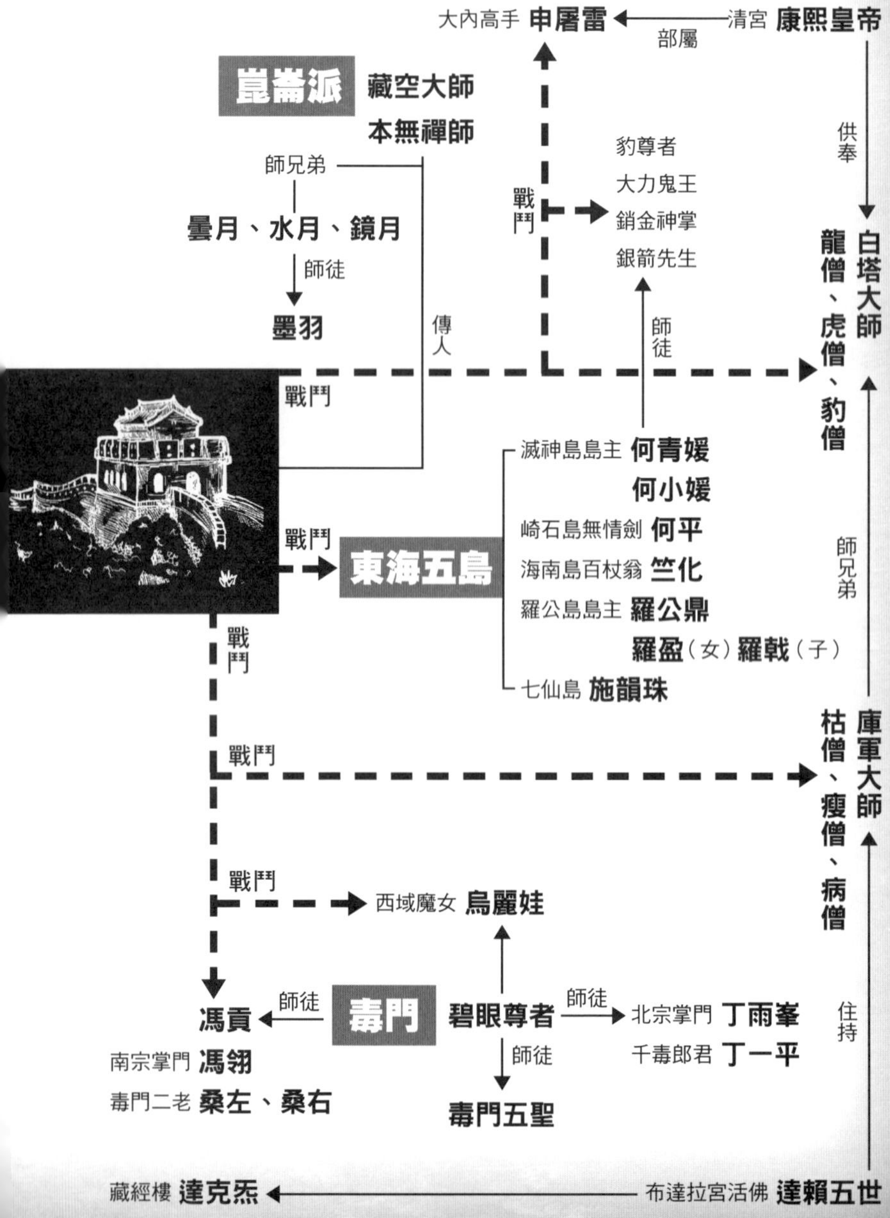

大內高手 申屠雷
部屬
清宮 康熙皇帝
崑崙派
藏空大師
本無禪師
師兄弟
曇月、水月、鏡月
師徒
墨羽
傳人
戰鬥
豹尊者
大力鬼王
銷金神掌
銀箭先生
師徒
供奉
白塔大師
龍僧、虎僧、豹僧
戰鬥
滅神島島主 何青媛
何小媛
崎石島無情劍 何平
海南島百杖翁 竺化
羅公島島主 羅公鼎
羅盈（女）羅戟（子）
七仙島 施韻珠
戰鬥
東海五島
師兄弟
戰鬥
戰鬥
庫軍大師
枯僧、瘦僧、病僧
戰鬥
西域魔女 烏麗娃
師徒
毒門
碧眼尊者
師徒
北宗掌門 丁雨峯
千毒郎君 丁一平
馮貢
南宗掌門 馮翎
毒門二老 桑左、桑右
師徒
毒門五聖
住持
藏經樓 達克悉
布達拉宮活佛 達賴五世

人物關係圖

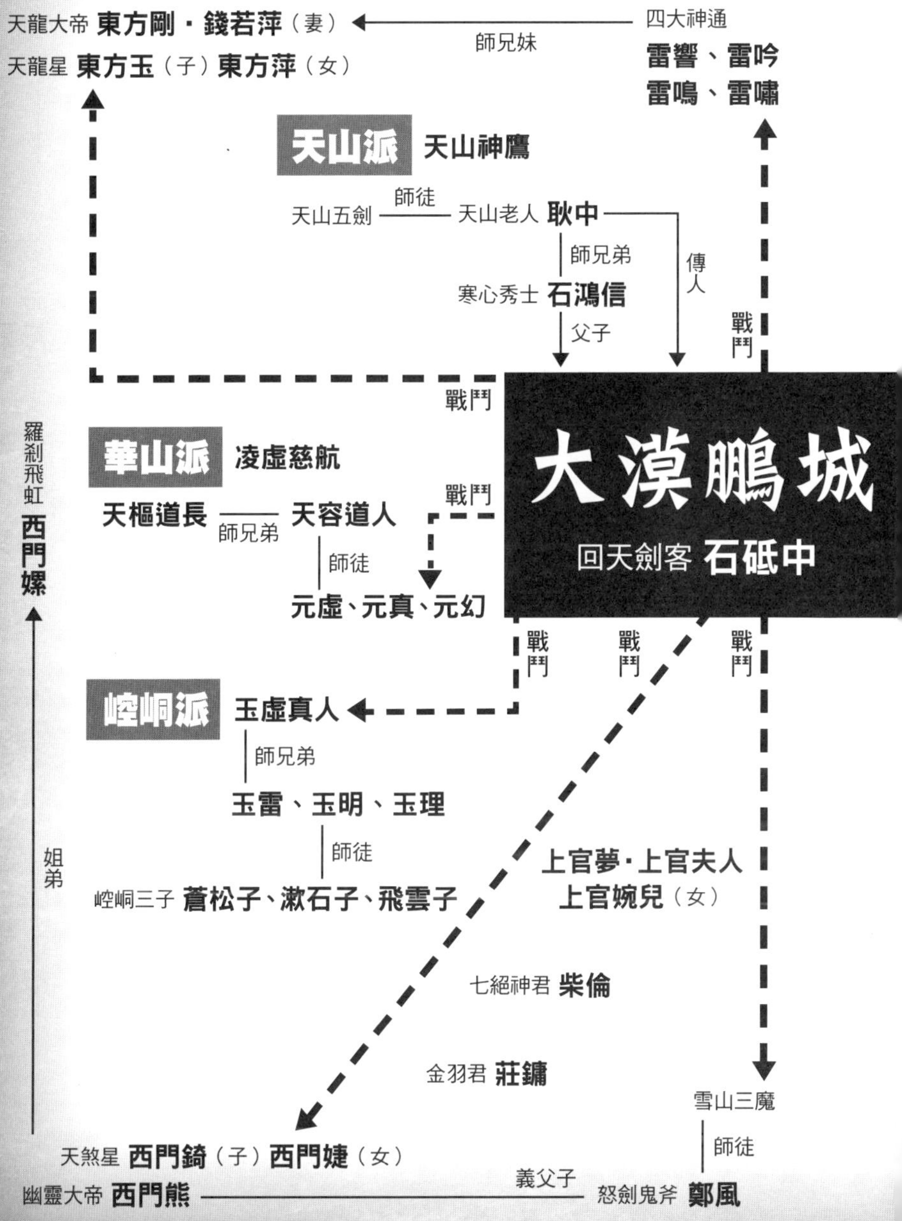

天龍大帝 東方剛・錢若萍（妻）
天龍星 東方玉（子）東方萍（女）
師兄妹
四大神通
雷響、雷吟
雷鳴、雷嘯
天山派 天山神鷹
天山五劍
師徒
天山老人 耿中
師兄弟
寒心秀士 石鴻信
父子
傳人
戰鬥
大漠鵬城
回天劍客 石砥中
華山派 凌虛慈航
天樞道長
師兄弟
天容道人
師徒
元虛、元真、元幻
羅剎飛虹 西門嫘
姐弟
崆峒派 玉虛真人
師兄弟
玉雷、玉明、玉理
師徒
崆峒三子 蒼松子、漱石子、飛雲子
上官夢・上官夫人
上官婉兒（女）
七絕神君 柴倫
金羽君 莊鏞
雪山三魔
師徒
天煞星 西門錡（子）西門婕（女）
幽靈大帝 西門熊
義父子
怒劍鬼斧 鄭風

目錄

第一章 天山五劍

晨曦還沒自空中消失，火紅的太陽從大漠的黃沙後，已閃起萬丈金光。閃耀的光芒，映在無垠的黃沙上，反射出一層混沌而迷濛的金色輝霞。細柔的黃沙粒，一片平坦，寬闊地延伸而出，就像寬闊開朗的天空似的，遼闊得沒有邊際。

沙漠裡沒有風，這真是難得的好天氣。靜靜的沙漠裡，在太陽漸漸上升的時候，有了駝鈴的聲響，鈴聲細碎地響在空中……。

在沙漠的西端，幾點影子飛快地移動著，朝著南端的沙漠邊緣馳來。人影漸漸顯現，那當先一個滿臉虬髯，熊背虎首的中年大漢仰首望向天空，回頭道：「掌門師尊說的真個不錯，在這六月的最後幾天，戈壁中不會有颶風的，不知道等會兒是否可以看到那沙漠中之奇景！」

在他身後一個面白無鬚的瘦削漢子輕輕一笑道：「江湖上傳言『金鵬之城』在漫無邊際的戈壁大漠中，然而卻只在茫茫的白雲飄渺間顯現於碧空之中，這等機會，在狂風嘯天、黃沙漫地的戈壁大漠，說來談何容易？」

他頓了頓又道：「雖然我不敢說師父說的不對，但是那江湖傳言盡多空穴來風，毫無根據，這大漠鵬城中的秘藏寶物，又有誰看到？卻偏偏傳了將近百年，都沒人忘記這個傳說……。」

他話未說完，一個低沉的聲音接道：「二哥，你一向在江南，沒有聽到這幾年來居住在居延海邊的蒙古人，曾數次見到在正午之時碧空所現的金鵬之城，這雖是沙漠中常出現的海市蜃樓現象，但在大漠深處，必定真有這個城的存在，否則近幾年來，也不會有那麼多武林人物葬身荒漠！」

說這話的，是一位面目俊秀、劍眉虎目的漢子。

他身材中等，年約三旬，一股英氣自然流露於言語之間，威武之至，他正是天山五劍中的老四陳雲標。

那虯髯大漢咧開了大口，哈哈笑道：「老四，七年不見，你的脾氣仍然沒有改變，怪不得到現在連媳婦都沒搞到一個，你想，像你這樣耿直的性子，怎會討娘兒們的歡喜？須知女人是喜歡通曉柔情，會體貼奉承的男人。」

他話未說完，那被稱為老四的陳雲標笑道：「大哥，你既然如此明瞭女人，怎麼到現在也還是光棍一條？這樣一來，你我都是一樣，不但兒子來遲了，連孫子可也要耽擱了！」

他這話使得其他四人都笑了起來，爽朗的笑聲在寬闊的大漠中傳出老遠，直驚得他們座下的馬匹都不安地嘶叫起來。

笑聲漸斂，那虬髯大漢道：「此次師父招我等回山，並要我們到居延海邊，將師叔寒心秀士找回天山，看來莫非真的華山凌虛慈航已將玉戟上的符文參悟了？或者師父亦明瞭戈上的符號……。」

這時那一直未曾說話的短衫灰褲、背插雙劍的中年漢子道：「師叔於十年前，在黃山大會敗在華山掌門凌虛慈航的『上清劍法』下以後，便一直未曾回山，本門弟子都從不知道他的行蹤，怎麼這次師父竟會叫我們到居延海邊去找他？莫非這大漠鵬城之秘真個已被師父參透了？」

那最年輕的，是一個滿頭亂髮、方面大耳的漢子，他是天山五劍中的老五許則賓，此刻他說道：「師祖自黃山大會後即取得金戈，至今數十年，亦未將戈上所刻之奇怪符文參透，這次華山凌虛慈航將玉戟送到山上，據小弟所知，乃是十年前就與師父約好的。」

瘦削漢子揚聲道：「我自中原得知，近年華山凌虛慈航未曾再出現過江湖，連去年少林新任掌門百衲大師就位大典也都沒去，以華山和少林的交情來說，這確實不該，故此，江湖傳言凌虛慈航可能是在閉關練功，因為近年來，華山多次出現夜行人侵入，傷了不少弟子，不但如此，連上清宮也給燒掉了。」

那髯虯壯漢眉頭一皺，沉思一下，隨即臉色開朗道：「老二雖是如此說，但華山『上清劍法』與本門『天禽劍法』同為武林兩大劍法，師父劍法通神，智慧絕世，必然會有安排，師叔寒心秀士精通陣法、消息埋伏，此次回山，必能於師尊有所助力。」

他話聲未了，驀地被一陣狂笑打斷。

笑聲自十丈之外急傳而來，一道赤紅光影在淡淡黃沙煙塵中飛馳而來。

他們五人臉色一齊大變，雙目注視著那快似電光的赤紅影子。

狂笑突地斂去，一股窒人的勁氣隨著衝撞上來的紅影壓向虯髯大漢。

虯髯大漢大喝一聲，目中精光暴射，虯髯根根豎起，雙掌一疊，交錯揮出，一股勁道平胸射出。

轟然一聲，虯髯大漢悶哼一下，自馬上栽了下來，一跤跌倒地上。

馬嘶聲裡，四道劍光一閃，劍氣瀰漫，罩向那道紅影。

劍網之中，兩道飛旋的氣勁四外激盪，「鏘鏘」數聲，四支長劍交互撞在一起，輕嘶一聲，那道紅影沖天而起，斜躍出四丈之外。

瘦削漢子一劍削出，便覺全身受到一股堅韌的勁道所束，不由自主地向左邊斜去，心中大驚，急忙一吸氣，將長劍收回護胸。

他剛將劍身收回，環抱胸前，便見到其他三人也都收回長劍，愣愣地望著面前的黃沙。

他們四人交換了一個驚愕的眼光，一齊反身朝前望去。

只見在四丈之外，一匹高壯的赤紅色駿馬，昂首屹立。

馬上一個全身紅袍、灰髮披肩、銀髯飄飄的老者正微笑著注視這邊。

虯髯大漢一挺而起，滿臉通紅地望著那個銀髯灰髮的老者，當他看到那匹赤紅色的駿馬時，不由得驚呼一聲道：「赤兔寶馬！」

那銀髯老者哼了一聲道：「想不到你還知道我這寶馬，倒非無眼之輩，不過適才大發厥詞的也是你，依我看，你們天山五劍也不過如此！」

他臉色一凝道：「像你們這等功夫也值得如此驕傲？以後若仍是如此，天山派將不能立足於武林！」

他聲音低沉，甚為威嚴，語音一了，便見那匹赤兔寶馬長嘶一聲，飛馳而去，在漫漫黃沙上有如天馬騰空，僅留下一條淡淡的紅影，便已消失在沙丘後。

他們五人怔怔地望著那空寂的沙漠，好一會兒方始定過神來。

虯髯大漢喃喃道：「赤兔汗血寶馬！這是汗血寶馬……。」

他的目光一片迷茫，臉色變幻了許久，驀地失聲大叫道：「他是七絕神君！」

那瘦削漢子臉色突地變如蒼白，嚅動了一下嘴唇道：「七絕神君？」

老五許則賓一見其他四人齊都變得如此驚悸，不由得問道：「二哥！誰是七絕神君？」

那瘦削漢子吸口氣，看了他五弟一眼，側首對虯髯大漢道：「想不到十五年未現行蹤的七絕神君，竟然會出現大漠，莫非他是到崑崙去算舊帳的？」

虯髯大漢驚道：「我只怕他會到天山去，那麼師父……。」

瘦削漢子道：「依我的看法，七絕神君不會去天山，他會去崑崙山找藏空大師，因為他曾經敗在藏空大師之手，雖然藏空大師有點取巧，但七絕神君傲氣沖天，就此一氣而下崑崙，這十五年來，誰都不知道他是在什麼地方，眼看江湖又要不安了……。」

他搖了搖頭道：「大哥你適才之言幸好說對了他的胃口，否則我們此刻怕不已經橫屍於地了！」

虯髯大漢道：「七絕神君功力無儔，那獨門罡氣功夫真個驚人，剛才我運集十成功力的一掌，竟也擋不住，若非他手下留情……。」

他苦笑了一下，道：「我們這等功夫，在他眼裡看來，確實僅是皮毛而已。」

許則賓聽了半晌，也沒有弄清楚這個七絕神君的來路，不由得問道：「大哥！這七絕神君到底是……？」

虯髯大漢沒等他五弟說完話，趕忙搖手道：「不要多問了，我們趕路吧！正午時分可以到居延。」

他飛身上馬，一勒馬韁，朝東南馳去。

其他四人互相對望一眼，收回長劍入鞘，縱馬急馳而去，帶起一陣黃色灰塵揚在半空。

×　×　×

陽光投射在沙漠上，凌亂的蹄印向東南迤邐而去。

漠野空寂，暑氣飛揚，碧空沒有一絲雲片……。

將近正午，飛馳的黑影漸漸緩了下來。

虯髯大漢回頭道：「師叔就在居延城內東首開一間雜貨店，我們到了居延不要都去，先讓雲標進去，他比較討師叔歡喜。」

他們緩緩控著馬向南行去，每人都掏出汗巾擦了擦臉，解下水壺喝了幾口水。

越過兩個沙丘，眼前一片翠綠，在一排樹林中，一個水潭盪漾著微波。

天山五劍中的老五輕呼一聲，領先衝下沙丘。

其餘四匹馬也都昂首衝下，向著水潭奔去。

虯髯大漢道：「我們就在這兒休息一下，用過乾糧再走……。」

他略為凝思一下，又道：「哦，我看還是在這兒休息一會，看看那大漠鵬城是否真的會出現，我可從未見過。」

他們解下鞍來，就靠在樹根歇憩，五匹馬都引頸在水潭裡喝水。

老五解下水壺，走到水潭邊，將水壺灌滿，一面笑著道：「這泉水好清湛哪，碧綠的沒有一點髒。」

他捧起清水，就著潭邊喝起來了。

哪知他才喝兩口，便見那五匹馬愁苦地嘶叫一聲，倒地死去。

瘦削漢子大叫一聲，喝道：「則賓！水有毒，別喝。」

虯髯大漢身如旋風一轉，飛躍而出，單掌一搭，將許則賓右臂扣住，喝道：「老五，快運氣查看。」

他左手一翻，自懷中掏出一個瓶子，用勁一握，只聽「喀」地一聲，瓶子碎裂成片，兩粒粉紅色丸藥滾在掌上。

他說道：「快服下這『冷香丸』……。」

話音未了，自樹林裡傳來一聲冷笑，一個陰惻惻的聲音道：「嘿，就算是十顆『冷香丸』也沒用，他是死定了。」

虬髯大漢濃眉一揚，喝道：「裡邊是哪位朋友？天山五劍向雲天在此！」

瘦削漢子輕叱一聲，飛身穿林而入，雙掌翻出，一掌狂飆劈去。

林裡一聲冷喝，道：「何正綱，你差得遠，給我回去。」

瘦削漢子悶哼一聲，身如斷線紙鳶，倒跌而出，仰倒地上。

老三輕嘯一聲，身子一旋，長劍「刷」地出鞘，劍光繚繞，如長虹貫日，急射而出。

敢情樹林邊也已站立著一個全身灰白，臉蒙黑紗的蒙面客。

他正冷冷地望向射到的劍光，彷彿沒有見到一樣的屹立不動。

老三劍引一式「飛鷹伏兔」電射而去，眼見劍尖一轉便可將那蒙面客殺死，倏地眼前一花，已經不見對方身影。

他心中大驚，一沉身，劍轉兩個方位，一式「雲鶴斜翅」，劍光將全身罩住，落在地上，目光一轉，已見到那蒙面客竟站在樹頂上。

蒙面客雙足踏在一根拇指粗的樹枝上，身子隨著樹枝上下晃動，漠然望著下面。

待他看到老三臉上那股驚詫的表情，諷刺地冷笑一聲道：「林士捷，你這招『雲鶴斜翅』火候還不夠……。」

林士捷雙眉一軒，臉上掠過一個驚懼的神色，喝道：「朋友，留下名來。」

蒙面客長笑一聲，身如落葉飄下，沉聲道：「你們哪個懷有金戈，快拿出來。」

虬髯大漢向雲天突地悲痛地大叫一聲，飛身掠了過來，右手一引，長劍出鞘，寒光倏然朝蒙面客擊去。

林士捷心中一驚，目光一斜，已瞥見他二哥倒在地上，胸前衣服被揭開，一個淡金色的掌印正印在「七坎穴」上，嘴角吐出的血水流過面頰，流在地上……。

他驚叫一聲：「鎖金掌！」

蒙面客陰惻惻地一笑，右掌一摸腰部，反手一甩，一道寒光騰空而起，已經將向雲天擊出的一劍擋住。

向雲天劍一擊出，快若迅雷，颯颯的劍風凌厲無比，直欲置對方於死地而後快。

豈知對方退步，側身，出劍，一氣呵成，劍光已如水銀瀉地，射了過去。

他心中一震，腳下一滑，劍走輕靈，一式「飛禽點冰」，三朵劍花飛出。

蒙面客朗笑一聲，道：「好一式『飛禽點冰』！」

話聲裡，他振腕斜身，手中軟劍已如怪蛇舒展，層層劍波迭起，「嗤嗤！」的劍氣瀰漫開來，耀人眼目。

向雲天一連揮出的三朵劍花俱被對方無邊劍浪吞去。

那層層而來的劍氣，冷森森的，寒人心膽，逼得他連退七步，長劍接連揮出四招，方始擋住對方那凌厲狠辣的劍式。

他深吸一口氣，大喝道：「你是誰？」

蒙面客冷冷地望了他一眼，道：「向雲天，把金戈拿來。」

向雲天眉頭一皺，兩眼緊盯著面前的蒙面客，似乎陷入苦思之中。

老三林士捷看到自己師兄被蒙面客一劍逼退，已退至水潭邊了，然而卻呆呆地望著對方，似乎怔住沒知覺一樣。

他側首一看，見到四弟正在替老五推拿，遂躍到向雲天身旁，道：「師兄，他是最近崛起江湖的銷金神掌，自東海滅神島而來。」

「銷金神掌？」向雲天一愣，喃喃地念了兩句，突地他臉色大變，說道：「你是大師兄？」

他似乎大為震驚，是以話中語音都顫抖起來。此言一出，林士捷也是驚懼非常，兩眼睜得大大地瞪著蒙面客。

「你到底認出我來了！」他仰天狂笑，笑聲震得樹枝都簌簌作響，好一會方始停住笑聲，厲聲道：「大師兄？哼！誰是你的大師兄？」

虬髯大漢臉上掠過一個痛苦的表情，道：「大師兄，想不到八年來你竟投靠滅神島，做出這等滅絕人性的事來……。」

他頓了頓，悲憤地道：「正綱弟與你何仇，你竟一掌將他打死？」

蒙面客冷笑地道：「耿中那老匹夫若非受了何正綱的謊言，怎會如此不仁？哼！八年來，我何曾忘記那被廢功力、任由我在荒漠裡自生自滅的情景。」

蒙面客目中神光暴射，咬牙切齒道：「我這次非殺了他不可！」

虬髯大漢向雲天渾身一震，他可以想到怨恨足以使一個人做出任何瘋狂的事來，天山一派與東海滅神島自此結仇。

他正在沉思之際，突地聽到自己的四弟陳雲標喝道：「大師兄，你冀圖偷盜金戈，闖入雲房將本門練功秘笈偷出，又將之遺失於谷中，這等叛師犯上之罪，依本門門規本該是死罪，若非師尊……。」

「住口！」蒙面客大喝一聲，道：「陳雲標！我倒要看這八年來，你學到些什麼！」

他身形一晃，已如星移電轉，左掌平伸而出，朝陳雲標拍去。

陳雲標被對方一聲大喝，愣了一下，突地眼前一花，嘯聲裡，一個金黃色手掌已將印至胸前。

他一愣之下，再也不及思索為何對方手掌是金黃色的，腳下一移，手中長劍一挑，劍身一振，「嗡嗡」聲裡，刺向對方那遞到的手掌。

「啪！」的一聲，長劍一折兩斷，金色手掌原式不變，拍向胸前。

陳雲標手腕一震，整條右臂都麻木失去知覺。

他臉上霎時變為蒼白，嚅動一下嘴唇，拚命地向後一躍，只聽「噗！」的一聲跌入潭中。

蒙面客掌出如電，眼看即將擊中陳雲標，誰知對方竟跌入水中，他輕喝一聲，手掌下沉三寸，一股勁氣瀉出，擊向水中。

他掌方劈出，身後兩道勁風，交叉射到背上「金門」、「靈臺」兩穴，這下逼得他掌未使滿，身往前傾半尺，一個大翻身，沉肩拋掌，右手軟劍一帶，連環擊出三劍。

劍氣如虹，掌風似刀，頓時將兩柄射到的長劍擋出八尺之外。

他怪笑一聲，道：「華山之上，我尚進出自如，你們三個算得了什麼？嘿！二十招內令你們個個橫屍倒地。」

向雲天濃眉一聳，道：「你怎麼知道金戈之事？」

鎖金神掌冷笑一聲，道：「我已在此等候了兩天，所為就是這支金戈，難道你們還跑得了？」

向雲天見陳雲標已自水中爬起，他高聲喝道：「四弟，你沒有受傷吧？」

陳雲標搖搖頭，卻見到他五弟已經站了起來，他問道：「五弟，你怎麼……？」

向雲天大喝一聲道：「老四，照原先決定去做，老五過來，組『三元劍陣』。」

老五應了一聲，長劍一揮，移身而至，就與向雲天和林士捷成鼎腳之勢，將鎖金神掌圍在中央。

鎖金神掌道：「你已服下蟾蜍毒液，三個時辰內必將死去，看你這小小年紀就如此喪身，真是可惜。」

「哼！」向雲天冷哼一聲，長劍一揚，喝道：「老四，你還不快走？」

鎖金神掌道：「往哪裡走！」

他身形一動，便往陳雲標撲去。

虯髯大漢向雲天怒喝道：「天山三劍……。」

喝聲裡，長劍陡然一動，一道寒光閃出，往蒙面客鎖金神掌腰上刺去。

林士捷身子向左一轉，劍走偏鋒，斜挑一邊，「刷！」的一轉，一溜劍光奔向銷金神掌胸前的「璇璣穴」，口中朗吟道：

「劍劍虛空——」

老五許則賓大叫一聲，道：

「空谷冷梅——」

話聲裡也一抖長劍，朝銷金神掌劈去。

向雲天劍出半招，倏地改削為刺，劍影突地閃出千層浪花，身隨劍走，已將銷金神掌圍住，口中卻漫吟道：

「梅花三弄——」

蒙面客身未騰起，已被劍網圍住。他心中微驚，劍引一式「春蠶自縛」，將自身護住，腳走七星，已連轉三個方位。

他猛地吸氣長身，一抖軟劍，碧光大熾，劍氣森森，已自將身外三劍撐開丈外。

他大喝道：「冷梅劍法有何稀罕，看我的！」

但見他飛身躍起，匹練繞身，寒芒乍現即沒，點點劍雨灑下，在空中早已擊出十二劍之多。

向雲天身形疾轉，把劍陣推動，此時一見對方飛身躍起，也輕喝一聲，躍將起來，劍尖點向對方小腹「闕元」、「天樞」、「丹田」三穴。

林士捷與許則賓也雙雙躍起，劍尖指處，卻是鎖金神掌腳底「湧泉穴」，劍式如風揮出。

他們三劍迭出，已碰到蒙面客擊下的十二劍，寒森的劍氣如山，撞在三支長劍上，只聽「鏗鏘」數聲，三人一齊跌下地來。

蒙面客怪笑一聲道：「天山冷梅劍法十五年之前即是從我手中傳授給你們，現在你們倒敢用來對付我？嘿嘿！」

他身形如電，左掌一揚，已迅捷如電地拍在向雲天胸上。

「噗！」的一聲，向雲天未及慘叫，便已倒地吐血死去。

金光燐然，暴嘯一起，林士捷未及躲開便已中掌身死。

蒙面客目中閃過一絲殘忍的神色，手掌一移，已劈碎許則賓的頭顱，一聲慘叫，鮮血濺得草地上都是。

他右手將軟劍扣回腰裡，然後伸掌在許則賓身上搜了一下，果然被他從背囊中搜出一支長約半尺金光閃閃的小戈。

「哈哈哈哈！」他狂笑而起，手拿金戈便待朝沙漠裡追去。

倏地，他「咦」了一聲，將金戈湊在眼前仔細地瞧了又瞧。

「呸！」他右手一揮，一道金光射出，那支金戈已釘在丈外的樹幹上。

他怒叱一聲，身形急轉，再將其他屍體一一搜過，果然又搜出三支長短一樣、大小相同的金戈。

他略一察看，便怪叫一聲，單臂一揚，三道金光激射而出，「噗噗噗！」釘入樹幹。

「嘿嘿！」他一抱拳，恨恨地道：「耿中這老匹夫好狡猾，竟然以假亂真！」

他一側身，嘬唇一呼，一匹烏黑的駿馬自林中飛馳而出，他飄身上馬，朝著沙漠追去。

哪知他剛越過一個沙丘，便啊地驚叫一聲，道：「大漠鵬城！」

敢情此時半空之中，浮著一座雪白如玉的大城。

城頭一隻巨大的鵬鳥，目中碧光如電，展開的雙翼似乎在輕輕扇動，像是要飛向九天雲霄……。

第二章　十絕古陣

黃昏，黃沙的盡頭是布滿彩霞的蒼穹。

在沙漠裡，此刻正是颶風飛旋、黃沙漫天之時。

一個沙堆被旋風帶上半空，在數十里外，又造成一堆堆新的沙丘。

沙漠裡的變幻，永遠無人能猜得透，就像沙漠裡的雲朵一樣不可捉摸。

離開沙漠的邊緣，這裡是一個小鎮，距離居延海不遠的居延城。

低矮的土房綿延而去，數十間都是一樣。

在城內東首有一間較大的樓房，樓房後有個大院子，院內假山、水池、盆景、花卉都有，一條竹管引來泉水，淙淙流入池中，池裡錦鱗隱沒，池邊綠草紅花，繁美異常。

一個六角亭在院內西首，亭裡石桌石凳，擺得幽雅宜人。

此刻，在假山旁，一個褐衣黃巾、頭梳雙髻，年約十七的少年，正在一塊沙盤上，用雙手輕畫著一條條的紋路，左手握著一把竹籤，一根根往沙盤插去。

斜陽自西邊投射過來，映在他的臉上，只見紅潤的臉龐彷彿擦過胭脂一樣可愛。

他雙目斜視，嘴唇緊抿，目中閃出智慧的光芒，緊緊注視著沙盤裡的竹籤與紋路，彷彿將他的全副心力都貫注在那沙盤裡。

沒有一會兒，他已將手中的竹籤插完，拍拍手站了起來，伸了伸懶腰，然後抬起頭來望了望蒼穹，自言自語道：「該是吃晚飯的時候了。」

他話音方完，便聽見一聲咳嗽，自廊間走來一個頭戴文生頭巾，身著長袍，清癯文雅的老者。

這老者三綹長髯，緩緩地隨風在胸前盪來盪去。

他面含微笑，朝院裡走來，道：「砥中，『十絕陣』是否已經研算完了，能不能排出來？」

那少年回過頭來，一見是老者，忙叫道：「爹！這『十絕陣』好難喲！一個下午的工夫，才學會了前面的五個變化……。」

他話未說完，那老者大驚地道：「什麼？你已經排出五個變化了？真的？」

那少年一愣道：「怎麼，有不對的地方嗎？」

他摸了摸肚子道：「這只怪我上午練功練得太久，肚子都餓壞了，中午又沒吃飽，所以剛才老是想吃飯，沒有專心貫注在沙盤上，所以才只排出五個變化來。」

那老者哈哈笑道：「砥中，你肚子餓，也不到前面說一聲，這『十絕陣』的陣法千變萬化，神妙無比，當年我自青海海心山得到這殘譜時，費了六年的工夫才弄通，我昨天跟你說過，這『十絕陣』為天下陣法之最，整個陣譜為父的敢說天下無人可知，虧你在兩日之中便已能領悟出五個變化。」

他摸了摸頷下三綹長髯，道：「吃完飯後，我們下一盤棋，這回你可不要再讓我三子，免得我老是覺得不好意思。」

那少年笑道：「爹爹，你的精力都放在消息埋伏上，又要照管店裡生意，當然不能樣樣都是天下第一。」

那老者苦笑一下道：「十麼天下第一？誰都不敢說天下第一，何況我這一點微末的功夫。」

老者頓了頓道：「二十年前，江湖上有一個七絕神君，他以有生之涯鑽研典籍，將琴、棋、劍、拳、內家先天真氣及陣法方面研究個透澈，此外，馴馬相馬之功夫天下無人能及，為父的除了陣法一道尚可與他一較之外，其他都不是他的對手。」

那少年睜大了烏溜溜的眼睛，盯著他父親，這時一聽天下竟有如此一個人，不由得問道：「爹，人的智慧怎麼能夠將每一樣都練成天下稱絕？我想每一樣功夫，天下定有比他更勝的人。」

少年略一忖想道：「更何況他怎能一生毫無掛慮分心之事，讓他能夠真正能專心學習這些絕學？」

那老者點頭道：「你這話問得對，他曾因一件失意之事故而奮發習劍，待他學成絕藝而有殺盡天下和尚之誓，故此五臺、少林、峨嵋三派遭他殺死不少子弟，後來虧得崑崙藏空大師出來，與他比試三樁絕藝，方始止住他那殺盡天下和尚之舉。」

「哦！」那褐衣少年一揚劍眉，道：「崑崙藏空大師？他是與七絕神君比哪三樣呢？」

那老者兩眼望著水池裡倒映的紅霞，搖了搖頭，道：「江湖上沒人知道他們比試的是哪三樣，這只有他們兩人知道了，不過，自十五年前的那次比試後，天下和尚便沒有被七絕神君殺死的了。」

褐衣少年咬了咬嘴唇，道：「我若有一天碰到七絕神君，倒要跟他比比陣法和圍棋。」

那老者沉聲道：「砥中，我們石家歷代以來都是清淡自若不求聞達，惟有你年幼以來即與常人不同，我倒怕你……。」

他話方說到這裡，猛地一頓，倏然轉身，喝道：「誰在牆外？」

一聲呻吟傳來，這老者雙眼神光暴射，一提袍角，飛身躍上牆頭。他「咦！」的一聲，躍出牆外，轉瞬間，只見他抱著一個滿身血跡的大漢飛躍進院裡來。

石砥中「啊！」的叫了一聲，奔了過去，叫道：「爹爹，這是誰？」

那老者臉色沉重，道：「這是你師伯的四弟子，不知他怎麼會這樣？哦！你到房裡去，把我那盒藥丸拿來。」

他盤膝坐著，雙掌迅捷如飛，拍了拍陳雲標身上的幾個穴道，然後探掌摸在陳雲標背上的「命門穴」。

他的臉色愈來愈凝重，待到石砥中把一個盒子拿來，方始放開手，嘆口氣道：「他的內腑已經被人震得全碎，真不知他怎能支持到這裡？」

他似是自言自語，又似是與石砥中說話，故而石砥中問道：「爹，他是什麼地方受傷，還有沒有救？」

那老者抿緊嘴唇，掀開盒子，倒出四粒烏黑的丸藥來，塞在陳雲標嘴裡，右手一撕，將他衣服撕開，只見他背上一個淡金色的掌印……。

「唉！怎麼會惹上這個魔頭？這下我……。」他搖搖頭，右手貼緊陳雲標背心「命門穴」上，運集真氣傳輸過去。

僅一會兒，便見陳雲標痛苦地呻吟了一聲，臉上汗珠迸落，一條條青筋冒了出來。

他叫道：「大師兄……大師兄……金鵬之城……。」

他嘶喊道：「金鵬之城，大師兄，你別拿我的金戈……！」

石砥中錯愕地望著爹，那老者皺眉道：「雲標，我是你師叔寒心秀士石鴻信哪！你怎麼啦？」

陳雲標睜開雙眼，急驟地喘了幾口氣，目光凝視在寒心秀士臉上，好一會方始滴落兩滴淚珠，痛苦地喊道：「師叔！」

寒心秀士忙問道：「雲標，怎麼回事，你難道是遇到了東海滅神島的那個老魔頭？」

陳雲標泣道：「師父令我等來請你回山，不料在沙漠裡遇到大師兄，他就是鎖金神掌……。」

寒心秀士驚問道：「大師兄？你是說黃銓那傢伙？」

陳雲標喘了口氣道：「他把大哥、二哥、三哥、老五都打死了，在沙漠裡追到我，那時天空中突然出現金鵬之城……。」

他兩眼茫然地望著昏黯的蒼穹，喃喃地道：「好大的金鵬，好亮的碧眼……。」

陳雲標「哇！」的一聲吐出一口鮮血，臉上肌肉痛苦地抽搐著。

他指指懷裡，痛苦叫道：「這……這是金戈……沒被大師兄搶去，沙漠裡風沙好大……。」

陳雲標呆滯地轉動了眼珠望著石砥中，嘴唇嚅動著，顫聲道：「師弟，替我……報仇……。」

石砥中兩眼早被淚水充滿，他咬一咬牙道：「我一定替你報仇！」

陳雲標似是笑了一下，然後望著寒心秀士道：「師父請你回去，師……。」

他悲叫一聲，終於噴出一口鮮血，話都沒能說完。

寒心秀士緩緩仰首望天，默然凝視著薄暮籠罩的天空，良久才嘆口氣道：「果然金戈替本門帶來禍害，唉！事到臨頭也避免不了。」

他側身道：「砥中，明天跟我到天山去，也好見見你的師伯。」

× × ×

山頂皚皚的白雪，被陽光反射出一片聖潔皓白的淡淡光芒，在山腳下有一條小徑盤旋直上，循著小徑可看到一些青翠的樹木。

這是天山南麓，陽光照射的地方，除了冬季外，其餘的季節都沒有結冰。山谷中樹林蔥翠，怪石奇花到處可見，山中有雪水循著山溝流下，是以土壤肥沃，花草繁生。

一座崖壁下，掛滿長長藤蔓的樹林邊，有一塊寬闊的平地，數棟竹屋矗立在這兒，長長的蔓草纏著屋簷，蓋滿了屋頂，一直垂到窗外，掛在牆邊隨風飄盪。

山谷裡靜靜的，沒有一絲聲息，風似乎都放輕了腳步躡足而過。

這時，自山谷入口處，兩條人影閃了進來，轉眼越過兩重山壁來到這塊平地上，左首那個老者三綹柳髯，正是寒心秀士石鴻信，而在他的右首則是石砥中。

石砥中抬頭望著高聳的天山，笑道：「爹，這山上的白雲好像在做鬼臉一樣，變化得好快！」

石鴻信微微地笑了笑，暗忖道：「砥中到底沒有經過什麼危難，一點都不知道此間已是危機四伏，其實讓他待在家裡我也不放心，還是跟在身邊較好，這樣也有個照應……。」

他拉住石砥中的手，道：「砥中，你注意一下，千萬不要疏忽，等會聽我的話行事啊！」

他話未說完，便聽到谷裡一陣狂笑響起，兩道人影鬼魅一樣從樹林後飛射而來。

石鴻信眉毛一豎，喝道：「來者何人？」

「嘿嘿！」

那兩條人影自半空中陡然煞住，飄落地上。

左首一個獅鼻闊口、亂髮披肩的壯漢冷笑兩聲，狠狠地望著寒心秀士，道：「大爺乃東海滅神島主座下二弟子大力鬼王米望一，來者何人？」

他那右首的蒙面客陰惻惻地道：「別問了，他就是寒心秀士。」

石鴻信冷冷地望著眼前的蒙面客，道：「黃銓，你還認得我？」

石砥中雙眉一軒，道：「爹，他就是銷金神掌黃銓？哼！好狠毒的傢伙！」

銷金神掌黃銓眼中露出兇光，磔磔怪笑道：「好大膽的小鬼，你想找死了？」

石鴻信雙眉微皺，心知今日面對兩個邪門高手，恐怕討不到好處，而屋裡竟然杳無聲息，師兄又不知如何，一念及自己的兒子，不由得有點驚慌。

但他仍然鎮定地問道：「掌門人呢？」

大力鬼王米望一咧開大嘴，道：「那老頭被我打得抱頭鼠竄，不知跑到哪裡去了，我師兄正在找他呢！」

寒心秀士石鴻信一聽，不由得倒吸一口涼氣，敢情他已見到樹林邊的一條山溝裡，血水汩汩流下，而對方尚有一個滅神島中的大弟子未現身，以自己一人之力，怎會是對手？

他眼睛一轉，瞥見到竹屋仍然安好，故而一拉石砥中，低聲道：「你死命躍到裡面去，將身上帶的竹籤排好陣式，我等一有機會便進去！」

石砥中搖了搖頭，道：「這兩個人，爹一人應付不了，我幫你……。」

石鴻信怒道：「逆子，你要眼見為父的為你擔憂而死？何況你師伯生死未知，怎能……？」

黃銓冷笑一聲，道：「你們父子是死定了，但你在死前，若把陳雲標身上的那支金戈拿出來，這樣，你的兒子或可倖免一死。」

石鴻信淡淡一笑道：「天山派就因為出了你這叛徒，是以弟子稀少，方始有今日之憂，但我倒要看看你這幾年來在滅神島學到些什麼。」

他厲聲喝道：「把你大師兄叫來！」

大力鬼王跨前三步道：「何用大師兄，就我也夠收拾你的了！」

大力鬼王深吸一口氣，大喝一聲，雙掌平推而出，兩股急銳的狂飆，挾著刺耳的呼嘯，飛撞過來。

石鴻信轉身滑步，左掌一推，喝道：「快進去！」

石砥中覺到一股大力將他送進屋裡，他提膝振臂，順著勢子落在地上。

耳聽屋外喝叱聲聲，風聲激旋大響，他略一打量室內，只見壁上掛著許多名畫，數張椅子擺在牆角，幾個茶几下陳置著盆景，翠黃色的竹子牆，使室內有一種幽雅舒適的感覺。

他右手伸進囊裡，掏出帶在身上的竹籤，飛快地插在地上。

一枝枝的竹籤，縱橫不一的插立在地上，霎時只見根根竹籤將屋內插得滿滿的。

他身形一轉，歪七斜八的走了幾步，在竹枝隙裡穿越而過，走到門口。

他頭方伸出，便聽到屋前空寂無聲，竟然沒有一個人影，剛才的那兩個人和他父親寒心秀士俱已不見。

「咦！」他一愣之下，走出屋來，朝四周望了望，忖道：「怎麼一個人影都沒有，莫非爹為了我的安全，所以才引走他們？」

他目光移轉，卻見到地上留下幾片破碎的衣襟，和幾點殷紅的血跡，凌亂的血跡已不能辨識到底是寒心秀士或是那個鎖金神掌的。

石砥中咬了咬嘴唇，雙眉緊皺，一想及慘死的師兄，心中不由得一寒，生怕自己父親會遭到毒手。

他懊悔地忖道：「只怪我平時將全部時間都放在陣法變化上，除了練了輕功和坐功外，連一招一式都沒學，唉！我還要替師兄報仇，這怎麼成呢？」

他正在思忖之際，一條人影悄然躍到身後都不知道。

那人默默然望著石砥中的背影，好一會兒方始開口道：「小娃兒，你從哪兒來的？」

石砥中正在沉思之際，猛地耳邊響起這陰沉的語聲，心中一跳，趕忙轉身過來。

在他面前是一個金環束額、豹衣裰成一件大袍圍身的矮壯漢子，對方兩眼的灼灼目光，使得他心裡一寒。

石砥中暗自忖道：「這人的目光怎麼像野獸一樣！就像一隻大豹……。」

他問道：「你是何人？」

那身披豹皮的壯漢露出白森森的牙齒，一陣怪笑道：「我是豹尊者！你是誰？」

石砥中哦了一聲道：「你就是東海滅神島主的大弟子吧？你有沒有看到你師弟大力鬼王？」

豹尊者雙眼圓睜，喝道：「你看到他了？」

他上身未動，平空移前數尺，五指如飛已扣住石砥中的肩膀，吼道：「你看到那老傢伙了嗎？」

石砥中眼前一花，還沒看清如何，便覺一股痠痛自肩上傳來，全身都不能動彈，眉頭一皺，嚷道：「啊喲，你輕一點嘛，好痛喲！」

豹尊者嘿嘿一笑，道：「我還道你會武功，原來你連躲都不曉得躲，嘿！我問你，你有沒有看到天山老人？」

石砥中目光連轉，知道豹尊者沒見到自己父親，他睜大眼睛道：「你是說一個白鬍子公公？我剛才見到他跑進樹林裡去，一個滿頭亂髮的人大叫著追進去，我聽到他就是人稱大力鬼王……。」

他看到豹尊者已有相信之意，忙道：「我還看到那個老公公手裡拿著一支金黃色的……。」

豹尊者長嘯一聲，上身一晃，平空躍起三丈，在空中身軀一扭，向樹林飛躍而去。

石砥中見自己一番鬼話竟騙得豹尊者相信，拔足朝竹屋裡奔去。剛踏進屋裡，便聽得背後一聲巨響。豹尊者大吼一聲，飛騰而來，一股狂風暴雨似的勁氣激盪著空氣，如山壓到。

他來不及回身，頭一低便鑽進屋中，走進排好的竹陣裡。

豹尊者哇哇怪叫，敢情他發覺自己竟然被一個小孩所騙，身在空中運集功力一掌拍出，竟想將石砥中打死。

他身如飛矢，腳尖略一點地便又平飛而起，衝進屋裡。豈知他剛一進屋，便見眼前一片昏黑，竟連五指都看不見，頓時心知不妙，趁雙腳還未落地，雙掌往下一拍，藉這反彈之式，倒躍而出。

這下給他跳出屋外，但也嚇得一頭冷汗。

他站在門口張望了一下。卻見到石砥中就坐在屋內一張椅子上，望著自己在笑。

他雖然見到了插滿一地的竹籤，但卻不識這布陣之法，心中仍覺駭異不已，他喝道：「小子！你出來。」

石砥中笑道：「大笨牛，你進來。」

豹尊者哇的怪叫一聲，雙手抓住大門，只聽「喀喀！」數聲，整排竹子都散了開來。

他磔磔獰笑道：「我把房子抓起來壓死你，你敢不出來？」

石砥中眼見豹尊者這種功力，愣了一下，道：「你是不是要那支金戈？你若把我壓死了，誰告訴你它的藏處？」

豹尊者吼道：「小子，你出不出來，少廢話！」

石砥中嘿地笑了一聲，緩緩走向屋裡牆壁旁，但見他右手朝壁上摸索了一下，突地轟的一聲，整座牆壁反轉過來，將他推進一個甬道裡。

就在他隱沒牆後的當時，豹尊者大吼一聲，雙手一掀，「嘩啦啦！」一聲巨響，整座竹屋散了開來，塵土飛揚，灰沙漫起，竹片落得一地都是。

× × ×

石砥中因看出石牆上的機關，故此安心地跳進甬道，他此刻較之適才更加高興，因為他已看出這牆上的機紐正是寒心秀士所裝的，他認為寒心秀士或許早有主張，會從另外一條暗道進來。

他一進甬道，便見到數條歧道明亮異常，面前數尺處便是一盞大燈懸掛在壁上，光芒四射而且毫無煙火味。

在丈內之間，三條分歧的路明顯的向內深入，看不到底，也不知道裡面通往何處。

他沉吟了一下，兩手往壁上敲了敲，然後走到那盞懸著的大燈下，用力拉了拉那盞燈。

「格格」一陣輕響，就在面前三條路的分歧處，一道鋼板升了起來，一條石階直往下通去。

他毫不猶疑就走了下去，循著石階一直走到盡頭，他看到了一間陰暗的石屋，在石屋中只有一個蒲團和一個鼎爐。

爐中香煙繚繞，室內靜寂無人。

他的腳步聲清晰迴響在屋內，使得他精神為之悚然，因為這地窖內太過於沉寂了，像死一樣的靜寂是他所不能忍受的。

他走進石室內，沒見到有人，於是又往裡面走去。

「咦！」他一眼就瞥見屋內擺著十幾具棺木，另外尚有一個香案供奉許多的牌位，在牌位前，一個長袍束髮、銀髮高挽的老者正跪在地上，故此不由得驚詫地叫出聲來。

那老者彷彿聽見雷殛似的，全身一陣顫抖，但卻沒回過頭來，逕自跪在那兒。

石砥中雙眉一皺，靜靜地望著那跪在地上的老者，沒有走動一步，也沒有作聲。

好一會那老者沉聲道：「你是誰？」

石砥中道：「老前輩可是天山老人？在下石砥中。」

那老者嗯了一聲，道：「你怎麼能夠進來的？」

他頓了頓，突地全身一抖，激動地道：「你可是寒心秀士之子？」

石砥中躬身道：「小侄正是，師伯你怎麼……？」

天山老人道：「你爹呢？」

石砥中一愣道：「他還沒有進來！我爹他被東海滅神島的大力鬼王和鎖金神掌所困，他叫我先進屋來……。」

於是他將剛才所發生之事，全數告訴天山老人。

天山老人嘆了一口氣，道：「天山派將自此從武林除名，這只怪我……。」

他用手捶頭，懊喪萬分地道：「這只因我貪念所致，害得天山自我而傾。」

天山老人痛苦地大喊一聲，朝桌上香案伏下，叩頭喊道：「歷代祖師見諒，弟子未能萃盡心力，以謀我天山派之復興，以致外遭強敵，內出妖孽，終使本派淪於覆亡之禍。」

石砥中這下方知香案上供奉的是歷代祖師牌位，便也跟著跪了下去，向那些牌位叩了三個頭。

他頭方抬起，便發覺天山老人已哭出聲來，一種使人心顫的哭聲，充塞整個石屋裡，也深深的撞擊著他的心。

天山老人聽到石砥中也將哭了起來，他嘆口氣道：「孩子，你哭什麼呢？唉！」

石砥中道：「我想起我爹……。」

天山老人沉默了好一會，叫道：「孩子，你過來。」

石砥中應聲走了過去。這下他才把天山老人的形像看清楚了。

天山老人一臉的刀疤，殷紅的肌肉，不平的疤痕，使得整個臉孔都歪曲扭轉，不像一個人，倒像一個鬼一樣。

天山老人在石砥中眼裡看出了驚嚇之意，忙道：「孩子，別怕。」

他拍了拍地上的蒲團，道：「你坐下，我有話跟你說。」

石砥中覺得天山老人眼中露出的一股慈祥溫柔的光芒，就好像寒心秀士經常望著他時眼中所顯現的目光一樣，所以頓時袪除心中不安，坐了下來。

天山老人讚道：「好根骨，好人才，孩子，你爹有沒有將天山的劍法及內功傳授給你？」

石砥中恭敬道：「家父僅教我靜坐練功，並沒有把劍法傳給我，他說我的年紀還沒到……。」

天山老人目光凝注在石砥中臉上，嘆了口氣道：「他說的雖然不一樣，但我卻明白他的意思，唉！自本門絕藝從你師祖失傳後，在武林中，本門之地位便一落千丈，早年你師祖在黃山以單劍會群雄，獨得金戈玉戟……。」

石砥中問道：「這金戈玉戟是……？」

天山老人接口道：「故老傳說，大漠之中有一金鵬之城，白玉為階，黃金鑄柱，寶石鑲窗，明珠作燈，內有靈芝仙草，外有金鵬之劍，在殿內有蒙古先知『博洛塔里』所遺之一本秘笈，內中著有他終行之果，飛升入聖之法。」

他說到這裡，雙目射出明亮的光芒，聲音都已微微顫抖。

石砥中詫異地道：「沙漠裡有這樣一個地方？我想這一定是蒙古人所流傳下來的神話，而神話都是人們的幻想……。」

天山老人微笑道：「大漠中確實有這麼一座金城，因為那開啟大門、指示路途的金戈玉戟，就是你師祖天山神鷹所得……。」

他頓了頓道：「當年九大宗派掌門人秘會於黃山，你師祖得到這金戈玉戟後，便發覺這上面刻著的符文並非現今蒙境各族所通行的文字，而是一種奇特的符號，所以他乃下山至蒙境各處，尋找古老的典籍，希望能夠揭開金鵬城之秘。」

石砥中道：「結果有沒有找到懂得這些文字的人呢？」

天山老人閉上眼睛，搖了搖頭道：「他去了六年之久，匆匆回山將本門拳經劍譜帶走，自此未見回來。」

他張開眼睛望著石砥中道：「這已是二十年前的事了，自那時起，我曾經下山八次，至蒙古各地尋訪他老人家，然而每次都是空手而回，直到第九次下山，我才探明一事……。」

「師祖已經找到了？」

天山老人微微一笑道：「倒不是探明到師父的行蹤，而是從一個經常逐水草而游牧的小族中，得到有關蒙古先知『博洛塔里』的出身，所以我欣喜若狂轉程回山，交代了金戈玉戟就準備要往西藏而去。」

他深吸口氣，加高一點聲音道：「就在我要下山之際，中原六大派以華山為首，邀請我參加黃山大會，意欲把金戈玉戟取回。當時我急著趕赴西藏，故而攜走金戈，將玉戟交與你爹寒心秀士，他代表我赴會，當然我那時已將玉戟上所刻之文字描下攜往西藏。」

「我到前藏拉薩布達拉宮裡晉見住持，請求學習藏土古文，但是布達拉宮住持庫軍大師卻不肯，因而就有我單身闖入布達拉宮藏經閣之舉。」

他苦笑一聲，摸了摸臉上疤痕，道：「這就是那次闖入布達拉宮的結果，他們抓住我，每人一刀砍在臉上。」

石砥中咬牙切齒罵道：「這些死喇嘛，有朝一日，我也要在你們臉上劃上幾刀。」

天山老人搖了搖頭道：「這只是他們最輕的刑法，當日我能生還，實在是庫軍大師看我是中土武林人物，否則現在我也不會跟你說話了。」

「等我自藏土回到天山，卻剛好碰見我師弟寒心秀士自黃山歸來，他已敗在華山凌虛慈航之手，輸去了玉戟。」

石砥中哦了一聲，道：「怪不得爹經常撫著長劍在發愣，原來他……。」

天山老人摸了摸鬍鬚，道：「本門『天禽劍法』輕靈有餘，卻雄渾不足，華山掌門凌虛慈航輕功已至爐火純青的地步，所以你爹方始敗在對方的『上清劍法』之下……。」

「哦！莫非我爹輕功又沒華山掌門行，而劍法也不及上清劍法雄厚，所以才落敗？」

「嗯，你說得對。」天山老人道：「你爹聰穎機警，雖然落敗，但仍激使華山掌門以十年為期交回玉戟，以換取金戈，所以現在玉戟又回到我這兒了，而金戈我卻派弟子交與華山……。」

「不！金戈在我這兒。」石砥中自懷中掏出那支長約半尺的金戈來，道：「這是陳雲標師兄交給我的，他要我替他報仇。」

於是他將陳雲標死前的情況告訴天山老人，霎時室內罩起一片愁雲慘霧。

天山老人滿頭白髮根根豎起，兩眼睜得好大，瞪住石砥中，喝道：「什麼，你說那鎖金神掌是我大弟子？而雲標他們都死了？」

他全身一陣顫抖，「哇！」的一聲，噴出一口鮮血，濺得石砥中滿身都是。

天山老人閉上眼睛，自眼角流出兩串淚珠，他悽然地自言自語道：「我真對不起你們……！」

他默默地瞑目垂首，好一會方始抬起頭來，說道：「我先將為何我要在暗室中像這樣跪著的事情告訴你，然後我有件事要託你，你答應嗎？」

石砥中一直在迷惑天山老人為何要跪在祖師牌位前，這下聽天山老人如此講，忙道：「師伯，你有什麼事，侄兒一定會替你辦到。」

天山老人肅容道：「砥中，你要知道大丈夫一言既出，駟馬難追，你答應了我，等下可不能反悔的囉！」

他擦了擦嘴角的血，道：「前半年我曾到北天山天星溝走了一趟，就在那裡，我撿到一本佛門『般若真氣』的手笈，要知這『般若真氣』與玄門『罡氣』向為氣功之最，具有摧山裂石之能，較之藏土秘傳的『密宗大手印』還要厲害，故此我乃將自己關在這祖師停靈處，悉心參習這『般若真氣』。」

他倏然一笑道：「豈知我數十年所習之內功，與這佛門內功法門不同，因此就在上月一時不慎走火入魔，故而我乃遣座下五個弟子去請你爹來，想將派中之事交由他掌理，唉！豈知我方恢復一部分真力，便遇見東海滅神島的豹尊者。」

石砥中見到天山老人說到這裡時，突地全身一陣顫抖，大叫一聲便仆倒地上。

他吃了一驚，趕緊扶起天山老人。

只見他滿臉蒼白，卻又出了許多冷汗，嘴唇不住地顫抖，好似冷得不得了，不由驚嚇地道：「師伯你……？」

天山老人嚅動了一下嘴唇，艱難地道：「我已將死，你在我死後，將我放在左首的棺木裡，從此以後，你就是第十一代掌門，答應我，要替我報仇，找東海滅神島和藏土布達拉宮……。」

他喘了幾口氣，續道：「那支玉戟和般若真氣手笈都藏在鼎爐裡，你要精研藏文……。」

石砥中一聽天山老人已經說不出話來了，他喊道：「師伯，掌門一職有我爹在，應該傳給他……。」

天山老人點了點頭，便閉上眼睛死去了。一代掌門就此瞑目而逝。

第三章 七星朝元

塔里木河緩緩的流過，兩岸是一片遼闊的綠原，這流水給沙漠帶來了生氣，是這沙漠中最富庶的地區。

此時恰好高粱成熟，在蒼茫的雲天下，黃褐色的穗粒顆顆飽滿的垂著，更有那長著長鬚的玉米，根根隨著清涼的秋風在晚霞裡搖曳著。

在往喏羌城而去的道路上，一匹矮瘦的馬，疲憊地緩緩行走著，蹄聲在路上響起也都顯得那麼無力。

但是騎在馬上的石砥中卻精神抖擻，昂首住前，神采飛揚，任由胯下的馬匹馳行著，彷彿他的一切思想都放在欣賞這種秋日的黃昏裡美麗的景色中。

這個黃昏是他下天山後的第十個黃昏。

當那天他自天山祖師埋骨的地窖裡出來後，便發現到寒心秀士留下的記號，那是說及滅神島突然派來大鷹，竟將豹尊者等喚回，是以寒心秀士得以脫走。

他依寒心秀士的指示，儘速趕回居延，雖然寒心秀士並沒有說出留在天山的理由，但他卻仍然受命回到居延。

這十天來，他循著塔里木河而下，準備經玉門關到西安，然後經過酒泉到居延，所以他以囊中之款買了一匹賤價出售的老馬，緩緩地行走於塔里木盆地。

他一路勤習天山老人留贈給他的佛門至高絕藝「般若真氣」，因為他曾發誓要到滅神島去，而他首先須練好功夫。

他衣著樸素，毫無起眼之處，沒人知道他那破包囊裡有金戈和玉戟……。

夜風如水，簌簌的高粱葉響在耳邊。

他深吸口氣，心情舒暢地漫吟道：

「胡馬，胡馬，遠放燕支山下。跑沙跑雪獨嘶，東望西望路迷。迷路，迷路，邊草無窮日暮。」

他吟完韋應物的「調笑令」後，突地又想到王建作的「調笑令」來。

於是他輕閉上眼睛，搖頭晃腦地吟道：

「楊柳，楊柳，日暮白沙渡口；船頭江水茫茫，商人少婦斷腸！腸斷，腸斷，鷓鴣夜飛失伴。」

他一邊吟詩，一邊輕拍手掌。

眼看已將行到喏羌城，突地自那高聳的牆頭現出幾條人影，疾如電閃飛馳而下，朝道旁高過人的高粱田裡躍出，霎時只聽沙沙數聲，便無聲息。

他咦了一聲，還沒想通這是怎麼回事，突地三條人影自數丈外飛瀉而來，恍如夜鳥翔空，在空中一個盤旋，便躍落道中。

石砥中藉著初起的月光，看清那三人俱是道袍道冠、斜背長劍的道人，但他只打量一下，便仍然朝城門走去。

就在馬蹄剛響之際，他只覺得微風颯然，一個矮胖的道人單手挽著他的韁繩，站立在馬前，冷冷地望了他一眼。

他眉頭一皺道：「道長，你這樣……。」

那道人喝道：「你可看到有人自城牆跳下？他往哪裡去了？」

石砥中不悅地道：「道長，你要問話，也要客氣一點，怎可如此兇狠？」

那道人似是沒料到石砥中會說出這種話來，是以微微一怔，他冷笑一聲，單臂一沉，只聽馬發出一聲悲鳴，跪了下來。

這突如其來的一著，使得石砥中險些自馬上栽了下來。

他落在地上，怔怔地望著那矮胖的道人，不知說些什麼才好。

那道人哈哈一笑，道：「小子，我當你吃了豹子膽，原來也不過是個傻小子，說！那人是往左邊青紗帳裡去，還是到右邊樹林子裡去了？」（北方人稱高粱叢叫青紗帳，蓋田中高粱一片密叢，有如綠色紗帳。）

石砥中哼了一聲，道：「就憑你這樣子，我也不會告訴你。」

那矮胖道人還沒答話，便聽一聲怒喝中，兩條人影若夜空流星，一閃而到，「啪！」的一聲，石砥中只覺得臉上火辣辣的，已挨了一掌。

那兩個道人同樣高矮，一個頷下留有鬍鬚，另一個則臉上自眉毛斜劃到頰上，一條長長的疤痕，此刻，他諷刺地一笑道：「有誰敢在我崆峒三子面前無禮？臭小子，你想找死？」

石砥中胸中憤怒莫名，他大喝一聲，雙掌往外一推，朝那臉上有疤痕的道人擊去。

他內功根底極深，在一連十天內，已將佛門「般若真氣」基本功夫打好，此刻雙掌飛旋，已隱然有一代高手的氣概。

急湧出去的掌勁，在空氣中發出一股激旋之力，「嘶嘶！」聲裡，那臉有疤痕的道人面現驚容，急忙拍出一掌。

「叭！叭！」兩聲，那道人悶哼一聲，身子一個踉蹌退出四步之外，而石砥中卻僅後退半步便已踏穩步子。

他這一手揮出，瀟灑之至，彷彿未盡全力，便已將對方擊敗，是以崆峒三子頓時收斂起狂態，肅容地望著他。

石砥中心中舒服異常，他深吸口氣，只覺體內真力充沛無比，剎那之間，腦中映起那本秘笈上所載的發掌之法，許多招式在腦海裡盤旋不去。

那三個道人一愣之下，突又見到石砥中一臉呆瓜模樣，以為他是裝傻，故此互相一使眼色。

那另一個頷下柳髯輕拂的道人說道：「無量壽佛，貧道崆峒飛雲子，敢問小施主莫非是『七絕神君』高徒？」

石砥中臉上怒意未斂，他應聲道：「我可不是七絕神君的什麼人，你們身為道家子弟，怎麼隨便就欺負人……。」

那矮胖道人兩眼倏現凶光，他未等石砥中把話說完，獰笑地道：「那貧道就此謝罪，尚請原諒。」

他躬身一拂，大袍猛然翻起，氣勁飛旋盪激，撞向石砥中而去。

石砥中沒想到對方會在說話中施以暗殺，他只覺一股窒人欲斃的勁道逼到，不由得大吃一驚，雙掌死命地一推。

「砰！」的一聲大響，石砥中身形站立不穩，一跤跌倒地上，胸中氣血翻騰，忍不住吐出一口鮮血來。

他用袖子擦擦嘴角的鮮血，默默然站了起來，兩眼盯住那三個道人。

石砥中見那矮胖道人臉上現出一種鄙視的目光，不由得怒氣上衝，冷哼一聲，問道：「你叫什麼名字？」

那矮胖道人被對方目光逼視，竟使他感到一絲寒意，答道：「貧道漱石子。」

石砥中目光一轉，移到那有疤痕的道人臉上道：「你呢？」

那有疤痕道人哈哈一笑道：「雛兒，你連崆峒三子中的蒼松子都不知道，還跑什麼江湖？嘿！你知道了又能怎樣？」

石砥中一咬牙狠聲道：「總有一天我要將崆峒派殺個乾淨，尤其你們三個！」

他怨毒的聲音在晚風中迴盪著，使得風中的寒意加重了。

石砥中緩緩走向那匹老馬，跨了上去，朝城裡而去。

蒼松子一怔，與飛雲子交換了一個眼色。

只見他狂笑一聲，已飛身躍落石砥中馬前，他大袖一展，喝道：「小子滾下來！你以為這麼容易便能走？」

石砥中冷冷望了他一眼，道：「你想怎麼樣？」

蒼松子單掌一拍，悲嘶聲裡，那匹馬的頭顱已被擊碎。

石砥中慘笑一聲道：「你要趁現在無人之際殺了我？嘿！你也不怕我將來把崆峒山夷為平地？」

蒼松子喝道：「無知小子，死前尚不悔悟……。」

石砥中大喝一聲，躍起丈餘，雙掌一揮，倒躍而出，兩道洶湧勁道如山倒下，往蒼松子擊去，他順著這一擊之勢，朝道旁深叢中躍去。

蒼松子不及提防，被這兩掌打得連退兩步。

他怒吼一聲，旋身拔劍，一道寒光閃出，追擊而去。

石砥中未躍出兩丈，已覺體內氣血震盪，五腑受震，忍不住噴出一口鮮血，他來不及擦嘴，又一扭身朝高粱田撲去。

他身子還未落下，風聲颯颯，眼前一花，飛雲子和漱石子已站在他面前。

漱石子獰笑一聲道：「小子，你往哪裡跑？」

話聲中劍影縱橫，冷颯的劍光已將石砥中圈住。

漱石子哈哈數聲，收回長劍，但見石砥中那身衣服已被劍風削成一條條的，掛在身上，好似一個叫化子。

石砥中還未喘過氣來，蒼松子已向背後躍到，劍光一揮，劈向石砥中背部。

劍身急速地撕開空氣，發出「嗤！」的一聲，斜射而去。

劍風裡，石砥中悶哼一聲，跌出兩步。

蒼松子揮出的一劍，已將他背上割開一條長約四寸的刀口，鮮血自傷口中湧出，染滿了石砥中一背。

石砥中臉上的肌肉痛苦地抽搐著，他悽然一笑，兩手撕掉身上掛著的襤褸衣衫，赤著上身道：「你們來吧！」

他全身被背上的傷口牽引而微微顫抖，但他仍然堅定的屹立著。

飛雲子冷笑一聲道：「你以為我們真的不敢殺你？哼！」

他長劍旋出一溜圓弧，便朝石砥中劈去。

在這電光火石的剎那，一聲大喝自六丈外的道上傳來。

喝聲裡，狂風颯然，一道人影迅逾流星的飛躍而至。

飛雲子微微一怔，劍光一落，便已見那人來到身前，他稍稍一頓，「嗆！」的一聲，長劍擊在一根條伸而至的禪杖上。

一溜火光彈起，飛雲子手腕一麻，險些把持不住手中長劍。

他大吃一驚，退了一步，凝目望去，見到一個身披袈裟，胸掛珠串的高大和尚，手持一根粗如人臂的禪杖，正在凝望自己。

飛雲子吸了口氣道：「原來是崑崙靈木大師，不知大師為何……？」

靈木大師未加理會飛雲子，轉首望了望石砥中，就在他目光一觸及石砥中胸前之時，彷彿遇見鐵鍾在他背上重重一捶。

他全身一震，失聲喊道：「啊！七星朝元！」

崆峒三子循著靈木大師的目光望去，只見在淡淡的月光下，可看清楚石砥中白白的胸前長著七顆紅痣，恍如夜空中北斗七星一樣的排列著。

他們咦了一聲，道：「怎麼長了這樣的怪痣？」

靈木大師肅容朝石砥中合掌道：「貧僧來遲，尚請少俠原諒！現在貧僧先替施主將血止住。」

他身旋如風，已掏出藥來，右手一頓，將禪杖插入地裡，替石砥中敷起藥來。

如乳的月光映在石砥中失血過多的臉上，顯得更加蒼白了，整個人就好像玉石所雕，雪白的肌膚上，七顆鮮明紅潤的大痣，更是刺人的眼目，懾人心神。

自石砥中身上所透出的一股神秘，使得崆峒三子都怔住在那兒，直待靈木大師將石砥中傷口敷好藥，他們方始驚醒過來。

蒼松子望了其餘兩人一眼，道：「靈木大師，此人是我等仇人，大師你……？」

靈木大師未等他說完，肅容道：「從現在起，他已是本派貴賓，任何人都不得冒犯他！」

飛雲子道：「他既非崑崙弟子，為何受你們保護？難道……？」

漱石子一振手中長劍，「嗡！」的一聲，冷笑道：「靈木，你公然與本門為敵，難道以為我們不敢殺了你？」

靈木大師臉色一沉，道：「佛門之劫需要這位施主化解，爾等不管怎麼說，本門也不會放手。」

漱石子冷哼一聲，身形急閃，劍光揮霍間，已劈出五劍，劍式如虹，朝靈木大師捲到。

靈木大師兩道長眉一斜，僧袍一掀，單掌連環劈出六掌，右臂反拿禪杖，挾著虎虎風聲，將自己與石砥中護住，烏光片片，將三支長劍擋在身外。

他們轉眼之間已交手二十五招，崆峒三子的三支長劍已連結成一個劍網，三人劍式緊配密合，壓力越來越重，靈木大師杖掌齊施也抵擋不了，他的額上汗珠湧現，僧袍都溼透了。

石砥中自靈木大師替他將背上傷痕敷上藥後，便盤膝而坐，自己運功療傷，把體內被震得四散的真氣收集聚於丹田。

豈知他接連施出未曾練成的「般若真氣」，傷及腑肺甚重，已不能將竄至經脈裡的真氣聚攏。

他發覺自己只不過徒勞無功，所以苦笑一聲，張開眼來。

他還沒看清周圍情形，臉上已滴落幾滴水。他抬頭一看，見到靈木大師滿頭大汗，氣喘連連，雖然臉孔漲得通紅，但卻咬緊牙關，依然揮動著禪杖，保護自己不被劍風所傷。

這個鮮明的畫面深印在他的心底，使他全身血液都不由得沸騰起來，他說道：「大師，你走吧，不要顧我了。」

靈木大師道：「施主如此說，貧僧決與施主你共生死，他們要殺你，先得要殺了我。」

漱石子狂笑一聲道：「我就先殺了你。」

他趁著靈木大師分神說話之際，長劍自偏鋒劃出，劍尖跳出，在靈木大師脅下劃了一道劍痕。

靈木大師怒吼一聲，猶如狂風暴雨似的，繼續不斷地連環擊出，杖影騰空，崑崙「瘋魔十二式」杖法揮出，只見他指南打北，推東擊西，威風凜凜的使出八杖。

石砥中看得靈木大師雖然脅下血流如注，仍然拚命維護自己，不由兩眼淚水盈眶，道：「大師，你為什麼這樣？我是不值得你如此……。」

靈木大師朗笑一聲，道：「只要施主能記得貧僧拚死之力，將來對我崑崙多加照顧，則貧僧也就值得為你而死！」

石砥中豪情激動，大聲道：「只要石砥中不死，將來必為崑崙盡全力。」

他一想到自己身受重傷，又黯然地道：「唉！但我體內肺腑已碎，已不能活多久了。」

靈木大師大喝一聲，擊出三杖，道：「施主請支持片刻，敝掌門人將要到了，嗯！」

說話之間，他的眉頭又中了一劍，被逼得將身子一傾。

蒼松子一引劍訣，長劍一刺，「噗！」的一聲，插入靈木大師肩胛。

靈木大師悶哼一聲，吐出一口鮮血，禪杖一揮，「啪！」的一聲，把蒼松子手中長劍打得折為兩截，落在地上。

就在這時，遠處一聲長嘯，三條人影飛奔而來。

就在這三條人影還未來到之前，一個清越的嘯聲由十丈之外傳來。

空中一條黑影，恍如遊龍翻騰，一連轉折了五個大弧，如飛箭離弓，射到面前。

靈木大師一瞥之間，欣然叫道：「師叔！」

他心力交竭，已經站立不穩，跌倒地上，剛好跌在石砥中身上。

崆峒三子被來人這等威勢所懾，慢了一慢手腳，便見眼前一花，掌影叢叢湧現。

他們還未變招，已是手腕一震，長劍離手而去。

一個長眉垂頰，花白鬍鬚的老和尚，手中持著兩支長劍，滿臉寒霜狠盯著他們。

老和尚目光嚴肅，他冷峭地一哼，雙手未見用勁，兩支長劍斷為數截，落在地上。

他冷笑道：「我崑崙弟子與崆峒有何仇恨？竟然以三敵一，以眾凌寡，將他打傷？哼！難道你們掌門玉虛真人是如此教導你們的？」

飛雲子囁嚅地道：「大師是……？」

老和尚道：「老衲曇月！」

崆峒三子不由得倒吸一口涼氣，敢情他們知道崑崙曇月大師為崑崙派除掌門外第一把好手，且又嫉惡如仇。

昔年在青海時，曇月曾獨力盡殲青海十凶，將柴達木盆地橫行的一股馬賊全數殺死，造成一夜之間殺死七十餘人之舉，震驚整個西北。

他們曾聽說自那次後，曇月被掌門下令面壁十年，至今未滿十年之數，不知怎麼會下山而來。

就在他們驚詫之際，三個中年僧人已躍到面前，躬身向曇月恭敬地打了個稽首。

曇月喝道：「靈水，靈鏡，將你師弟扶起。」

兩個和尚應聲將靈木大師架起，石砥中呻吟一聲，坐了起來。

曇月大師目光一投在石砥中身上，心中不由一跳，驚呼道：「七星朝元！果然他是在這裡！」

他躬身合掌道：「阿彌陀佛，公子無恙吧！」

石砥中點了下頭道：「靈木大師怎麼了？」

曇月大師道：「他沒什麼，不會死的，謝公子問及。」他側目怒視道：「他也是你們打傷的？」

崆峒三子猜不透石砥中到底是何來路，會使崑崙第二高手曇月大師如此恭敬，不由面面相覷。

曇月大師哼了一聲，道：「你們罪該碎屍萬段，嘿！說不定我今天又得重開殺戒了。」

崆峒三子臉上現出一片恐怖之色，面色如土的倒退了一步。

石砥中站了起來道：「大師，你現在不必殺死他們，我發誓將來崆峒會遭到較今日更甚的傷亡！」

曇月大師見到石砥中全身顫抖，不由得一驚，道：「哦，恕老衲未注意到公子的傷勢。」

他探掌懷中，掏出五粒青黃色的丸藥，道：「公子請服下這雪蓮之寶，待老衲與你療傷。」

石砥中服下三粒，留下兩粒雪蓮，道：「這兩粒請給靈木大師服下，在下感謝大師雪蓮……。」

曇月大師道：「靈木已服下本門傷藥，公子不須過慮，請趕快將此兩粒雪蓮也服下。」

他待石砥中把雪蓮吞下後，右掌貼住石砥中背心「命門穴」，道：「公子請凝神，老衲替公子催散藥力。」

石砥中忙雙膝一曲，坐在地上，運起功來。

他只覺一股熱流自背心傳入，將體內流竄的真氣一一引歸丹田，於是更加凝神靜氣，霎時只見他的臉頰漸漸紅潤。

曇月大師一喜道：「想不到他所學也是正宗內力，這真是天助崑崙也！」

他目光一閃，瞥見崆峒三子想要溜走，大喝道：「回來！」

崆峒三子果然被他神威所懾，尷尬地一笑，沒有逃走。

就在這時，鈴聲自夜風中傳來，道路上現出兩盞燈光，接著又是兩盞，一連二十四盞白燈緩緩而來。

靈水大師肅容道：「掌門師尊來了。」

那一直未開口的靈鏡大師此刻自懷裡掏出一個金鈴，「叮噹！」地響了兩聲，道：「掌門師尊駕到！」

崆峒三子大驚失色，想不到崑崙掌教本無老禪師會帶如此多的弟子來到喏羌城！而且如此浩浩蕩蕩走在路上，不由睜大眼睛，盯住那二十四盞緩緩而來的白燈。

轉眼之間，二十四個和尚已來到跟前，中間四個和尚抬著一座敞轎，轎上一個裰錦袈裟，枯瘦長眉，盤膝而坐的老和尚，他就是崑崙掌門本無老禪師。

本無禪師一見石砥中胸前七顆紅痣，也不禁大吃一驚，兩眼精光倏現，在夜色中恍如兩點星光閃爍發光。

他開口說道：「曇月，師尊所言是否應驗？感謝蒼天，一天之期未過，便已碰到師尊所說之人，這下七絕神君不會再動無名了。」

他自轎上跨下，合掌道：「公子貴體違和，請上轎。」

曇月大師呼了一口氣，放開右手，道：「掌門人，他的傷勢已好了六成，還要請師兄施展『渡引大法』替他療好傷勢。」

石砥中站了起來，恭身道：「掌門人垂問，在下石砥中深謝，實在不敢勞動各位大師。」

本無禪師道：「石公子是否能駕臨崑崙一遊？老僧也好替公子療傷。」

石砥中道：「老禪師提起七絕神君，莫非已到貴山？」

本無禪師嘆了口氣道：「唉！佛門不幸，這魔頭身懷絕藝，無敵天下，竟要殺光天下佛門弟子，老衲不才，未能衛道禦魔，惹公子見笑了。」

石砥中望了望昏迷中的靈木大師，毅然道：「好，在下就跟大師上崑崙，我倒要見識一下七絕神君的絕藝。」

「阿彌陀佛！」本無禪師呼了聲佛號道：「請公子上轎。」

石砥中道：「在下尚有個包囊，待在下拿了之後再走。」

本無禪師待石砥中解下包囊，挽著他的手，一齊走上轎去。

鈴聲一響，燈光如風浮動，朝城裡而去。

曇月大師朝著目瞪口呆的崆峒三子道：「請代向貴掌門玉虛真人問好！」

他大袍一展，如天馬行空，跟隨那二十四盞燈而去。

月光如水，晚風飄過，青紗帳一陣颯颯作響，夜漸涼……。

第四章　七絕神君

崑崙山玉柱峰，深秋的寒風自谷底吹起。

峰頂雪花亂飛，片片飄落。

在枯瘦的樹枝上，掛著點點晶瑩的冰珠，反射著清麗的光芒，使得這深秋裡的陽光顯得更柔和了。

這是一個陽光與雪光相映的日子。

雪白的山崖後，一排飛簷斜斜穿入在崖壁下，紅牆綠瓦，綿延不斷，那些雕欄顯示著這正是一幢精舍。

寒意在山上總是較平地更早來到，在這深秋之時的崑崙山上，竟有數枝梅花吐著新蕊，較早開放的花瓣，散放著一片清香。

暗香浮動，一溜琴音自樓中傳出，繞著冷梅，清越的琴聲有如天音自空而降。

樓中盤坐一個銀髯飄飄、紅臉長眉、身穿褐色長袍的老者，在他面前擺著一個小香爐，爐中香煙燎繞，縷縷輕煙飄動著，漸漸散入空中。

在香爐旁是一個黑色的小几，几上面一個古色古香的玉琴，琴上十指緩緩跳動著，琴弦顫出一溜溜動人的音韻，聲聲飛出窗外。

這老者臉上漸露喜色，十指愈來愈快，到最後，他十指齊按，一聲大響，樓外假山震得搖晃了一陣，終於倒了下來，裂成粉碎。

他哈哈一笑，站了起來，道：「痛快，痛快，藏空你這老賊禿若是不死，親見我這『天音寶琴』具有如此大的威力，該後悔與我一賭吧！嘿！『殘曲』已成，天下的和尚一個個都要完蛋，我倒要看看這些賊禿能找到誰來與我抗衡？」

他摸了摸頭上的銀髮，道：「呸！還說那人會困我三年於崑崙！哼！還有三天就滿一月之期，我看你們這些臭和尚能跑到哪裡去！」

他打開門來，喝道：「喂！來人呀！」

一個小沙彌應聲而來，躬身道：「請問神君有何吩咐？」

老者睜眼一瞪道：「我看到你光著頭就討厭。你年紀輕輕的為什麼要當和尚？記住，還有三天，若是你掌門人沒回來的話，我就要放一把火燒了山上的廟，殺盡你們這些和尚！」

小沙彌合掌道：「阿彌陀佛，神君有何吩咐？師祖留下的期限是一個月，一個月之內一定可以找到那身懷七星之人，到時神君自可任意施為，現在神君發脾氣又有何用？」

七絕神君哼了一聲道：「再過三天我首先就要殺你，呸！現在給我把好酒好菜拿來，順便把馬餵飽！」

那小沙彌應了一聲，回過頭朝廟院走去，他腳下如行雲流水，轉眼便穿出一座竹林，來到前院。

一個中年和尚迎了上來，道：「青松，他又要什麼？」

青松躬身道：「師叔，七絕神君說快將好酒好菜拿去，將他的那匹馬餵飽！」

那中年和尚一皺眉道：「那你快叫清風和好豆料，加上酒，替他把那匹汗血寶馬餵好，不然他一發脾氣，或許將山門前另一個石獅敲碎。」

他嘆了口氣道：「唉！自本門般若真氣失傳後，再也抵擋不了這道家玄門正氣的『罡氣』功夫了！真不知道師尊他老人家能否找到那身懷七星之人？」

青松道：「師祖依照祖師留下的偈示，說要到東北方去尋找『七星朝元』之人，不知道這人怎會懷有什麼七星，而且他是否會到崑崙來……。」

那中年和尚叱道：「青松，不要多說了，快去吩咐清風餵馬，然後到廚房將神君所要的酒菜送去。」

青松應聲朝廚房走去，這中年和尚才手持念珠，緩緩往山門行去。

走過大殿，兩個深約五寸的腳印留在青石上。

在寺前的甬道上，一個粗可兩人環抱的大鼎，傾斜著嵌入石板中，僅留著一半在地面上。

這中年和尚搖搖頭，自言自語道：「這兩千斤重的大鼎僅一拂之間便飛出丈外，深嵌入地，如此嚇人的情景若非親見，有誰相信？唉！佛門不幸！罹此危難。」

甬道旁兩排高聳的蒼松，亂根盤糾，纏結不分，蒼翠的樹帽上，此刻已是一片雪白，惟有樹枝間才可看到綠色的葉子。

他緩緩行走在甬道的石板上，繞過那個斜插入石板裡的巨鼎，他來到石階上，山風吹得他寬大的僧袍獵獵作響。

一排石階直通山下，層層的階梯在正午的陽光下，顯得潔白有序。

雪花在陽光中飄落了，片片閃出瑩潔的霞光……。

這中年和尚凝望著對面高聳入雲的山峰，將目光投在那山上的白雪上，而將思緒放在沉思裡。

良久，他嘆口氣，收回凝視的目光，正要轉過頭去，回到寺裡，突地精神一振，叫了一聲，一個大拋身，如野鶴沖天，在空中一個斜飛，躍向寺裡。

一到寺門，他大喝道：「掌門人回來了，你們快出來迎接。」

那時，雪已停了，石階上溼轆轆的。

寬大的石階上，這兩行合掌平掛念珠的僧人，正飛快地朝山上躍去，在他們臉上，有一股抑制不住的欣喜神色，這與他們的灰色僧袍是極不相稱的。

在兩列僧人後，是四個高大的和尚抬著一座軟轎，轎上坐著一個長眉垂頰，枯矮瘦小的老和尚，以及一個劍眉虎目，丰神朗逸的少年。

老和尚本無道：「這就是玉虛宮，石公子請看這深秋時節，山中便已下雪，等下或可看見早放的寒梅。」

石砥中微微一笑道：「這兒如此恬靜，真是世外仙山，不知那七絕神君怎會抱著這種殺盡天下和尚之心？」

本無道：「十五年前，七絕神君攜一琴一劍，上我崑崙玉柱峰頂，與先師藏本較技三場，其時我是二弟子，大師兄不顧先師之命，擅自潛至後寺精舍，偷聽七絕神君一闋琴音，終至五臟碎裂，心脈震斷而死。」

他臉上現出一股憂戚之容，頓了頓道：「那次三場比鬥，據先師於十日後告訴我們兄弟說，他在棋上贏得一子，而敗於對方的內家氣功上，幸得師兄於七絕神君彈琴時惹得他分心，所以家師才能聽完七絕神君之一曲『天魔曲』。」

這列僧人轉眼便登上石階頂，來到甬道上，他們的目光一瞥見斜倒在道中的石鼎時，立時顯出一種畏懼的神色，因為他們曾眼見這原置於廟門的大鼎，被那騎著神駒飛躍而上的七絕神君，單袖一拂，便平空飛起，跌落在石板道上。

石砥中一見那深沒入地的石鼎，臉現驚容道：「老禪師，這……？」

本無禪師嘆了一口氣，道：「這就是七絕神君的玄門『罡氣』，當日他僅僅一拂而已……。」

一陣梵唄之聲自寺裡傳出，接著兩列僧人魚貫而出。

當頭一個中年和尚手捧著香爐，走了過來，躬身道：「弟子靈山恭迎掌門人回山。」

本無大師走下轎來，一揮手道：「靈山，這些日子來，那魔頭可曾怎樣？」

靈山答道：「弟子遵守掌門人吩咐，一切都遵照七絕神君所需辦理，並且若無神君吩咐，絕不到後院精舍去，所以至今日為止，沒有什麼事發生。」

本無大師點了點頭，道：「你帶石公子到西廂房去，連日來奔波之勞，也要讓他休息休息。」

他側首道：「石公子請隨靈山去西廂房一洗奔塵……。」

石砥中拱手道：「在下領大師命，不過待會兒，在下尚想要一見七絕神君……。」

「呵呵！」一個高昂的笑聲自寺裡傳出，紅影倏然閃現。

七絕神君身著一領紅袍，笑著道：「有誰要見我，哈！小和尚你回來了，若是你遲來幾天，我就放一把火燒了你這鳥籠，殺盡你們這些賊禿。」

石砥中一見這七絕神君兩眼炯炯有神，兩道灰眉斜飛入鬢，一頭銀髮披散肩頭，神態威武之至。

他躬身道：「這位老前輩便是七絕神君麼？」

七絕神君呵呵一笑道：「我道小和尚下山一個月找得到什麼能人，原來是你這個小娃兒，喏！小娃兒，你會些什麼？」

石砥中道：「區區久仰神君大名，正想好好向神君討教，不知神君與藏空大師約好，此次來崑崙是要比試些什麼？」

七絕神君一拂頷下灰髯道：「十五年前，藏空老賊禿與我比完三項後，曾預言我再次上崑崙時會被困山中三年，並且還說我會替崑崙化解一大劫難，哈哈！我一生最痛恨這些賊禿，怎會替他們解決劫難？所以我此次之來，是要實踐他十五年前約定的較量五項……。」

七絕神君語音一頓，兩眼神光暴射道：「這次我若輸了，就親手割下頭來，掛在藏空老賊禿鐔前，否則我要叫這兒血流成河，變為平地！」

他的話音有如電鳴，震得兩側樹枝上的積雪都簌簌下墜，餘音迴盪在山谷裡，久久未散。

石砥中肅然道：「前輩以個人之恩怨加諸於整個佛門，這已是不該，又何況以父母所遺之軀與人打賭，更屬不該，前輩與藏空大師所賭之五項，在下遵命接下就是。」

七絕神君一怔，隨即仰天大笑，笑聲稍息，說道：「好膽氣！好人才，六十年來，還沒人敢當面說我不是，誰知在此會聞此言，嘿！老夫真正開眼了！」

他面容一正道：「你可知十五年前我曾說要與崑崙門下較量五項絕藝，你現在可是崑崙門下？」

石砥中一愣，沒話好說。

本無禪師走上前來，合掌道：「阿彌陀佛，老衲遵守先師遺命，代師收徒，石公子自今晚起將是先師關門弟子……。」

本無禪師一言說出，一眾僧人齊都大驚。

敢情崑崙近百年來還沒有收過一個俗家弟子，誰知這下竟會有掌門親自代師收徒之言，則三代崑崙弟子豈有不驚之理？

石砥中也是大為驚詫，他大聲道：「老禪師……。」

本無老禪師長眉斜飛而起，道：「石公子不必多言，請看先師留下偈示，這是先師囑咐留與七星朝元之人……。」

「七星朝元？」石砥中悟道：「你是說我身上的這七顆紅痣？」

本無老禪師點點頭，大袖輕拂，一卷絲絹繫好的立軸，平穩地落在石砥中伸出的手中。

石砥中抽開絲絹，只見他臉上閃過一個驚愕的神情，他將立軸放在懷裡，點了點頭道：「等拜師後，在下便是崑崙弟子。」

他轉身對七絕神君道：「在下會以崑崙弟子的身分，與前輩比試五場。」

七絕神君疑惑地望了石砥中一眼，道：「老賊禿到底有什麼玄虛？難道他真已修成未卜先知之能？」

僧眾魚貫而入，大雄寶殿上響起一陣低沉梵唄之聲。

一個和尚走到廟前側鐘樓，敲起鐘來，鐘聲飄盪開去……。

× × ×

黃昏時節，鵝毛般的雪片又飄落了。

山風呼嘯的時候，「咚！咚！」數聲鼓響，琉璃燈光亮了。

大殿裡黑壓壓一片，灰色的僧袍和錦繡的袈裟，將整個大殿都塞滿了。

本無老禪師正盤坐在大殿中，垂首喃喃地念著經文。

石砥中面朝牆壁，盤膝而坐，牆上掛著一幅垂眉端坐的老和尚畫像，在畫像中，那老和尚是睜開眼睛，微微笑著的，一臉慈祥模樣。

本無大師唸完了經，敲了一下木魚，站了起來，走到石砥中面前道：「你願入本門，為崑崙弟子嗎？請朝向祖師戒持老祖跪拜叩頭。」

石砥中朝牆上掛著的畫像叩了三個頭，道：「我願為崑崙弟子。」

本無禪師合掌跪下，朝畫像道：「弟子第十四代掌門本無，代師收徒，石砥中自即日起為本門第十四代關門弟子。」

氤氳的煙霧中，本無禪師莊嚴地道：「爾為本門弟子，應知本門戒律，第一不得欺師滅祖，第二不得亂殺無辜，第三條……。」

他一口氣將八條戒律唸完，然後道：「自即日起須遵從本門戒律，不得有違。」

「呵呵！什麼狗屁戒律，這些都是臭和尚飽食終日，無事可為想出來的花樣，小娃兒，你跟我走吧，我們五場比賽不要比了，我就放過這些和尚算了。」七絕神君從裡面走了出來，大笑地說著。

本無禪師冷漠地望了七絕神君一眼，對石砥中道：「你為家師第六個弟子，現在你來見見你的三個師兄。」

他指著端坐在最前面的三個老和尚道：「這是你的三師兄曇月，四師兄水月，五師兄鏡月。」

那三個老和尚合掌道：「恭賀小師弟得列本派門牆，阿彌陀佛。」

石砥中道：「尚請三位師兄多多提攜。」

他轉過身去，對七絕神君道：「在下仍要以崑崙弟子身分，替家師藏空與前輩比試五場，第一場在下要與前輩比試陣法，不知前輩意下如何？」

七絕神君瞪大雙眼盯著石砥中，好半晌他才一翹大拇指，道：「好！真是個好人才！不知道本無怎會找到你？嘿！確實不錯。」

石砥中俊臉微紅道：「蒙前輩誇獎很是榮幸，不過這陣法之……。」

七絕神君道：「你要與我比試陣法？好！我們各出三個陣法，每一陣法以三天為準，若三天內不能解破者，即算為輸，你看如何？」

石砥中頷首道：「這樣甚好，現在就請前輩先出一式。」

七絕神君朗笑一聲，道：「你們這些和尚給我滾開！」

本無禪師合掌道：「阿彌陀佛，師弟與神君之賽是否能在三日後再開始？老衲尚有話與小師弟一談。」

七絕神君大袍一展，望了望本無，然後點點頭道：「好吧！我們就三天後再比吧！」說完紅影一閃，已如風而去。

本無禪師道：「這魔頭一向心狠手辣，犯在他手上的沒有不死，真不知他為什麼要對你如此的好？我想這魔頭八成是留定了。」

他一揮手道：「你們繼續做晚課吧。曇月、水月、鏡月，你們跟我來。」

他側首說道：「小師弟，你隨我到方丈室來。」

本無大師袍袖翻動，朝方丈室走去。曇月、水月、鏡月三位大師默默跟隨在後面，石砥中也一整衣襟跟著去了。

轉過一重假山，過了庭院便來到方丈室，兩個小沙彌躬身挑起布帘，石砥中隨著老禪師走進室內。

室外雖然飄著雪花，但室內燒著旺旺的火缽，厚厚的毯子鋪在地上，使人有溫暖而柔和的感覺。

本無老禪師盤膝坐在塌上，鏡月對石砥中道：「師弟，你若不慣盤膝，就坐著好了。」

石砥中道：「小弟可以盤膝，謝謝師兄關照。」

本無禪師吸了口氣道：「本門自戒持老祖越大雪山來到本山後，創立我崑崙一派，即以悠長純厚的內勁，與獨特之輕功身法享譽武林，雖然原有少林、武當、華山、峨嵋四派，但我崑崙卻仍居九大門派中，不因路遠山遙而沒聞於武林。」

他臉色嚴肅地道：「但武學之道遼闊無邊，本門雖是佛門正宗，然而蠻荒苗疆、海外各島，以及藏土各地異人當在不少，莽莽江湖，奇人異士更是難測其數。各派有絕藝，各門有其秘傳法門，然而七絕神君以絕頂的智慧，竟能參悟七種絕世之學，在整個中原來說，尚無人可及，尤其他一身內家玄門『罡氣』功夫，更是驚人，所以先師臨終前曾到本山後面峽谷中找來一株千年『玉香凝露枇杷』，將之栽於後山『水火同源風雷洞』裡，承受水火化練，吸收山川精華……。」

本無老禪師見石砥中聽得入神，他微微一笑道：「當年先師引地中『銀液靈泉』灌輸，就是要趕上今日小師弟來山中，因為七絕神君不但內家勁氣無敵於中原，而且他還有昔日琴仙的一柄『天山寶琴』，十五年前他已能以琴聲摧人意志，至今已到琴音斷人魂魄之地步，若沒有絕頂之內功是無法抗衡的。」

水月問道：「十五年前大師兄未曾留意，故為琴音震裂心脈，現今我等守住心志，難道……？」

本無禪師伸手制止水月說下去，他搖搖頭道：「只要七絕神君彈出他那『天魔曲』，本門二代弟子將全部死去，但是尚有一著，僅一闋奏出，十丈內的假山頃刻折成碎粉，這已非我等所能抗衡的，何況他尚有棋、劍、掌、陣法、內家罡氣，本門無一人能敵，除了小師弟之外。」

他話音一頓：「師尊曾說七星朝元之人智慧超越常人太多，稟承山川靈毓之氣所生，故惟有小師弟能在一個月之內將本門一切功夫學會，而且本門至此將有三大劫難，非金鵬墨劍不能化解……。」

石砥中心裡一動，問道：「什麼叫做金鵬墨劍？」

本無禪師苦笑一聲，道：「這是先師圓寂時所說的，我也至今會悟不出，但這與大漠裡那鵬城可能有關，倒不知與小師弟有何關係。」

他頓了頓道：「那株『玉香凝露枇杷』在今晚就會成熟，老衲想我等一齊趕到風雷洞去，合四人之力替小師弟打通天地之橋，趁靈藥效力未完全發揮之際，將他任督二脈溝通，則一月後或可與七絕神君一拚，同時也好替本門增一奇人，替武林大放異彩，各位師弟意下如何？」

曇月望了望兩位老和尚，道：「老衲聽憑掌門吩咐，水月鏡月兩位師弟諒也不會反對……。」

水月合掌道：「阿彌陀佛，就請師兄帶路吧！」

石砥中道：「掌門人，我不知先師怎會在十多年前就預料得到這些事？實在說來，我懷有佛門『般若真氣』之秘笈……。」

「什麼？你有『般若真氣』的秘笈？這是佛門高僧降魔禦敵的大能力，但在本門已失傳八十餘年，想不到今日會出現於你身上。」

本無禪師喜道：「如此說來『罡氣』玄功有了抵制之法，勝算又加幾分了，走！我們立即動身往後山風雷洞去。」

他領先走出方丈室，朝門口的沙彌道：「喚你靈水師叔來。」

他又回頭道：「曇月，你帶著小師弟一起走，等靈水將乾糧水袋帶來後就立刻動身。」

靈水自邊院閃了進來，手裡提著一個包囊道：「稟告掌門師尊，一切都準備好了。」

本無老禪師道：「包囊交給你水月師叔，這三天內，你和靈山、靈木兩人負責寺內一切，那魔頭若問及，就說我們在地室裡研究陣法。」

×　×　×

蒼茫的夜色裡，寒風掠過他們的衣袂，層疊的峰巒上，堆滿了白雪，雪地上幾個淡淡的腳印，一直往山後峽谷而去，僅一會兒便又被飄落的雪花填滿。

石砥中被曇月扶持著，在雪地上飛快地躍行，大袍翻翻，影子留在地上轉眼便被黑暗吞噬。

僅一會兒功夫，他們便已來到一座地谷之內。

「谷裡便是那水火同源風雷洞，你們小心點，這洞有九條道路，只有一條通往那『銀液靈泉』所聚的小潭，在那潭旁方始栽有『玉香凝露枇杷』。」說完，他朝右側一拐，鑽進一個小洞，人影一晃，其他三人也都鑽了進來。

「後面有人跟蹤而來，所以我才那麼說，其實這就是風雷洞。」

石砥中問道：「是不是七絕神君跟著來？我可在洞口擺個陣式，請師兄撿九塊石頭給我。」

曇月道：「這跟蹤而來的不會是七絕神君，因為他若是要跟蹤我們，也不會被我們發覺的，這一定是其他的人，只是現在已快到子時了，否則我可以出去看看，到底是誰摸上崑崙。」

石砥中接過水月大師撿來的九塊石頭，就在洞口排起一座陣法，霎時便將那些石塊排好。

水月輕聲問道：「你這排的是什麼陣？」

石砥中道：「這是『三元化一九曲陣』，成九九之數，化為八十一道門戶，師兄想想，在這個小洞裡，門口有八十一條路，要能找到這洞口的機會當然更小了，三天之內包定無人發覺。」

曇月呵呵一笑道：「真想不到師弟你這般年紀，對陣法有如此研究。」

他話聲未了，洞外一個蒼老的聲音道：「咦！這些禿驢到哪裡去了？風兒，據為師的所知，這山谷裡有一火山洞穴，洞內又有一冷泉，故而水火同源，能孕育靈草仙藥，所以為師來此，預備取得那株靈草給你服下，好造就你成為邪門第一高手……。」

話音一頓，厲喝聲裡，七絕神君那狂邁的笑聲飄散開去，喝道：「有我七絕神君在此，你雪山老魔還想沾到光？替我滾下崑崙山去。」

本無禪師一皺眉道：「雪山三魔不知哪個來了，幸好碰見七絕神君，這下他討不到好了。」

果然，聽見那個蒼老的聲音怒吼道：「老鬼，誰要你多管閒事，他日碰見我雪山三魔……。」

七絕神君一聲怒喝道：「你這混蛋傢伙還不滾離崑崙，我一掌就要你的老命。老魔，你可要嚐嚐我『罡氣』功夫？」

雪山老魔厲喝一聲，飛逝而去，七絕神君狂笑聲在山谷裡迴盪著。

本無禪師道：「雪山老魔一定受傷而走，他倒想要造就出一個邪門第一高手。現今天下魔高道低，邪道之人太多了。」

他嘆了口氣，朝洞裡走去。

穿過一陣崎嶇不平的亂石柱後，來到一個倒垂鐘乳、閃爍著瑩瑩光芒的洞穴裡。

石砥中抬頭一看，只見洞頂刻著「水火同源」四個大字，那些透明的鐘乳石柱反射著淡淡的燐光，整個洞內都是淺藍色。

在靠壁之處栽著一株高及人頭的小樹，樹幹及枝葉整體呈現淡紅色，在淡紅色的葉下結著幾個橙黃的果子。在樹根處，一泓銀色的泉水發出悅目的光芒，流動瀲灩，卻又不會溢出岩石外。

石砥中哪曾看過這等的奇景，他愕然地注視著那一泓泉水，以及生根於岩石之上的那株小樹。

本無禪師道：「那就是『玉香凝露枇杷』，等到子時成熟，就會變為透明，到時清香四溢就可服用。」說著，他跨步向那一泓潭水走去。

石砥中也跟著一步跨出，哪知他方走出幾步，只覺室內炎熱如火，立時熱得難受，頭上沁出汗來。

本無道：「這室內居地穴之中，以那塊岩石為界，這邊炎熱如火，那邊嚴寒如冰，等下你就坐在岩石正中，承受這水火同時侵襲，服下樹上的三個枇杷後，我們就替你打通穴道，化解靈藥效力。」

石砥中依言盤膝坐在那塊岩石上，果然他左邊寒氣陣陣襲來，右邊則熱如烘爐，直使他一陣發抖，一陣發熱，難受無比。

本無禪師喝道：「抱元守一，氣沉丹田，試著調濟水火，以水就水，以火蓋火……。」

石砥中依言將體內真氣互相調劑，緩緩運行體內兩匝，已覺得這種寒熱相沖的現象大為減少，於是睜開眼睛，看到了眼前那株「玉香凝露枇杷」在慢慢掉落著葉子。

本無和其他三個老和尚，此刻環繞石砥中而坐，也都注視著一片片淡紅色的葉子轉變為黃色而落下。

香氣馥郁醉人，有三個枇杷漸漸晶瑩透明，晶圓如珠……。

本無老禪師雙眉斜飛上鬢，沉聲喝道：「張口！」

他大袖輕展，一股柔軟氣勁將那三枚枇杷繞纏起來，兜著往石砥中口中送去。

入口一片清涼，香氣沖鼻，薰人欲醉。

石砥中只覺甜美的枇杷入口即化，一下便吞入肚裡。

一股熱氣直衝丹田，燒得他不自禁地大叫了出來。

本無禪師呼了聲佛號，頓時四隻手掌貼在石砥中身上四大要穴。

洞中靜謐無比，那株「玉香凝露枇杷」正緩緩枯萎，落在小潭裡……。

第五章　雪山三魔

雪花飄飄，朔風凜凜。

崑崙山的雪經過三日來的堆積，更厚了。

玉虛宮前的古鼎仍然傾斜著，蒼松的腰幹被雪壓得更彎，樹下兩張石凳掃得乾乾淨淨，一排和尚盤坐在青石上。

四個蒲團並排在地上，兩張石凳上放著數十根竹籤，那些竹籤清晰地可以看出是才削好的，因為竹子上水分還未乾。

鐘聲響起了，本無禪師錦裰袈裟在寺門口出現。

他身後跟著曇月、水月、鏡月三位老和尚，而石砥中卻跟紅袍白髮的七絕神君一起走了出來。

七絕神君哈哈笑道：「小娃兒，我們每人比上一場，若是誰在三個時辰內破解不了對方所設之陣，就算那人輸，你說這樣可好？免得太浪費時間了。」

石砥中點頭道：「好，就是這樣吧，請前輩先排陣。」

七絕神君坐定後，拿起手中竹籤道：「我們同時擺，等下你來這兒，我到你那兒，你看這樣可好？」

石砥中抓起一大把竹籤，在地上插了一根道：「還是前輩先擺的好。」

七絕神君朗笑一聲道：「好！我先來。」

他捏著一根竹籤，在地上畫著虛線，隨著他凝重的臉色，無數交錯縱橫的線條被畫了出來，有的彎曲迂迴，有的卻筆直而去。

他右手如飛，隨著腳步的移動，一根根的竹籤循著那些虛線插在地上，霎時將石砥中周圍一丈方圓都布得滿滿的竹籤，把石砥中圍在裡面。

他插完最後一根竹籤，吁了一口氣，便盤膝坐回青石，靜靜地望著石砥中。

石砥中眼看七絕神君身形如風，轉眼自己便身居陣中，四外一片茫茫，毫無邊際。

他咬了咬下嘴唇，緊皺著眉頭在緩緩推算五行八卦，腦海裡映過寒心秀士所教授給他的一切殘缺古怪的陣式與一般的陣法。

一盞茶功夫過去了，瞑目的本無禪師睜開眼望了一下石砥中，立刻又閉了起來，因為石砥中也是閉著眼睛盤坐著。

盤坐在青石上的二代弟子，齊都臉現緊張地望著石砥中，他們平靜有若死水的心境，也不由為這關係著全寺生命的賭賽而起了波瀾。

兩個時辰過去，石砥中仍然閉目而坐。

七絕神君臉上現出一絲得意之色，他一拍手道：「小和尚，替我把酒菜拿來……。」

他話未說完，便見石砥中睜開兩眼，微笑了笑，走下了石凳，身子一轉，便在竹陣裡兜起圈子來。

只見他腳下亂踏，時退時進，忽地一個翻身又面對這邊，飛快地走在竹陣裡。

七絕神君失聲叫道：「啊！這個精明的小鬼！」

石砥中面含微笑的走出竹陣，道：「前輩，你這乃是『黃河九曲陣』與『九九歸元陣』互相連鎖而成的，破陣當在第八十一根竹籤開始。」

他又走進陣裡，拔起一根竹籤，走了出來道：「現在整個陣式已經破了。」

七絕神君疑惑地望著石砥中，道：「你這套是從哪裡學來的？」

石砥中含笑道：「家父寒心秀士一生精研各種陣法，現在區區要排的陣法，叫『十絕大陣』。」

他捏著竹籤，圍著七絕神君插滿地上，霎時密密的竹籤布滿雪地，縱橫交錯，高低不一。

石砥中擦了擦頭上的汗，笑著對本無禪師道：「七絕神君真是個鬼才，他將兩個陣法倒轉排置，使我還以為是一個古陣，自己弄迷糊了。」

他盤膝坐回石凳，靜氣凝神，緩緩推行著體內真氣，自丹田而起直衝過任督兩脈，運行於體內二匝。

自那晚起，他經過三天三晚的受著寒熱兩股氣流的交互化練，復經崑崙四大高僧以數十年生命交修的內力打通穴道，所以他在任督兩脈一通時，「玉香凝露枇杷」所蘊的靈效已全被吸收，僅僅三日內，他已成為內功深厚無比的內家高手，於是他才出了洞……。

此刻只見他實相內蘊，全身散出一層輕霧似的白色氣體，繞著身體迴轉，臉上及皮膚現出一層晶瑩的光芒，彷彿是玉石所雕成的玉人一樣。

本無禪師驚喜道：「小師弟真的已練成『般若大能力』了，你看他已至返本還虛的地步。」

「阿彌陀佛！」曇月合掌道。

「我崑崙將自此大放異彩了……。」

日影漸移至中，淡淡的陽光下，石砥中吁了一口氣，睜開眼睛，他將視線投在自己所設的「十絕大陣」上。

「咦！」他一愕道：「他怎麼已走過四個門戶？莫非他已摸通了？」

七絕神君一生浸淫陣法之中，自命為一絕，自然有他獨到之處，故而他雖然從未見過這「十絕古陣」，但卻依推算之理，連闖四重門戶。

此刻只見他嘴裡喃喃而動，時而蹲在地上，時而疾走幾步，繞著石凳而行，果然被他繞來繞去，一連闖到第九重門戶。

七絕神君仰天狂笑，大步踏出，道：「這一場你贏了，因為我破不了這個陣。」敢情他已因過度耗費心血而致臉色蒼白。

「阿彌陀佛！」那一排僧人站起來，朝石砥中道：「恭賀小師叔。」

本無禪師站將起來道：「師弟，用飯去，飯後再賽第二次。」

七絕神君笑呵呵道：「為了你這個陣，我當要浮一大白，小娃兒，你跟我喝點酒吧！」

石砥中搖頭道：「在下滴酒不飲，為了等下就要來的三盤奕棋，更不能喝了，尚請前輩原諒。」

七絕神君掀鬚大笑，道：「我真是愈來愈喜歡你了，喂！小娃兒，你也不用再費神了，跟我走吧！從此我再也不跟這些禿驢找麻煩。」

石砥中道：「在下現為崑崙弟子，本門第一條戒律是不得欺師滅祖……。」

七絕神君一愣，隨即笑了笑，飛身躍往後院而去。

× × ×

午後，日影西斜，寒風漸起。

在古松下，石砥中與七絕神君對坐著，在他們面前是一塊白石刻好的棋盤，此時兩方對壘，黑白子布滿棋盤上。

七絕神君手持白子，目光凝注棋盤中，他沉吟許久，還沒有放下那顆拈在手指上的白子。

本無禪師和他的師弟齊都臉現緊張地望著密密的棋盤，因為在前兩盤裡，石砥中和七絕神君都是一勝一負之數，勝敗之關鍵完全取決於這一盤了。

石砥中彷彿木雕泥塑的菩薩一樣，儘管寒風吹得他衣袂飄飄，他也沒移動分毫，現在，他已將全部心神投入在每一顆棋子裡。

放在本無禪師面前的沙漏，粒粒細沙落下，很快的便漏滿了，本無禪師伸出手去，將沙漏倒置過來，一粒粒的沙又落下……。

七絕神君瞥了眼沙漏，迅速地收回目光，將手中那顆棋子放在棋盤上的一角。

石砥中目中神光一射，敢情七絕神君所下的這一著，確實是化腐朽為神奇，整個地挽救了他所處的劣勢。

這下該輪到石砥中皺眉頭了，他拈起一顆黑色的棋子，沉吟了半晌，依然沒放下去。

就在這時，山下數聲悶哼，慘叫聲中，三條灰白色的影子躍了上來。在斜陽下，三綹白髯隨著晚風飄拂著，三個老者冷峭地望著全在入神的古松下各人。

石砥中額上汗水直滴，他心力交瘁，連手指都微微顫抖，只見他猶疑了好半晌，兩指挾著顆黑子放了下來。

七絕神君哼了一聲，拈起一枚白子，方待放下，便見棋盤上所有的棋子都被一股狂飆拂走。

他勃然大怒，一抬頭瞥見那三個老者並排站在石板道上，正冷冷望向這邊。

他長身立起，狂笑道：「我道是哪個吃了豹膽熊心的，敢在我面前撒野，原來是雪山三魔來了。」

他臉色一沉，怒道：「我老人家生平最痛恨的便是當我面逞能之人，雪山三魔，你們是死定了。」

他話聲未完，長袍倏地鼓起，冷哼一聲，雙袖揮出，兩股銳利刺耳的氣勁自袖下飛出。

雪山三魔一見七絕神君臉色泛青，鬚髮俱豎，不由大吃一驚，六掌齊出，氣勁疊起，如山湧出。

「轟！」一聲巨響，雪山三魔悶哼一聲，身形一斜，後退兩步，青石上頓時留下十二個三寸多深的腳印。

七絕神君臉罩寒霜，肩頭未動便平空飄出一丈，落在甬道的青石板上。他冷冷道：「合你們三人之力，能擋得住我一招『罡氣』也算難得，現在你們再嚐嚐我『千山掌法』！」

斜陽下，他身影騰空，無數雪白的掌影現出一道道悽迷的弧線，霎時便將雪山三魔圈在裡面。

本無老禪師臉色一變道：「七絕神君『千山掌法』確是一絕，若是我們齊上或可擋住五十招，否則十招之內我們便會落敗。」

石砥中緩緩站了起來，道：「七絕神君這等絕藝豈非天下第一？連掌門人你也如此說。」

本無禪師搖頭道：「中原之大，奇人異士多如群星，我們這等功夫又算什麼。」

雪山三魔怪嘯聲聲，在連綿的掌影裡翻騰，氣勁數旋，掌招如繭抽絲，竟然很快地由劣勢扳轉回來。

三人行動配合得甚妙，發揮出很大的威力，怪掌迭出，已將七絕神君擋住。七絕神君也是甚為震驚，他長嘯一聲，四肢如同一隻蜘蛛，化成無數幻影席捲而去。

雪山三魔人影倏然散開，仰首望天，六隻手掌搭在一起，翻轉而上，迎著自空落下的七絕神君劈去。

「砰！砰！」數聲掌風相撞，隨即只見雪山三魔一起跌倒地上，頭上髮髻散開，落得一地的白髮。

七絕神君臉上嚴肅地凝望著倒在地上的雪山三魔，他沉聲道：「你們合手連擊的這套手法從哪裡學來的？是誰在你們背後撐腰？」

雪山三魔緩緩地站了起來，手拊胸膛，但見他們臉色慘白，忍不住一張嘴噴出一股鮮血。

雪地上立時現出粉紅色的印痕，彷彿點點紅花開放在雪地上。

雪山老魔瞪了一眼七絕神君，冷哼一聲道：「你前些日子打傷的那個叫鄭風的年輕人，本是我的徒兒，但現在已是他人的義子，就是那人叫我來的。」

七絕神君仰首望天，沉吟了一下道：「那是何人？」

雪山老魔默默注視著七絕神君，好半晌方始迸出四個字：

「幽靈大帝——」

石砥中可清楚地看到七絕神君一震，他側首一看，驚見本無老禪師竟也全身一震，眼中露出恐怖之色來。

他不由愕然忖道：「何人竟敢稱為大帝？而且叫幽靈大帝？」

七絕神君愣了好半晌，突地喝道：「胡說！幽靈大帝怎會活到現在？他已四十年未現江湖，現在當在百歲開外，怎會不死？」

雪山老魔陰陰地道：「以大帝那等功力，活個百歲又算什麼？」

七絕神君仰天狂笑，駢右手兩指道：「你抬出幽靈大帝來，難道我怕了？現在我仍要殺了你們。」

雪山三魔見七絕神君以臂作劍，心中大驚，忙躍了開去。

雪山老魔厲聲喝道：「你若殺了我們，崑崙將夷為平地，大帝的手段你是知道的，他豈會放過與之一切有關之人？」

石砥中緩緩走了過去，道：「像你們這種窮凶極惡之人，早該死無葬身之地了，怎麼會活到現在？」

雪山三魔一起大怒。

雪山老魔冷哼一聲道：「你是神君弟子？小娃兒，你莫非不要命了？」

石砥中哼了一聲道：「我石砥中乃崑崙弟子，豈有怕死之理？呸！吃我一掌。」

他深吸口氣，單掌一旋，瀟灑之極的揮出一掌。

雪山老魔只覺微風颯然，突地一股窒人的雄渾勁道壓將上身，他心中大驚，沉掌吸氣，盡提丹田內功，平拍而出，掌心外吐，一股凝旋的氣勁劈出。

「砰！」

一聲巨響，雪山老魔慘哼一聲，身子跌出五尺，右掌齊肘而斷，灑了一地的鮮血。

其他雪山二魔大吃一驚，怒喝一聲，兩股掌勁劈向石砥中而來。

石砥中似未想到自己會有如此大的威力，他一愣之下，已覺察到對方劈來如山掌勁，急切之間，他身子一弓，推出一掌。

石砥中身子一晃，終於站穩了。

他看到自己的腳已陷入青石中寸餘，地上石屑粒粒，雪水飛濺。

雪山雙魔搖搖晃晃地站了起來，「哇」地一聲，各都吐出一口鮮血。

七絕神君朗笑一聲道：「好啊！佛門『般若真氣』給你練成了，這下我老人家真有對頭了。」

雪山三魔怨毒地盯了石砥中一眼。

老魔頭道：「你崑崙將自此不得安寧，我等非要叫你們死屍遍山……。」

七絕神君雙眉一豎，目射神光道：「你們若有一絲一毫不利於崑崙，我叫你們個個受我『制脈切穴』之刑，要你們痛苦號哭，一個月後全身經脈寸斷而死……。」

雪山三魔打個寒噤，望了一下站在蒼松下的四個老和尚，反轉身去，走下石階，朝山下躍去。

× × ×

山上的夜來得較早，雖是黃昏，但是遠山已是蒼茫。

石砥中注視著茫茫夜色，忽地感到一種孤獨的感覺，他嘆了一口氣，緩緩回過頭來。

七絕神君道：「小娃兒，你嘆什麼氣？難道這場棋沒有贏，便不高興了？或者你認為不該將那個老魔頭手腕打折？」

石砥中搖搖頭道：「這些都不是原因，在下只是嘆息人事無常罷了。」

他問道：「前輩可知東海滅神島主是什麼樣的人？」

七絕神君訝道：「你怎麼會問起滅神島來？江湖傳言，滅神島為東海三島之一，島上之人邪學高明，武功大異常規，顯然是走的偏激一道。另一個七仙島則與秦皇島遙遙相對，島上的人也是神秘異常，從未在中原出現過……。」

石砥中「哦」了一聲道：「那麼剛才雪山三魔所提之幽靈大帝，又是怎麼回事？」

七絕神君笑了笑道：「這些武林掌故，以後再告訴你吧！不過……」他高聲道：「老賊禿，你知道幽靈大帝居邪門之聖，若是他出來，那你們都完了，他可沒我這麼仁慈。」

本無禪師合掌道：「阿彌陀佛，魔焰高張，我等又有何計？」

七絕神君摸了摸鬍鬚，道：「今日之棋賽算是和局如何？」

石砥中躬身道：「既然前輩如此相讓，在下恭敬不如從命。」

七絕神君道：「今晚去我那兒，我要讓你聽聽我的琴音。」

他溫和地道：「你智慧極高，因而也會感到一股憂傷吧？孩子，不要這樣，你有一雙眼睛，還是多觀賞這美麗的大自然吧！你看，崇山峻嶺，白雪松濤，修竹依依，寒梅馥馥，我們生活其間，實在並不寂寞的，你不要太過思慮了。」

石砥中默默望著緩行而去的七絕神君，心中彷彿有所得，又彷彿有所失去。

本無禪師低沉的聲音已在他耳邊響起：「師弟，看來七絕神君確實與你有緣，怪不得先師曾說，惟有你能困住他於崑崙三年之久。」

石砥中微微笑了笑，沒有說什麼。

他的思緒已回到對父親的想念上，於是邊行邊問道：「師兄，往居延去的門人還沒回來？我真不知家父到底怎樣了。」

本無禪師道：「哦！你又想家了，我派靈光去居延，想必近日就會回來。師弟，本門輕功『雲龍八式』你練得如何？」

他轉移話題，側臉問道。

石砥中一笑道：「師兄，你可要看？」

他雙臂一展，如白鶴亮翅，身軀已如風飛起，在空中身子一斜，如夜鳥翔飛，繞空轉了三匝，而後如片落葉，飄落寺後。

本無禪師欣然的笑聲在夜空中傳出老遠，靜謐的松林開始有了絮語。

第六章　雲龍八式

崑崙山的夜，如夢。

室外寒風，室內爐火，精舍裡一燈熒然，香煙嫋嫋而散。

七絕神君盤膝坐在一面白玉古琴前，十指輕輕地按在弦上，輕按慢弄，霎時有如銀瓶乍破，水珠迸濺，幽思一縷隨著琴音而起。

石砥中心神全都被琴音所吸，隨著琴音轉變，時而眉皺，時而輕笑，更為凝澀的弦音而沉思，為那如金戈鐵馬的弦聲而激昂。

指動弦移，輕柔的聲音如慈母低喚，更如幽夜情人絮語，石砥中兩眼溼潤，已放聲哭泣起來。

「唉！」七絕神君嘆了口氣，十指一彈，琴聲如裂帛一響，戛然止住。

他望著驚醒過來的石砥中，笑道：「孩子，你的情感過於豐富，易受琴音所感，連我這普通的一曲都會如此，那你怎能聽得完我的『天魔曲』呢？」

石砥中擦了擦流在臉頰上的眼淚，紅著臉道：「前輩琴聲的確已至出神入化的境地，在下也只是盡力為之而已，不過前輩若奏『天魔曲』，在下則必心生警惕，而非適才的欣賞心情。」

七絕神君朗笑一聲道：「你真像我年輕時一樣，倔強而富感情，孩子，你可要跟我學琴？」

石砥中道：「等晚輩與你一了恩怨後，再請教您吧！現在晚輩要告辭了。」

七絕神君凝望了一眼石砥中那挺直的鼻子，頷首緩聲道：「也好，等我們一了恩怨，再細細地談吧，明天上午看你的般若大能力！」

石砥中退出精舍，走到前院，望著那一排修篁，沉思了一會，但見他身軀一縮一彈，便上了竹梢。

竹枝搖晃，他折下一根長約四尺的竹枝，除去枝上葉子，飄身躍出寺外。

他身子方一落地，自寺旁竄來一條人影，喝道：「是誰？」

石砥中腳尖一轉，懷抱竹枝，瞥見兩個守夜的和尚，說道：「是我！石砥中。」

「哦！」左首一個中年和尚躬身道：「原來是師叔。」

石砥中應了聲道：「我到後山走走，你們若碰見掌門人找我，就這麼說。」

他穿入松林之內，來到一片較空曠的雪地上，沉氣凝神，練起崑崙「遊龍劍法」，竹枝劃過空氣，響起尖細的嘯聲，在黑暗空地上，氣勁旋激，風聲颯然。

日間所深印腦海的劍訣圖式，此刻鮮明的浮現眼前，儘管林中黑暗不見五指，他卻依然可以覺察出自己劈出的劍式，已能將真力貫於竹枝尖頭。

「嗡嗡！」聲在岑寂的黑暗中不斷地響起。

好半晌，石砥中輕哼一聲，竹枝刺入松樹的枝幹裡。

他吁了口氣，趺坐於地，運起功來，剎那之間，神智清晰，周圍十丈之內都聽得清楚，已至返樸歸真之地，體內真氣緩緩催動，雙手也隨之緩緩提起，敢情他此刻已察覺到三條人影輕躡而來，穿入松林中。

細碎的冰珠碎裂聲傳來，他哼了一聲，喝道：「是誰？」

「嘿！」自黑暗裡傳來一聲冷笑，三股狂飆激飛而來，彷彿江河決裂，波濤滾到，直將他衣衫颳得飛起。

石砥中雙臂一振，雙掌緩緩劃出一個圓弧，佛門「般若真氣」擊出，氣勁宏闊，遍布周身丈外，飛旋而去。

「砰！」雪水濺起，松枝搖晃了一下，「喀嚓」聲裡，斷了下來。

石砥中身如急矢，兩指一駢，倏然劃出，「嗤！」的一聲，已切破對方大袍。

「好！」黑暗中那人一騈掌，喝道：「師弟，好一式『遊龍出壑』。」

石砥中哦了一聲道：「原來是師兄！」

曇月道：「小師弟，你每夜在此練功，掌門師兄放心不下，囑我們守衛在外，想不到你進境神速，竟能接下我三人合擊的一掌。」

水月笑道：「遊龍劍法的真諦，師弟已經領悟，適才我幾乎傷在你的指下，幸好只是將外袍劃破。」

石砥中歉然道：「師兄請原諒小弟未能認清，而致有所冒犯。」

曇月道：「小師弟，令尊未回居延，據靈光師侄歸來，言及貴府管家說：自你們出門後，便未曾歸去。」

「哦！靈光回來了！」石砥中道：「那麼我爹會到哪裡去了？難道他真的是去海外？」

曇月道：「師弟，掌門師兄是要我們一齊合力替你增厚內力，意欲用佛門『醍醐灌頂』的大法將你體內潛力完全激發出來。」

水月大師道：「師弟現年僅十七歲吧？這正是灌頂大法最適用的時期。」

石砥中惶然道：「我自己慢慢修練，已快能將『般若真氣』完全運用，不必師兄再耗真力。」

鏡月道：「我們只要靜坐三個月，便可恢復，而你卻只有今晚一晚的時間，明天便又要與七絕神君比賽內家真力。」

曇月接口道：「師弟，你坐下來。」

石砥中聽出曇月嚴肅的語氣，他盤膝坐下來。

如漆的夜色深濃，黝黑的松林裡，靜謐中有三隻手掌貼在石砥中身上。

晨光一縷穿入，如劍般地刺開濃厚的夜幕，漸漸清晰的松林，積雪隨著晨風跌落了。

石砥中臉色紅潤的走了出來，在他身後跟隨著三個臉色蒼白的老和尚，清晨的微風掀動了他們的衣角，直欲凌風飄去。

石砥中雙手合起，躬身一揖道：「謝三位師兄。」

第一道金色的陽光自雪白的峰巒後射來，照在這三個老和尚的臉上，顯出一層慈祥的神色，長眉垂頰，聖潔如同廟中的菩薩。

望著衣袂飄拂的老和尚遠遠而去，沒入寺院後，石砥中望見雪白的山裡，一條紅色的影子電掣般地飛馳著。

他心中微訝，敢情飛馳於山間的是一匹全身通紅的馬，雖然險峻的山谷滿蓋白雪，但那赤紅的馬卻仍然神駿地騰躍著，恍如置身平地，那被風吹動的鬃毛斜飛而上，俊偉之至。

石砥中身形一動，如一隻飛鳥般翔空而去，迎向那匹赤兔馬，僅兩個起落便趕上了。

一聲長嘶，那匹馬兩耳直豎，前蹄直立而起，踢向石砥中胸部，來勢沉猛，迅捷如電。

石砥中心裡一驚，雙臂一抖，上身斜出數寸，腳下一用力，躍起五尺，朝那匹赤紅馬撲去。

他雖然行動如風，但那馬神駿異常，一閃一挪，已張口咬來，白森森的牙齒將石砥中身上衣衫咬了幾個齒印。

石砥中雙掌一接，已挾住伸來的馬頭，他已顧不得身上衣衫被咬破，雙足一分就跨了上去。

哪知他身子方要跨上，那匹紅馬長嘶一聲，長頸一拋，整個龐大的身軀騰空飛起，如脅生雙翼，行空而去。

石砥中撲了個空，不由一怔，兩眼一閃，已瞥見那匹赤紅馬四足如風，躍行空中，他的目光落在雪地，但見一點點的紅血，鮮豔如花的開在雪地。

「啊！這馬被我傷了？」他暗忖道。

一聲長嘯自玉虛宮傳來，七絕神君那狂妄豪邁的笑聲在群山中擴展開去，石砥中已見那匹馬落在山頂甬道上，傍依著七絕神君。

他一扭身躍上甬道，已見七絕神君拿著一條汗巾在替那匹紅馬擦著身子。他問道：「前輩，這馬是你的？怎麼牠身上的汗是紅的？」

七絕神君道：「這叫汗血赤兔馬，是我在大宛一個山洞裡尋到的，費了我好幾個月的功夫，才把這小傢伙馴服……。」

他目光一瞥，見到石砥中胸前的齒痕，笑著道：「你也吃虧了？哈哈！我這匹馬在山中溜上兩三天，也都沒關係，當然我曉得牠不怕被人擒走，嘿！天下除我之外，有誰能捉得住牠？」

他一邊說著，一邊掏出一塊黃綠色的藥餅塞在汗血赤兔寶馬的嘴裡。

石砥中雙眼神光倏現，感到一股從所未有的豪氣激盪在心中，他跨出兩步道：「前輩，現在我要將那傾斜的巨鼎扶回，並要與前輩一較劍法。」

七絕神君望見石砥中臉上湧現的神色，心中大為折服，頓時收回臉上嬉戲之色，朝赤兔寶馬耳邊嘀咕了一下，道：「你去休息吧！」

汗血寶馬似是已通靈性，輕嘶一聲，朝宮後馳去。

七絕神君緩緩掉過頭來，雙袖一展，道：「當日我將此鼎自宮前運集『罡氣』之功，托至這裡，若你能將此鼎送回廟門口，便算我輸。」

石砥中仰首望天，灰藍的蒼穹白雲如帶，陽光自白雲後射出，照在他的臉上，他深吸口氣，將體內真氣提起，運行周身兩匝。

他收回目光，投於巨鼎之下，雙掌平胸提起，但見他雙眉斜軒，全身衣衫似是被風所吹，起了一陣波動。

他低喝一聲，雙掌一推，已見斜傾沒入石道中半截的巨鼎緩緩直立起來。

石砥中深吸口氣，大喝一聲，衣袂如被風所灌滿似的，高高鼓起，那鼎爐平空升高二尺，似是被人虛托住飛向宮前而去。

七絕神君心中駭然，敢情他見到石砥中臉上瑩白如玉，嘴含微笑，一頭如漆黑髮根根豎起，身形微斜，雙掌似玉灑揮出。

那兩千多斤的巨鼎緩緩落向宮門前的石階上，石砥中腳步一傾，向前跨了一大步，「嗤！嗤！」兩聲，深陷入地四寸有餘。

巨鼎一落，石砥中吁了口氣，身上衫袍縮了起來，滿頭黑髮落了下來。

他苦笑了笑道：「我已將巨鼎移回原處，但是我輸了……。」

話未說完，他腳一軟，坐倒地上，昏了過去，血液一縷自他嘴角沁出。

× × ×

一股熱流衝過他的任督兩脈，他醒了過來。

第一眼，他便望到七絕神君那灰白的長髯和紅潤的臉孔，其次，他看到本無老禪師垂頰的長眉。

「阿彌陀佛！」本無老禪師道：「小師弟，你好了吧？」

七絕神君呵呵道：「臭和尚，我說他沒關係，你急什麼呢？你看，他這不是好了嗎？」

石砥中發現自己躺在七絕神君懷裡，立時站了起來，向七絕神君道：「謝前輩救助。」

他黯然道：「掌門人，我有負掌門人之望……。」

本無禪師道：「師弟，不要這麼說，我知道你已盡了最大力量，達到本門前所未有的境界，此刻雖然敗了，但須知勝敗僅是一事之兩面，非勝即敗，毫無妥協之處，最重要乃是敗而不餒，所謂『屢戰屢敗，屢敗屢戰』，這是昔年『常敗將軍公孫無忌』所說之話，而他至終年時被目為神州第一高手，這豈是偶然？」

石砥中一揖道：「小弟領受掌門師兄教誨。」

七絕神君一翹大拇指道：「好！這才是好孩子。」

他神色一正道：「天龍大帝獨會中原四大神通時也僅二十歲，結果他雖然落敗，卻於第三年練得神功，將四大神通一一擊敗，所以你不用氣餒，須知你這年齡，尚沒人有你這等功力。」

石砥中心裡激起一股壯志，他運集真氣，迅速地在周身轉動一匝，覺出體內沒有什麼不適，說道：「現在該向前輩領教劍術了。」

本無老禪師一拍掌，室內跑出一個小沙彌，他手上捧著兩柄長劍，墨綠色的劍穗垂著，正隨著他的跑動而晃動著。

七絕神君肅容道：「這是我十年來首次與人比劍，你先出手吧！」

石砥中接過長劍，抽劍出鞘，將劍鞘扔在腳下，默然把劍尖一横，左手兩指揑一劍訣，搭在劍身上，沉氣凝神望著對方。

本無老禪師退了開去，臉色凝重地注視著石砥中擺出的架式，他暗自忖道：「看他的氣魄真個好似一代宗師，十日學劍便與神君較量，傳揚開去，我崑崙將為江湖上人刮目相看，唉！只不過他……。」

七絕神君斜垂劍尖，眼簾下垂，左手微貼胸前，腳下不丁不八地站著，已將全身都防備得嚴密無縫。

石砥中望了好一會，也都沒看出對方的漏洞。

他首次使劍，抑止不住心中的興奮，但也微微不安。

靜默了一會，石砥中緩緩遊走，繞著地下兜圈子，腳步愈走愈快，只見一條人影環繞著七絕神君打轉，將七絕神君那大紅色的身影纏在裡面。

他轉了數匝，仍然未見七絕神君動一動，他故而劍尖一轉，清嘯聲中，身形拔起八尺，一道劍光斜射而出，「遊龍戲水」，如電射到。

「嗆！」七絕神君紅影一閃，橫劍掃出，一劍拍在對方劍身上，他哼了一聲，手腕轉開一個大弧，七個光圈自劍底生起，朝石砥中捲去。

石砥中一劍揮出便被對方擋住，直覺手腕發麻，他深吸口氣，手臂一翻一壓，將對方劍上湧出的潛力卸去。

哪知他還未變招，便已眼前一花，七個圓弧，光芒燦爛地射將過來，心中再也不加思慮，身子一弓，「雲龍八式」中的「飛龍捲雲」使出，身子平空移開五丈，似一片落葉被風颳起，倒翻而上，閃開對方射來的七個光弧。

他劍尖一振，倒灑千里，一式「金龍探爪」，朝七絕神君喉部刺到。

七絕神君大袍一展，紅雲捲起，一縷劍光射出，劍身運至半途，倏然變招，劍影千幻而去。

「嗤——」雙劍磨擦，劍刃變成火紅，雙方一觸即散，石砥中哼了一聲，飄身落地。

七絕神君身在空中，橫跨兩步，劍尖一指，一條長約五寸的光芒伸縮不定的吐了出來，他輕喝一聲，一振長劍。

「噓——」刺耳的聲音響起，一道白光布出，撞了過去。

本無禪師駭然喊道：「劍罡！」

他話聲未了，石砥中手裡長劍斷為數截，落在地上，整個身形跌出丈餘。

七絕神君瀟灑地收回長劍，當他發覺石砥中臉色變得難看無比時，不由一怔，道：「怎麼啦？我沒有傷到你吧？」

石砥中搖搖頭，淡然道：「你沒傷了我的身，卻傷了我的心。」

他提高聲調道：「三年內，我一定要練好一種劍法，破去你的劍罡！」

七絕神君一愕道：「你僅練劍十天，便有此勇氣，且能擋得我五招，已是江湖奇事了。其實，我剛才並沒有使盡全力呀！」

石砥中道：「就是如此，所以我一定要破去劍罡！」

「哦！」七絕神君恍然明白石砥中此刻心中所想，暗忖道：「原來他是因為我瞧不起他，沒使出全力，而他卻仍然落敗，故而羞憤難當……。」

他呵呵一笑道：「我這劍罡之術，縱然是天龍大帝的『三劍司命』也都不能破去，你又哪兒來破解之法？」

石砥中目中神光暴射，道：「三年後我在此地等你，那時你將可看到那種劍術！」

七絕神君一皺雙眉，道：「你真的這樣認為？好！三年後的今天，我在此等你。」

石砥中點頭道：「那麼，現在讓我聆聽你一曲『天魔曲』，好結束我們的五場比賽。」
本無禪師道：「師弟，你該知道七絕神君劍術及琴藝為武林之絕，所以……。」
石砥中道：「掌門師兄，這點小弟自會注意，雖然他的劍罡厲害……」
他豪邁地道：「但是天下沒有絕對之事，也無天下第一之人，我一定能破去他的劍罡。」
本無禪師道：「那麼你們到後院精舍去，我遣走全宮弟子。」
七絕神君仰天大笑道：「好個豪氣干天的男兒，我絕對等你三年。」
石砥中臉色一沉道：「你這話當真？」
七絕神君一怔，隨即道：「當然，我在三年後的今天，一定在此等你。」
他見石砥中默然地走進寺內去，暗自慶幸自己語病未被對方覺出，否則被對方話語所逼，一定會答應留在崑崙三年。
他躍將開去，從前院繞行回到精舍裡，將一撮香末點在小鼎爐裡，自壁上拿下他的玉琴，放在小几上。
這時，寺內僧眾排列成行，走出寺門，朝山下走去。
本無禪師執著石砥中的手道：「小師弟，此次勝負關係本門甚大，願你好自為之，我也不能給你任何助力了。」
他放開手道：「我帶著他們到山背去，兩個時辰再來。」

石砥中道：「我會盡力應付他的，師兄請放心。」

他目送本無大師飄然而去，出了一會神，反過身朝後院精舍走去。

一進室內，他便見七絕神君瞑目趺坐，雙手撫琴，一縷輕煙自鼎爐裡升起，清香郁然，氤氳繚繞。

他靠著牆邊坐下，七絕神君右手虛按，將門關上道：「你準備著，我這就開始奏『天魔曲』了。」

石砥中盤膝坐好，抱元守一，意存丹田，沉氣凝神，一會兒便已入定。

七絕神君單指一撥，一溜急銳的琴音激射空中。

只見石砥中身子一顫，身後牆壁「簌簌」數聲，碎片塊塊落下，飄得他一頭白粉。

七絕神君冷哼一聲，十指緩緩撥弄，一時室內清幽的樂音有如天音自空而降，縷縷絲絲地鑽進石砥中耳裡。

就在這時，崑崙山上來了三個紅色僧袍、滿臉虬髯的中年和尚，他們行動如飛，躡行於雪上，僅留下淺淺的痕印，很快地便躍上石階。

他們一見甬道上五個深嵌入石板內的腳印，臉上微驚，互相嘀咕了一會，便朝玉虛宮走去。

一進寺門，他們便發覺整個大廟裡竟然空蕩蕩的沒有一個人，不由更為吃驚，顧盼了一下，便朝裡院走去。

他們剛走進月洞門，便聽到似有似無的琴聲自裡室傳來，故此一齊向精舍走去。

其中一個高大的和尚揚聲道：「崑崙掌門在不在？」

他的語音生硬冷澀，竟然不類中原方言，說完話，未見室內回音，他又高聲道：「貧僧洛博奉掌門之命，自前藏來此。」

室內七絕神君已聽見這宏闊生硬的語音，眉頭一皺，哼了一聲沒有分神，仍自彈奏「天魔曲」，琴聲靡靡如絲，柔軟細膩，有如一個風姿綽約的少女，在旖旎地旋動著如柳枝般的細腰和起伏急促的酥胸。

室外三個來自藏土的喇嘛，似乎聽得入迷，當中那個喇嘛大喝一聲，一掌拍裂門板，衝了進去。

他們一進室內，頓時便覺得眼前湧現一個妖冶嫵媚的少婦，扭動著豐滿的玉體和挺立的胸部，似隱似現地輕歌妙舞而來。

「啊呀！」那叫洛博的喇嘛一張雙手，擁抱上去，腳下才跨出數步，便被石砥中曲著的膝蓋絆住，竟然摔了一跤。

洛博神智一清，看到室內坐著一個銀髮紅袍、手撫玉琴的老者，和一個短衫的年輕人。

他怪叫一聲，一把揪住另外兩個大喇嘛，用力一搖，說了兩句藏語。

那兩個喇嘛醒了過來，一齊怪叫，揮掌劈向盤坐的石砥中。

「啪！啪！」兩聲，石砥中身子一傾，仍然坐定沒動。

洛博一聽琴聲，頓時又神志不清起來，他大吃一驚，認定那是紅袍老者搗鬼，所以他大喝一聲，巨掌一伸，拍將出去。

他的手掌拍出，突地漲大成紫色，一股狂飆似怒潮決堤，湧將過去，擊向盤坐彈琴的老者。

七絕神君雙目一睜，輕哼了聲：「密宗大手印！」

他十指齊勾，琴弦一陣跳動，一聲尖銳的巨響，像是撕裂空氣一樣，急射而出。

洛博手才舉到一半，便被這個似有形之物的琴聲所擊中。

他兩眼鼓起，慘叫一聲，龐大的身子飄起三尺，重重地落地上，自他的七孔裡湧出血水，四肢扭曲著死去。

就在此時，石砥中眼睛一睜，神光暴射，他右掌向後一拂，佛門「般若真氣」揮出，一股重如山嶽的勁道擊中那兩個喇嘛。

「啊……。」

慘叫聲裡，兩個喇嘛宛如受到巨錘一擊，噴出一口鮮血，倒飛出去仆倒地上，全身血肉模糊而死。

石砥中深吁口氣，道：「你一曲奏完沒有？」

七絕神君凝視著石砥中一眼道：「還有最後一章，你可要聽完？」

石砥中頷首道：「當然要聽完——」

七絕神君哼了一聲道：「我驕傲，你倒比我更驕傲！」

他眉毛一抖，五指一按，隨即琴聲又響了起來。

石砥中心裡暗自吃驚，原來他剛才差點便已入迷，全身血液沸騰，幾乎就要撲了上去，抱住那嬌柔的身軀，幸好兩個喇嘛給了他兩掌，把他神志震醒了來。

所以他此刻心中忖道：「我就提起真氣，隨他來個怎樣的女人，給她一掌就是了，這幻景便不會陷人入迷了。」

他兩眼大睜，雙掌撫住胸前小腹，凝望著對面的七絕神君。

果然隨著琴音而起，那縷縷騰起的輕煙，恍如一個荳蔻年華的少女，擺動著細柔的柳腰，嬝嬝步行而來。

他輕哼一聲，平掌一拍，一股掌風自腕底湧出，將那縷輕煙擊散。

但是琴聲婉轉，四周旋轉而來的是無數美艷的少女，輕紗飄拂，舞姿嬌柔，宛如蝴蝶穿花，使得人眼花繚亂。

石砥中只覺此刻自己有似置身金碧輝煌的宮殿裡，那些迷人的巧笑，使得他臉色急速的變紅……。

裸露於輕紗外的粉臂和玉腿，如蛇般的纏繞過來，呻吟嬌喘，滿室春色。

鈴聲細碎，一個玉佩金環，頭戴碧玉簪的中年婦人，自廟裡向後面行去。她身後跟著一個柳眉皓齒，巧笑盈盈的少女，兩人雖然緩步而行，但卻有如行雲流水，很快便已來到後院精舍。

她們聽到琴聲，也是臉現驚訝，但卻含笑的走進屋去。

石砥中正感到胸中漲得難受，幾乎控制不住原始的生理反應，他一咬下唇，雙掌拍出，向那些虛幻的少女劈去，眼前婷婷的舞姿立時消失。

他嘿嘿一聲，正在慶幸自己這套辦法可行，突地見到兩個含笑的女人出現眼前。

那個年輕少女身著一件大藍色的羅衣，輕笑盈盈地碎步向自己走來。

他被她醉人的笑靨所震撼了，心中正自慌亂，一股幽香已隨著那曳動的羅衣透了出來，直衝得他心中一醉，全身酥軟。

他吁了一口氣，喝了一聲，單掌如電掣劈出，一股氣勁未曾打那到那藍衫少女身上，已自使得她衣衫飄飄飛起，宛如凌風仙子似的。

藍衫少女沒想到石砥中會突然劈出一掌，她秀眉一皺，玉掌斜拂，五指如蘭花，帶著幾縷指風點到石砥中胸前「雲門」、「府臺」、「天池」三穴。

石砥中掌風擊出被對方玉掌卸下，他方始察知這乃是真正的人，而非幻想，神志稍定，便見眼前五指分瓣有似蘭花襲到。

他上身後移半尺，右掌一招「雲夢澤雨」，翻手勾住那玉潤的五指。

藍衫少女臉色立時緋紅，輕啐一聲，掙脫開去，直使石砥中為之一愣。

這時那中年美婦正臉色凝重地望著七絕神君，她兩股犀利的目光直若兩支長劍，刺入七絕神君心中。

七絕神君兩隻手竟然微微顫抖，他嚅動了一下嘴唇，好半晌方始道：「上官夫人……。」

上官夫人眼光中閃過一絲憐憫的神色，她嘆了口氣道：「近二十年來，你老了好多，老得都糊塗起來，總是找和尚麻煩，婉兒她爹已死去近十二年，你還有什麼放不下的嗎？」

七絕神君沉重地嘆了口氣，手撫琴弦，曼聲吟道：

「錦瑟無端五十弦，一弦一柱思華年。莊生曉夢迷蝴蝶，望帝春心託杜鵑。滄海月明珠有淚，藍田日暖玉生煙。此情可待成追憶，只是當時已惘然……。」

琴聲纏綿動人，雖然是戛地止住，但是卻仍然繞樑而行，沒有歇止。

七絕神君大袖一展，彈去落下的淚珠，道：「你還記得？」

上官夫人微微頷首道：「我仍然記得……。」

她似是突地覺察出自己的失神，語音一頓，改變了口氣道：「我來此就是要崑崙和尚看看我這兩支金戈到底是真是假？」

「這是大漠鵬城的寶匙金戈？你怎麼有兩支？」

石砥中一見上官夫人拿出的金戈與自己所帶的一樣，心中不由一跳，緊緊地注視著那支金戈。

上官夫人道：「這是我在居延城外一個綠洲的樹上發現的，哪料水潭裡毒死了我八匹馬……。」

「哼！」冷峭的哼聲中，黃影一閃，狂飆漫天席地的急旋而起，朝上官夫人手上捲去，來勢有如電掣星射，迅速無比。

七絕神君暴喝一聲，十指一曲一放，琴弦一震，「殘曲」使將出來。

「哼！」一聲悶哼，數條人影合了又分。

七絕神君喝道：「原來是你，千毒郎君！」

上官夫人尖細的聲音響起道：「哼！天下三君倒來了兩名，千毒郎君，原來搶去我的金戈的人是你呀！」

人影分開，倏然又合了起來，轟然一聲，震得屋頂沙石簌簌落地。

塵灰迷濛中，一個臉色慘白、身披黃衫的矮小漢子陰陰冷道：「好傢伙，崑崙從何時出了這麼個高手？」

敢情石砥中看見那千毒郎中搶去上官夫人手中一支金戈，他一躍而起，趁千毒郎君擋住上官夫人之際，又將他手中的金戈奪走。

他昂然道：「崑崙高手如雲，在下只不過如此而已。」

千毒郎君陰笑一聲，道：「那你接我一招看看！」

他身如電掣，四肢一展，黃影縱橫，如四足蜘蛛，已將石砥中全身要穴罩住。

氣勁旋激，怪聲嘯嘯……。

石砥中大喝一聲，如悶雷響起。

一道金光電射而出，戈影片片，金光燦然……。

第七章　殘曲三闋

石砥中大喝一聲，左掌一掌飛出，右手金戈平切而去，一式「龍遊大澤」，金光燦然的點到千毒郎君胸前要穴。

「好傢伙！」千毒郎君喊了一聲，四肢一轉，衣袂帶風，五指如電斜戳而去。

「啪！」

他一掌拍在石砥中手腕上，五指一勾便將對方手中金戈奪到。

但是石砥中左掌拍出去的「般若真氣」卻已擊到，千毒郎君腳跟站穩，右掌提勁一擊。

石砥中見對方手掌掄出，倏然變黑加粗，一股冷寒帶著腥味的氣勁向自己迎來。

他閉氣加勁，十成「般若真氣」揮出，頓時只見他雙眉軒起，衣袍隆起……。

「砰——」

恍如炸雷響起，屋頂被氣勁所擊，塵沙石灰夾著碎瓦斷樑落了下來，灰沙霎時瀰漫全室。

石砥中悶哼一聲，倒跌出三步，靠在牆角，頭昏目眩，頓時不舒服起來。灰沙中，千毒郎君整個身子被對方那威力無比的「般若真氣」擊得倒飛數尺，一跤仆倒地上。

他「哇！」的一聲，吐出一口鮮血，還沒擦乾血漬便滾到門邊，躲開自空落下的一根斷樑。

他高聲喝道：「柴老鬼，你倒將琴技真個練成了，你彈的是什麼東西？」

原來他掌緣一與對方接觸時，就驚駭於對方勁道的兇猛，但他自己忖量仍能接下，所以提起十成功力想迎頭痛擊對方。

誰知他一提勁便察覺幾條主脈提不起勁來，他才想到適才七絕神君彈出一聲琴音，曾使自己心脈一跳之事，故而轉問七絕神君。

室內盡是灰塵，瀰漫四處，使他說完話忍不住咳了一聲。

七絕神君道：「老毒物，你還想嘗一嘗我『殘曲』第二闋嗎？」

千毒郎君怒喝道：「你先嚐嚐我的毒物吧！」

他右手一揚，綠星點點在塵灰中迅捷如電，猛向七絕神君說話之處射去。

一聲尖叫，上官婉兒道：「你——」

話未說完便止住了，生像是嘴被人捂住。

在另一個牆角，上官夫人焦急的聲音道：「婉兒，你怎麼啦？」

七絕神君大喝一聲，道：「你這些東西給我滾開！」

「轟！」然一聲，氣勁激動，灰塵被擊穿一個大洞。

七絕神君紅袍如血，白髯根根飄起，雄偉威猛的雙掌揮將出去。

他這「玄門真氣」功夫一出，千毒郎君拋出的數條小蛇頓時被擊得稀爛，敢情那些閃動的綠光竟是蛇目。

千毒郎君怪笑一聲道：「你再看我的『無影之毒』！」

他話未說完，七絕神君臉色一變，大喝道：「看我的劍罡！」

但見七絕神君略一彎腰，自玉琴裡抽出一柄長約尺許的短劍，劍刃一旋，在塵灰裡，一道綠濛濛的光圈電掣擊到。

千毒郎君冷哼一聲，「嗆！」兩支曲尺一碰，一點火光乍閃即滅，他已擊出八招十六式。

身形如風，兩人連攻二十餘招未見勝負，灰塵漸落，室內明朗起來。

上官夫人輕掩櫻口，目光中洋溢出一種奇特的神色，她似乎充滿信心地注視著如電掣般的七絕神君。

而在靠門的牆邊，石砥中拉緊上官婉兒，他左掌平舉胸前，眼光凝注在室內兩個奇人的拚鬥。

劍虹耀眼，已將千毒郎君纏在劍圈內。

兩支曲尺如雙龍被困，簡直不能施展開來。

喘息聲聲，千毒郎君臉上汗珠滴落，他大喝一聲，雙尺一交，兩股漿水自尺上噴出。

就在這時，七絕神君狂笑一聲，劍上光芒吐出三寸，劍光閃起一輪光暈，急驟地一轉。

「啊——」

千毒郎君身上衣衫被劍刃削開一道長長的裂口，鮮血立即滴落地上。

他反手一揮，身如流星急速躍出室外，消失在竹林之後。

就在他轉開身子之際，七絕神君悶哼一聲，跌倒地上。

石砥中大喝一聲，左掌一擊，身子急彈起來，躍上竹林頂稍，一掌揮出，氣勁如潮，打在千毒郎君背上。

「哼！」

千毒郎君身子一傾，自空中落下地來，他張嘴吐了一口鮮血，猛一回頭，一蓬烏黑的氣體飄將出來，似是被壓成束，向石砥中射到。

石砥中身形剛起，還未落下，便見這氣柱擊到，他身形一轉，還未閃開，便覺眼前一黑，頓時不省人事，一跤自竹林頂栽到地上。

千毒郎君磔磔怪笑一聲，擦了擦嘴角的血漬道：「好小子，現在就有這麼高的功力，容你活下去還得了，哼——」

他右足一抬，就要往石砥中頭上踏去。

上官婉兒驚叫一聲，奮不顧身地撲了上來，五指一拂，指風縷縷襲向千毒郎君胸前要穴。

她這一下去勢兇猛，逼得千毒郎君只得退後兩步，閃開她這不要命的一招。

千毒郎君冷哼一聲，道：「你這丫頭膽子倒大！」

他雙掌一豎，十指赤烏，咧開了嘴，露出白森森的牙齒撲了上來。

上官婉兒見對方滿身汙血，披頭散髮，恍如鬼魅撲來，嚇得她連忙後退。

但她一眼瞥見躺在地上的石砥中，不由心頭一震，膽子頓時壯了起來。

他嬌喝一聲，身如飛絮，飄了起來，掌影片片，風勁颯然劈向對方。

千毒郎君身居武林之中最厲害的二帝三君之一，功力超絕，且又身懷各種毒功，雖然他碰見七絕神君施出「殘曲」，但卻沒至震斷心脈而死，僅只心脈略受傷而已，這雖因七絕神君與石砥中較量琴藝而致耗費真力太甚，但他的功力也不可輕視。

故而此刻他雖是受傷慘重，卻仍然餘威未了，只見他兩眼圓睜，大喝一聲，十指罡氣絲絲飛出，擊向上官婉兒。

「啊！」

上官婉兒痛苦地叫了一聲，被那有若鐵柱的氣勁擊中，頓時兩手烏黑，跌倒在地上，昏死過去。

千毒郎君頭上豆大汗珠落下，他急驟地喘了兩口氣，獰笑道：「你中上我的『陰風指』還有活命？」

他雙掌一揚，便待劈下，猛然一股重愈千鈞的勁道自右側擊來。

他心中大驚，大旋身，腳下轉出丈外，提目一看，見石砥中自地上爬了起來。

他全身一震，似乎不相信自己的眼睛，嚅動了一下嘴唇，好久方始顫聲道：「你……你沒中毒？」

石砥中仰天一笑，似流星急矢地射來，以臂作劍，兩指駢起，斜斜一式「戰於四野」削出，勁風咻咻，沉猛無比。

千毒郎君見對方被自己的毒氣掃上，竟然又醒了過來，而這劃出的一式，不論威勢、勁道都恍如一代宗師的模樣，似是功力又增進不少。

他心知自己已經受了重傷，現在勉強抑住，再也不能與對方硬拚了，他不敢接下對方這沉猛的一式。

所以他反轉身子，朝山下躍去，身形一起，嘯聲中含著一股難以抑止的悲憤而去。

石砥中眼見千毒郎君身形漸漸隱入茫茫的雲後，不禁興起一種淒涼的感覺。

他忖道：「像他這樣的成名人物，何以會被一個年輕人逼得亡命而逃？但他現在卻身帶重傷的逃走了！唉！像任何人一樣，當環境逼得無法立足時，只有逃避一途！不過最困難的還是往往無法逃避得了。」

他突地啞然失笑，想不出自己怎會在這時有這種感觸。

他轉過身來，瞥見躺在地上的上官婉兒兩臂已腫若冬瓜，烏黑嚇人。

他吃了一驚，連忙躍了過去，將上官婉兒抱了起來，用手一探，發覺她頭上熱得燙手。

他怔了一下，眼光落在她緋紅滑潤的臉上。

秀眉輕蹙，櫻唇微張，挺直的鼻翅兒緩緩地翕動著，有一縷青絲垂在她嫣紅的臉頰上，使得她顯得更為楚楚可憐。

石砥中看得呆了，好一會，他方始被自山谷裡颳起的寒風驚擾得醒了過來，趕忙將上官婉兒穴道閉住，遏止毒性向心脈蔓延，然後抱起婉兒，向竹林走去。

他深吸口氣，盤膝而坐，在竹林運起功來，一股內力隨著他的掌心，灌入她的體內，循著經脈向體外逼出。

他左掌一拍開穴道，真氣便衝到那個穴道，僅一會便自「臂儒」直下「腕脈」。

只見縷縷烏黑的血液，自指尖流出，她卻依然不知，雙目緊閉，玉唇微張。

石砥中此刻恨上了千毒郎君，他見她如此模樣，忖道：「我適才自竹林上栽下來，顯然是中了毒，但是怎會自動醒了過來？難道我能避百毒？還是……？」

竹枝搖曳，發出細碎的聲音。

在這秋日的崑崙，高處不勝寒，積壓在枝上的白雪落了下來。

石砥中吁了口氣，已將上官婉兒體內毒液完全逼出。

他站了起來，抱起上官婉兒向內裡走去。

×　×　×

他穿過竹林，進了迴廊，走入精舍。

方一進門，便見眼前一花，劍虹閃耀生輝，朝自己射來。

他哼了一聲，腳下一閃，進退之間便避開這犀利的一劍，跨進屋裡。

他凝目一看，見到七絕神君盤坐於地，紅袍上顯出點點的黑色毒液，全身不動，低垂著頭，顯然正自運功。

「咦！」他愕然一呼，走向七絕神君。

劍風颯颯裡，一道劍芒自身後射來，石砥中上身一移，在間不容髮的劍刃空隙閃出了身子。

他大旋身，斜劈一掌道：「上官夫人，你這是幹什麼？」

上官夫人挺劍而立，似乎被石砥中這巧妙的身法所震，她聞言道：「他正在以內力抗拒毒性入浸，你若魯莽一點，或走前去驚擾了他，他就會立即死去。」

她這下方始看清楚上官婉兒正被石砥中抱著，忙道：「婉兒怎麼啦？」

石砥中道：「她現在睡著了，剛才她被千毒郎君所傷……。」

石砥中看了看上官夫人所持短劍，心中一驚，忖道：「怎麼，我的內力好像較之昨日又有增進，現在倒絲毫沒有不適的地方，而且我避開她的兩劍，竟也如此輕易。」

上官夫人見石砥中呆呆地站著，她說道：「你把婉兒抱在懷裡幹什麼，還不交給我。」

石砥中將上官婉兒交給上官夫人，微微一笑，走向門邊坐了下來。

上官夫人斜睨了他一眼，默默地將婉兒放在蒲團上，自己也盤膝而坐，劍橫膝上。

室內頓時靜了下來，只有自屋頂漏處吹進來的寒風嗚嗚作響。

石砥中腦海之中迴繞的仍是剛才眼見七絕神君與千毒郎君所比試的情形。那些清楚的招式，映在他腦海裡，使得他霎時瞭解到每一招式間的互相關連之處與破解之法。

他右手伸出一指，在空中比劃起來，比劃了好半晌，他又伸出左手，緩緩攻出一式，接著右手立謀解救之法，幾個來回之下，他已左右手互搏了十幾招。

他這才想通天下武術是一脈相承，雖然千毒郎君之招係以狠毒、險辣，滑溜取勝，而七絕神君則是以沉穩神速、幻奇為主，但是兩者都互有脈絡可尋，也自有破除的方法。

「若是能有一種劍術以劍氣殺人，則這些招式將不是敵手了。」他忖想著。

思緒飛馳著，他想著在前些日子裡，崆峒三子所加之於他身上的種種，他恨恨地忖道：「我一定要給他們看看！看一看劍術之道深如大海，絕非他們能達到的！」

上官夫人見石砥中臉上時喜時怒，反覆無常，詫道：「你在幹什麼？」

石砥中笑了笑，沒有作聲，他脫下身上的外袍道：「上官夫人，她會冷吧？給她蓋在身上。」

上官夫人兩眼圓睜，似是沒想到石砥中竟這樣大膽，在自己面前便如此放肆，她愕然道：「你……？」

石砥中一笑道：「我剛替她把體內毒液逼出體外，恐怕她會被寒氣所侵……。」

上官夫人見石砥中毫無心機，似乎不是故意裝出來的，她放下了心，將石砥中拋來的長袍替婉兒蓋上。

看到婉兒紅潤的小臉，她摸了摸自己的臉，暗自嘆道：「唉！想不到這麼快，婉兒倒長大了，而我也老了。」

她的視線移到七絕神君身上，憐惜地投以一瞥，忖道：「人非太上，焉能忘情？只是情之一字害苦了天下多少年輕人？他在年約四十時便滿頭白髮，唉！為情煎熬，為情煩惱……。」

她回憶自己年輕時的情景，暗自欷歔了一陣，忖道：「年輕時的任性使得我遺恨至今，為了婉兒，我可要慎重一點，以免她也步我後塵……。」

室內靜謐，好半晌七絕神君方始睜開眼來，他的渾身紅袍俱已變黑，身外的地面也都盡被毒液所蝕。

他看到上官夫人，一笑道：「你還沒走！我還以為你會走了呢！」

上官夫人道：「你怎麼啦？」

七絕神君道：「老毒物的毒功好厲害，若非我先以『殘曲』將他護身的真氣震破，他的『陰陽雙尺』絕對沒有這麼快便落敗，當年我和他會於泰山丈人峰時，直到千招都未能勝他，幸好後來施出劍罡乃始勝他一式，不料別後二十年，他……。」

上官夫人道：「你一世強健竟也有受傷的時候？我看你現在的傷沒有好，還不如到邛崍山臥雲谷我那兒去休養……。」

七絕神君凝望著上官夫人，緩緩地道：「你說得對，我中了老毒蟲的毒，需要七七四十九天的日夜行功驅散方始盡去，但是二十年前我在被拒上臥雲谷時，一夜之間黑髮俱白，就已發誓再也不去那兒了。」

他嘆了口氣道：「而且我已傷了幽靈大帝手下之人，他們不會放過崑崙和尚的，所以我要留在崑崙。至於你那金戈……。」

上官夫人笑道：「我已將兩支金戈上所刻的紋路統統複印下來，等這些和尚回來，找他們問問看。」

石砥中一直在旁聽著，他心知上官夫人所持的金戈必是假造，但卻不能告訴她，儘自望著七絕神君。

七絕神君一拂頷下白髯，道：「娃兒，你為我五十年來所僅見的好根骨，我本想將我所學俱以授你，但是我知道你因與我有三年比劍之約，所以不會接受的，現在我只告訴你一句話，那就是三年後再比一場，那時讓你聽聽我的殘曲三章……。」

石砥中傲然點頭道：「三年後的今日，我一定會在此聆聽你一闋『殘曲』！」

七絕神君道：「我與四大神通明春有約，但是此刻眼見邪道崛起，我若不加速修練，則不能立足於武林，娃兒，我拜託你一事……。」

石砥中道：「什麼事？」

「我請你明春赴華山青雲峽，代我除去那四大神通！」七絕神君道：「有道是：二帝三君，四神三島，日月隱耀，天下不笑。」

石砥中皺了下眉頭，道：「這似謠非謠，似偈非偈的，是什麼意思？」

七絕神君道：「這些人就是指我們這些老不死若是出現江湖，則無人敢露出笑容之意，甚而連日月都不敢顯現。」

石砥中沉思了一下，道：「東海滅神島可是三島之一？」

七絕神君頷首道：「所謂三島乃是指海南、滅神、崎石三島，這三島都自成一派，各以特異功夫名揚武林，呃！你與滅神島有何牽連？」

石砥中搖了搖頭，沒有說什麼，他站了起來，轉過身去迎向本無禪師。

本無禪師一見石砥氏中沒有死去，心中頓時大喜，待他看到屋頂被揭、樑柱折斷的情形後，忙問道：「砥中師弟，這是怎麼回事？七絕神君他……？」

石砥中躬身道：「啟稟師兄，適才那千毒郎君追蹤上官夫人而來，與七絕神君發生衝突，以致於……。」

「哦！」本無禪師不勝驚詫，道：「上官夫人竟會趕來崑崙？那千毒郎君也會追尋來此，這是為了什麼？」

他一進屋內，便見上官夫人迎了上來，道：「你就是掌門人？」

她掏出一面白絹道：「請掌門人看看這絹上的花紋。」

本無禪師皺了皺眉，接過絲絹一看，搖搖頭道：「老衲不識得這是表示什麼，不過倒像是藏土古文……」

他歉然一笑道：「但是老衲也不能夠肯定。」

上官夫人失望地接過白絹，走向七絕神君道：「我的馬車就在山下，你可要跟我一起回邛崍？」

七絕神君手撫玉琴，搖了搖頭道：「你走吧！但臨行前我要勸你一言。」

上官夫人以疑問的目光望著他。

七絕神君道：「女人不應太有權力欲，但我看你倒好像很想成為天下第一高手。」

上官夫人峨眉倒豎，怒道：「你這話是什麼意思？」

七絕神君嘆道：「我發覺你的武功已不在我之下，卻隱而不露，而且還想得那虛渺的鵬城之秘，唉！將來你必會因此而喪生的。」

上官夫人怒叱一聲道：「柴倫，你想死了吧？」

七絕神君低垂著頭道：「忠言逆於耳，我又有何言……。」

上官夫人殺氣滿面，手掌一拍，迅捷如電，直往七絕神君頭頂心「百會穴」按去。

石砥中一愣，來不及出手搶救，卻見上官夫人掌緣已經摸到七絕神君頭上白如銀絲的長髮時，又飛快地縮了回去。

上官夫人恨恨地一跺腳，提起仍然昏睡的婉兒，飛身躍離玉虛宮而去。

七絕神君緩緩抬起頭來，喃喃地道：「二十年恩情義絕，唉！何以遣此？」

他眼光移到石砥中身上，道：「你所習的佛門『般若真氣』固然威力絕大，但是肅殺犀利卻還不如玄門『罡氣』，所以我想將罡氣功夫傳授與你，以你的天資必能發揮更大威力。」

石砥中肅容道：「在下雖然不能練得無上絕藝，但是卻不願學習前輩的罡氣功夫！」

七絕神君道：「這是我作為拜託你明春赴華山四大神通之約的報酬，並不是沒有條件的……。」

石砥中道：「在下若是不願，任何條件都不能勉強我接受，但是在下若是願意的話，則根本不須任何條件！明春我一定會赴華山之約的，我要除去這些惡人！」

「呃——」七絕神君沉思了一下道：「那麼我將汗血寶馬贈你，作為替你代步之用，你能接受嗎？」

本無禪師呼了聲佛號，道：「阿彌陀佛，神君與本門之事既了，為何又牽及中原邪門四老呢？那四大神通的邪門絕藝另有蹊徑，豈是砥中所能夠抵擋得住，所以神君你……。」

七絕神君吸了口氣道：「幽靈大帝又已出山，又豈是你們這些和尚所能抵擋的？我既已惹了雪山三魔，便應繼續擋了下去，何況這娃兒資稟極厚，不會遭什麼意外的，和尚！你放心好了。」

石砥中道：「天下武術流衍雖多，卻不離其宗，小弟我此次上崑崙雖僅半個月，但仍心懸家中，希望師兄能准小弟下山……。」

本無禪師頷首道：「待與神君之事一了，你便可下山了。」

七絕神君道：「我希望能在貴山水火同源的風雷洞裡，好修練防禦幽靈大帝的『冥空降』邪功之法，不知和尚你是否答應？」

本無禪師想到師尊所留偈示，忖道：「若是幽靈大帝重現江湖，則唯七絕神君可擋得本門之災！」

故此，他忙點頭答應了。

七絕神君慨然道：「寶馬贈勇士，今後江湖當見後一輩的揚威了。」

近黃昏，鼓聲響起。

第八章　崆峒三子

平涼城西，崆峒山高聳入雲，自山腰以上，被白雲所封，已不見山巔。

深秋的西北，高原上蒼茫一片。

蓑草連天起，黃葉漫地落，淒涼的秋風。

風，呼嘯掠過天空，吹起滾滾灰沙，也吹起片片落葉。

旋舞不停的葉片在空中打著轉，良久方始墜下……。

一輛馬車自東南而來。

馬上的鈴聲細碎地響著，馳過村莊，來到崆峒山下才停了下來。

自車中下來一個披著白巾、黑衫重孝的女人。

她走到崆峒山下，朝著那豎立的石碑吐了一口唾沫，然後飛躍上山。

就在她上山的當時，自東南方又來了一大隊快馬，馬後帶起灰塵捲繞瀰漫，蹄聲凌亂，動地搖天而來。

十餘匹快馬來到山下，馬上騎士一律頭戴重孝，身披麻紗，他們看到了馬車，吆喝一聲，齊步飛躍登山。

山道上滑得很難行走，但那頭戴重孝的女人，依然步履如飛，躍登而上。她臉上寒霜滿布，那本是甚為俏麗的臉龐，此刻一片慘白，眼中露出的兇狠目光，彷彿隨時都可噬人似的，可怕之至。

她抿緊嘴唇，抬頭望了望白雲後的山頂上，那層層金碧輝煌的道觀，然後更加緊步子躍上山去。

穿過一座崖壁，她來到鋪有石板的道上。

石道上積雪盈寸，在路當中兩個道士佇立著。

這頭戴孝巾的女人止住腳步，冷冷凝望了這兩個道人一眼，沒有開聲，仍往上躍去。

左邊一個道士單掌一立，問道：「無量壽佛，女施主上崆峒……。」

這女人冷笑一聲道：「我是西涼派掌門五鳳劍徐芋，你們掌門老道在山上嗎？」

那道人聞言一驚，道：「西涼派掌門不是鐵掌金刀洪越嗎？怎麼……。」

五鳳劍徐芋淒厲地一笑，道：「鐵掌金刀洪越已被你們崆峒六名劍手合力殺死，去稟告你們掌門，說我徐芋替夫報仇來了。」

那兩個道士互相看了一眼，伸手一擲，一枚流星炮在空中爆響，帶著火花落下。

就在這時，山下那十幾個身披麻布的勁裝大漢齊都躍了上來。

五鳳劍徐芋一看，厲聲道：「你們來幹什麼？我是怎麼吩咐你們的？」

「師姐！」當先一個中年漢子抱拳道：「師兄被崆峒雜毛暗算而死，我西涼一脈已至絕續存亡之地，若是弟子們還苟且偷生，將何以見人？報仇之事乃我等共同之責任，師姐一人上山豈能抵擋得住？」

五鳳劍眼圈一紅，悽然道：「贊文，你是師兄最為疼愛的師弟，豈不知我不願眼見本派就此覆滅，但殺夫之仇不能不報，我……。」

劉贊文一抹眼淚，拔劍躍起，大喝道：「讓我們殺上山去替掌門人報仇！」

他劍光一閃，連劈三劍，形同瘋狂一樣，一劍切過，削去那道士一邊腦袋。

鮮血濺得他一身都是，但他狂笑一聲，橫劍斜引，將那驚惶不定的另一個道士殺死。

鮮血灑滿石道，雪上橫著屍首，五鳳劍徐芋一跺腳，帶頭衝上去。

「嘿嘿！」

冷酷的笑聲彷彿來自冰窖，一個長髯飄飄，錦袍全真，自十丈之外飛身躍落。

他喝道：「誰敢上我崆峒鬧事，我玉雷道人在此。」

徐芋還未說話，劉贊文大喝一聲道：「還我師兄命來！」

他挺劍上前，劍花倏飛，點點銀光射出，沉猛迅速地劈出一劍。

「嘿！」

老道目光如炬，腳下微閃，右手一伸，掌緣順著對方劍式，搭在劍刃上。

他大喝一聲，劍光一溜閃出，只見血影倒灑，劉贊文已慘叫一聲，整個身子被劈成兩半，死於非命。

這玉雷老道拔劍出擊，快如電掣，一劍劈下便不容對方閃開，頓時便將劉贊文殺死。

他睜大眼睛，怒喝道：「有誰再敢上前，接我一劍！」

他長髯飄飄，橫劍而立，炯炯的目光震懾住道上各人。

他沉聲道：「你們為何來我崆峒？難道不知本門劍法之厲？」

五鳳劍徐芋吸口氣，壓下即將湧出的眼淚，道：「我西涼派掌門於二月前，在喏羌城內曾遭六名道人圍攻而死，這些道人乃貴派弟子。」

「住口！」玉雷道人喝道：「本派門人向來不問世事，豈有六攻一之理，你有何證據能證明那是本門弟子所為？」

徐芋臉罩寒霜，自懷裡掏出一把小劍，道：「這是先夫臨死時留下之遺物，這小劍上所刻之字為漱石子……。」

玉雷道人臉色一變道：「你若拿一柄短劍便胡亂栽贓，難道本門便須承認不成？」

徐芋慘笑一聲道：「我早知你崆峒包庇門人，胡作亂為，所以……。」

她話聲未了，兩聲冷肅的話語異口同聲道：「所以你就帶了人來本山大鬧？」

兩個白髯道袍、背插長劍的老道士自山上飛躍下來，冷冷地接上這句話。

玉雷道人回首道：「哦！原來是玉明、玉理兩位師弟，掌門人知道了沒有？」

玉明道人點頭道：「掌門師兄已知道了。」

他冷冷一瞥徐芋，哼了聲道：「就是這幾十人就膽敢侵犯我崆峒？」

徐芋怒喝一聲道：「崆峒居九大門派之一，誰知盡是鄙劣無恥之人！當日三人受傷，另三人則追趕先夫，直到喏羌城外，那三人即是崆峒三子漱石子、飛雲子、蒼松子三人，難道你們能否認嗎？」

玉理道人獰笑一聲道：「就算是能夠相信，你們這一群人還能生離崆峒嗎？」

他向兩位師兄使了個眼色，滑步向前，劍芒乍閃，一劍直奔五鳳劍而去。

玉雷和玉明兩人臉上掠過一層殺意，大喝一聲，也衝將過去。

劍影縱橫，左劈右刺的如出閘之虎。

霎時一陣騷亂，慘叫聲中鮮血四濺，雪地上灑滿紅花。

三道劍光，恍如電光閃躍，幢幢劍影席捲舒展，身形晃動，時有殘肢飛起。

這三個老道劍法狠辣，結成一個小陣，劍影翻動下，便有人死於劍下，著實毒辣無比。

五鳳劍徐芋見本門弟子被對方所結成的劍陣逼得互相傾軋，不能移動身影，以致死傷慘重，不堪入目。

她目含淚水，叫道：「你們散開！分三邊攻招，不要擠在一起！」

玉雷道人冷笑一聲，道：「你們還能勝得了我『三才劍陣』？嘿！拿命來吧！」

他輕嘯一聲，劍陣頓時擴大兩倍，將這些人一齊圍了起來，劍幕糾結，密如蜘網，已不容他們脫走。

五鳳劍徐芋怨憤地大叫一聲，躍身而起，劍刃揮出三朵劍花，輕靈巧捷地削出一劍。

玉雷道人連跨兩步，長劍高舉，往上一撩，好似手挽千鈞猛擊出一劍，迎向徐芋射到的劍花。

他這一劍揮出，時間及火候上把握得甚好，只聽「嗆！」地一響，雙劍相交。他微微一笑，劍上真力引出，以本門「黏」字訣，用勁一帶，便將五鳳劍徐芋整個身子提在空中。

劍上真力湧出，似潮般陣陣震動著徐芋的手腕，玉雷道人怒目大張，悶喝一聲，劍刃劃過，將對方長劍震得兩斷。

五鳳劍徐芋正與對方拚鬥內勁之際，突然手腕一震，一股大力撞過長劍，直震心脈。她一張嘴，噴出一口鮮血，噴得玉雷道人滿臉都是，她的身子也急速落下。

就在這時，她瞥見玉雷道人伸出道袍擦拭被汙血濺得睜不開的眼睛。不再有任何考慮，她用盡全身之力，將手中斷劍一擲。

「啊——」

玉雷道人慘叫一聲，整支斷劍沒柄而入，深深插進他的心臟。

玉理道人睚眥俱裂，鬚髯豎起，大叫一聲，拽著道袍，飛躍而來，長劍一揮，朝跌倒在地上的徐芋削去，劍式有如電掣，劍芒乍閃，血影斜飛。

徐芋悶哼一聲，整條左臂被玉理道人斬斷，疼得她臉色慘白，又一跤仆倒地上。

玉理道人長笑一聲，劍尖轉動，毫不留情地劈了下去。

驀地——

「玉理，住手！」

一聲暴喝，銀白的拂塵搭在玉理道人的劍上，縷縷拂塵上的馬尾宛如銀針，將他蘊在劍上的真力一齊消除乾淨。

玉理一聽聲音，便知是掌門人玉虛真人駕到了。

他收回劍式，對玉明道人說道：「掌門人到了！」

玉虛真人身穿一領八卦道袍，頭戴道冠，手持拂塵，斜插長劍，飄飄出塵，恍如神仙中人。

他看到一地的屍首，輕皺長眉，道：「玉理，你怎好如此輕舉妄動？」

待他見到玉雷道人已倒地死去，臉色一變，道：「是誰將玉雷師弟殺死？」

徐芋撕下一片衣襟掩住斷臂，她看見跟著自己而來的弟子，僅僅只剩三個人了，不由悽然道：「是我殺的！但是這些人又是誰殺的？」

玉虛真人回頭對他身後跟著的弟子道：「去將你師叔的屍體抬到觀裡去！」

他冷漠地望了徐芋一眼，道：「你就是那鐵掌金刀的妻子，你可知道你丈夫為何會被追擊？」

他頓了頓，提高語聲道：「因為他是個無恥宵小之輩。」

徐芋怒道：「先夫人都死了，你還侮辱他。」

玉虛真人冷哼一聲道：「當日我門下弟子在喏羌城西一古廟內，得到昔年常敗將軍公孫無忌所留下之一本紀事，這裡面載有他一生與人交手的心得，是以珍貴得較之任何一派秘笈尤有甚之，誰知你丈夫趁他們不備之際，施出暗算，將那本紀事盜去，所以我門人才追蹤截阻，想將紀事奪回。」

徐芋直聽得渾身發抖，喝道：「住口！」

她跨前兩步，叱道：「你身為一派掌門，竟然滿口胡言，當日先夫於路經喏苑時，與你弟子同居一個客店，以致他身懷的將軍紀事被漱石子看見，而突施暗襲，結果他殺了你三個弟子，自己也身負重傷，越城落荒而逃。」

她一晃短劍道：「這就是當時他逃回時，自背上取下的短劍，那本將軍紀事就是被自稱飛雲子的奪去。」

她厲聲道：「你敢把漱石子叫來嗎？」

玉虛真人冷冷道：「這又有何難？鑄一把短劍便加禍於本門弟子？本門弟子向來不以眾凌寡的，你說突施暗襲絕非事實！」

他大喝一聲道：「你有何證據說是本門弟子施以暗襲？」

他話未說完，自山下躍來一騎，飛騰空中，大喝道：「這事我可作證！」

崆峒眾人齊都一愣，注目那發聲之人。

他們只見一匹赤紅如血的駿馬騰空飛馳。

天馬行空，騎士如玉，自數丈之外飛躍而來。

他們心中一震，沒想到崆峒如此險峻的山道竟能縱騎直上，而那匹如血寶馬竟能騰空而行！真使他們不敢相信自己的眼睛了。

駿馬長嘶，凌空而降。

玉虛真人退了一步，愕然道：「你是誰？」

馬上騎士一領青衫，玉面朱唇，劍眉斜飛，此刻他一提劍眉道：「我乃石砥中也！」

玉虛真人道：「你是哪一派門人，為何與她作證？」

石砥中朗笑一聲道：「當日我親見此事！」

他目中神光一閃即斂，手指一伸道：「這是崆峒三子的蒼松子，嘿！這是飛雲子。」

他玉面微怒道：「還有漱石子哪裡去了！」

玉虛真人回頭問道：「你認識這人？」

飛雲子點點頭道：「啟稟師兄，當日喏羌城外，曾遇見他攔阻我等，以致被洪越逃走！」

他躬身道：「當日他是被崑崙曇月大師引走。」

玉虛真人嘿嘿冷笑道：「原來你是崑崙弟子！崑崙何時竟跟西涼串通？」

石砥中見崆峒掌門不問是非，糊塗之至，不由怒道：「放屁，你身為一派掌門，竟然不明是非，不辨真偽，呸！漱石子為何藏匿起來？」

玉虛真人被罵得狗血淋頭，不由大怒道：「無知小輩，竟敢來崆峒生事，我倒要問問本無大師，看他的弟子是不是都是如此不敬尊長，咄！還不替我滾下馬來？」

玉明道人一劍飛出，悄無聲息地朝石砥中擊去，劍風颯颯，狠辣之至，想置他於死地。

石砥中冷哼了聲，一帶韁繩，汗血寶馬騰空而起，在空中馬蹄疾如迅雷地一踢。

「噗！」兩隻鐵蹄踢中玉明道人胸前，他叫都沒叫出聲，胸前肋骨根根折斷，倒地死去。

玉虛真人駭然地呼道：「赤兔汗血馬，這是七絕神君的坐騎！」

石砥中落下地來道：「你到現在方始認出這是汗血寶馬，哼！快叫漱石子出來。」

七絕神君在武林居於絕頂高手之一，絕藝懾人，是以崆峒掌門頓時面色大變，道：「本門弟子與神君有何……？」

石砥中不屑地道：「我並非七絕神君之徒，你也不用害怕，此次前來，我只是要報崆峒三子當日圍攻之德。」

他躍下馬來，身子微動，便撲了過去，五指如勾，一把扣住飛雲子。

玉虛真人眼前一花，便見石砥中掠身而過，他大喝一聲，手中拂塵一拂，真力貫入，如千根鋼針擊向石砥中要穴。

石砥中頭也不回，反手一抓，如電掣流星般地將那一束馬尾擒住，一震一扯，便將根根馬尾扯得寸斷。

他右掌五指箕張，不容飛雲子掙脫，便將他脈門扣住。

他右手一揮，將飛雲子整個身子揚在空中，掃了一個大圓，擋開撲上來的道人。

玉虛真人拂塵被對方扯得寸斷，不由大驚，略為愣了一愣，猱身而上，拂塵柄連出六招，旋風飛激，狠辣迅捷。

石砥中右手扣住飛雲子，左掌一分，奇幻莫測地劈出四掌，掌掌相疊，卻又不相連貫，頓時封住玉虛真人攻來之勢，將之逼得退後兩步。

他這幾手並非崑崙手法，乃是當日眼見千毒郎君與七絕神君拚鬥時所默記下來的招式。

他聰穎無比，故而此刻所擊出的四掌，火候、步位都拿捏得很準，才擋得玉虛真人的招式。

玉虛真人簡直不能相信自己竟會被一個毛頭小夥子逼得退後兩步，但是對方那奇幻的掌式，威力確實不小，使他毫無破解之法。

他大喝道：「你到底是何人之徒？」

石砥中朗笑一聲，掌緣一引，身如急矢穿出，平掌一拍，一股沉猛掌力擊在蒼松子攻來的一劍上。

蒼松子原先見石砥中上了崆峒，便是一怔，後來又見到石砥中一招便擒住飛雲子，心中駭然於這年輕的小夥子，僅兩個月不見，便練成這麼高的武藝。

他心裡有鬼，正待向山上溜走，卻已被石砥中瞥見，追趕過來。

他拔劍擊出一式「恨福來遲」，原待阻擋石砥中一下，讓掌門與之對抗，誰知石砥中見劍刃擊到，根本沒有閃開，一掌便拍在蒼松子的劍上。

「嗆！」的一聲，長劍折為三斷，蒼松子持劍右手，虎口裂開，鮮血流出。

他心膽俱裂，忙不迭地雙掌一翻，狠命拍出一掌，氣勁旋盪，朝石砥中撞去。

石砥中冷哼道：「你還想往哪裡逃？」

他目射精光，內力自掌中湧出，迎向蒼松子。

「啪！」的一聲，蒼松子臉上慘白，雙掌齊腕而斷，慘叫一聲，暈了過去。石砥中左掌一帶，將蒼松子提了起來，朝徐芊扔去道：「接住他，這是當日圍攻你丈夫裡的一個！」

他這下有如迅雷不及掩耳，將蒼松子兩腕震斷，待玉虛真人自驚愕中醒過來，徐芊已接住了蒼松子。

他大喝道：「你若敢傷他一根汗毛，我要你死無葬身之地。」

徐芊一直目睹著石砥中大顯威風，這才接過蒼松子，便聽到玉虛真人發出這種威脅之言。

她慘笑一聲道：「我還怕死嗎？」

她一咬牙，用那僅餘的右臂持著短劍，毫不留情插入蒼松子心臟。

玉明道人挺劍一分，「刷！刷！」一連數劍，劈將過來。

石砥中橫身移步，擋在徐芊面前，他以人作劍，掄起飛雲子便是一招掃出。玉明道人收手不及，長劍帶著劍風，硬生生地削下飛雲子的腦袋。

鮮血飛濺裡，玉明道人一怔，石砥中飛起一腳，踢在玉明道人腕上，將他長劍踢飛。

一溜劍影直衝而上，石砥中回頭道：「你快些下山！否則我一人照應不來！」

徐芋慘笑道：「我有什麼好怕呢？反正也是一死！」

石砥中大喝一聲，接過自空而落的長劍，一振劍身，一招「龍遊大澤」，擋開擊來的長劍。

他回頭怒視道：「你難道不想你整個西涼派？快走！否則反而有礙我行動。」

徐芋猛然而悟，道：「大俠大恩容當後報，就此告別了！」

石砥中喝道：「且慢！」

他劍身一振，「嗡嗡」聲中，辛辣詭奇竟自偏鋒劃出一劍，劍刃搭在玉明道人長劍上，一拋一勾，又將玉明道人長劍震飛。

他喝道：「送你這隻手臂！」

劍光繞出一圈，將玉明道人右臂切斷，慘呼聲裡，徐芋悽然一笑，回頭向山下飛躍而去。

而她身後只剩下兩個惶恐的大漢，跟隨她下山。

玉虛真人大叫一聲，有如裂帛，拽著道袍，手持長劍挺身躍將過來。

石砥中揮出一片如扇劍影，滑溜無比疾攻出兩劍。

玉虛真人眼前劍影如扇，飛將過來，他沉身吸氣，硬是將躍前的身子往下墜落，劍身一轉，一排劍幕平擊而去。

誰知他一劍擊出，對方身影一傾，奇速似電，又攻出詭異莫測的兩劍。

這兩劍來得毫無影蹤，宛如羚羊掛角，沒有絲毫痕跡可尋，他腦中思緒轉動，竟沒有任何一招可以抵擋住。

他毫不猶疑，腳下一滑，退移了五步。

但是儘管他身影如飛，石砥中的劍尖卻仍然將他身上的八卦道袍劃開一道長長的劍口。

玉虛真人何曾被人三劍逼退，他幾乎氣得仆倒於地上，臉孔漲紅，大聲問道：「你這是什麼劍術？」

石砥中一笑道：「這是『千毒郎君』的雙尺劍術！」

玉虛真人一愕道：「雙尺劍術？哪有什麼雙尺劍術？」

他喃喃自語了一下，驀地想到二帝三君身上，不由大驚道：「什麼？你又是千毒郎君的弟子？」

石砥中朗笑一聲，躍上汗血寶馬，一拉韁繩，寶馬四蹄騰空而起，躍過玉虛真人頭上，往山頂奔去。

玉虛真人暴喝一聲，雙掌一合，盡全身之力，擊出一股勁氣。

氣勁飛旋，激盪洶湧，隆隆聲裡，朝著石砥中擊了過去。

石砥中在馬上可感到這股狂飆的強勁，掌風未到，自己衣袂已被吹得飄起。駿馬長嘶，他全身衣裳倏地鼓起，一側身子，單掌一推，佛門的「般若真氣」擊出。

雪地被勁風掀起，四濺飛散，一聲驚天動地的巨響中，玉虛真人兩眼圓睜，腳下連退四步，步步入地三寸，到他立定身子時，泥土已掩到他的足踝。

他頷下長髯寸斷，被風颳去，只留下短短一綹而已，真使他目瞪口呆。

玉虛真人目視躍在空中的紅馬僅略一停留，便依然飛縱而上，他喃喃道：「佛門『般若大能力』！」

他身影一傾，大聲呼道：「你到底是誰？」

話未說完，便噴出一口血箭，倒在地上，昏了過去。

× × ×

石砥中騎著赤兔汗血馬往山上奔去，他的目的是為了要找漱石子。

當日在喏羌城外，他幾乎被崆峒三子殺死，自那時起，他對漱石子跋扈的樣子深印腦海，故而此刻他一定要找到漱石子，以報當日之仇。

駿馬渡虛如飛，很快就來到山頂上清宮前。

觀前一排道人，挺劍而立，見到石砥中竟然縱馬上山，不由都面露驚詫之色。

石砥中問道：「你們這是幹什麼？」

那當先一個道人見石砥中氣魄非凡，不敢怠慢，答道：「掌門人囑我等在此布上劍陣，待上山來犯之人，便以劍陣截阻。」

石砥中哦了一聲，道：「那麼你們可曾見過漱石子？」

那道人答道：「漱石子師兄才自山側小道下山，喏，那不是他嗎？」

石砥中順著那人所指望去，只見山腰之中，正有一個人飛奔而下。

他瀟灑地一笑道：「仙長道號如何稱呼？」

那道人受寵若驚道：「貧道玄法……。」

石砥中裝成肅然之狀，道：「哦！原來是玄法道長，失敬失敬！」

玄法躬身道：「哪裡哪裡，少俠多禮了。」

石砥中道：「不過，在下認為道長應該改名叫笨驢道人！」

玄法道人臉色一變，叱道：「你這話何意？」

石砥中大聲暴笑道：「你知道我就是上山大鬧的石砥中嗎？哈哈，讓玉虛老道以門規處置你吧！」

他縱馬行空，朝著漱石子奔去。

四蹄若風，在亂石蓑草間躡行著，很快便追上那道人。

漱石子一聽身後風聲颯然，將到頭頂，忙一回頭，已見紅馬如血，耀目刺眼，轉眼便躍過頭頂落在面前。

石砥中朗聲道：「漱石子，可認識我？」

漱石子止住身子，定神一看，道：「哈哈！我當是誰，原來是你這小子，嘿！你從哪裡騙來的這馬？真個不壞！」

石砥中淡然一笑道：「你認為逃得太慢，想要借我的寶馬，好去逃生？」

漱石子臉上堆著假笑，道：「小老弟，你上了崑崙，怎麼這樣快便下山了？嘿嘿！當日在喏羌城外，實在很抱歉，那是蒼松子所……。」

石砥中沒想到漱石子如此無恥，他輕蔑地道：「你還記得那天之事？哼！我就是來報答你的恩惠！你為何不亮劍呢？」

漱石子倏然一拔長劍，縱身刺出，電掣般猛朝石砥中胸前刺去。

他一劍刺出，見到石砥中好似不及躲開，獰笑道：「好小子，拿命來吧！」

石砥中冷哼一聲，上身微傾，五指齊飛，順著對方削來劍式，便將漱石子長劍奪下。

漱石子長劍削出，不料手腕一麻，竟然還沒看清楚對方如何出手，自己的長劍已脫手而去。

石砥中道：「像這種人留在世上也沒用！」

他舉起長劍，用力一擲。

「咻——」

閃閃的劍刃劃過空中，如流星急電般插在漱石子背上。

「啊——」漱石子發出一聲慘叫，兩手無助的在空中抓了幾下，被那支長劍釘在地上。

劍穗隨風飄動，白色的雪地上頓時滲有殷紅的鮮血。

紅騎如血，凌空而去。

長嘯聲裡，崆峒的鐘聲急驟地響起。

像是乘著微風，鐘聲散得滿山都是……。

第九章　天龍大帝

涼州即今甘肅武威縣，萬里長城蜿蜒而去，古樸的城牆在漠野礫石的擊打下，灰黯而荒涼。

秋風下，白荻搖曳，碧雲連接蘆草，孤雁離群悲鳴，這是個淒涼的秋。掠過了空中的寒風，帶著呼嘯之聲。

蒼荒的古道上，此刻，正馳來一匹紅色的駿馬。

馬上騎士青衣飄飄，宛如玉樹臨風，瀟灑俊美。

他縱馬來到長城下，只見城上雉堞，抬頭望了一眼，他控馬退後了幾步，霍地急馳，提著韁繩，汗血馬長嘶一聲，縱上城頭。

石砥中輕輕拍了拍座下寶馬，緩緩地在城上走了一回，見城內築有石欄，中有甬道，每三十多丈有一墩臺，這乃是古時放烽火用的墩臺。

他急目遠眺，黃色的漠野在日光下泛著金光，蒼荒的雲天相接處，廣闊無邊，一望無垠。

回顧祁連山高插入雲，悠悠雲天，茫茫草原，頓時只覺萬籟無聲，大千無限，自己有如一粒沙子，渺小異常。

他低聲吟哦道：「黃河遠上白雲間，一片孤城萬仞山。羌笛何須怨楊柳，春風不度玉門關。」

秋意深沉，荒涼無比。

石砥中只覺胸中抑鬱難消，他長嘯一聲，飛馬躍下長城。

越過長城便已是寧夏境內，快馬急馳，轉眼便來到沙漠之中。

淺黃色的沙丘，堆堆豎立，有的高有丈餘，有的僅數尺，紅馬好似回到自己的家鄉，有了用武之地，鬃毛豎起，全速急奔而去。

這等汗血寶馬為大宛宮內所畜，蹄上生有纖細的絨毛，平伸開展，貼住四蹄，踏在沙上也不會被浮沙所陷，好似平貼沙面而行，快速無比，真個是千里神駒。

日影漸移，馬行更急，生似騰空凌虛躡行一樣，在沙漠中全速飛奔著。

天氣漸熱，日正中天時，熱氣自沙漠上冒了起來，石砥中全身都已溼透。

燠熱無風，這沙漠中氣候變化真個奇怪無比，石砥中只見座下汗血寶馬也都渾身透溼，血汗的紅珠，一顆顆的湧現出來。

他憐惜地輕拍一下馬頸，道：「呃！不要這麼快了，慢點！」紅馬神駿，果真慢了下來，石砥中掏出白絹，在馬背上擦了幾下，將一條手絹都擦得變成通紅。

他口中很渴，極想找個地方歇息，但是四顧茫茫，眼前盡是沙丘，只得馳行到一個大沙丘後的陰影之處，打開水袋，喝了幾口。

他下得馬來，讓紅馬也喝了幾口，再一看水袋，只剩下半袋水了。

苦笑了一下，他忖道：「往西而去，大概再有二百里便可到白亭海了，不過這麼大的太陽，水袋中的水不知夠不夠？」

他拔出背上長劍，朝地上沙層挖去，一直挖進約有一丈，也都沒有看見潮溼的沙粒，於是收回長劍，閉目趺坐，養起神來。

休息了一個時辰，他上馬又行，朝西而去。

這一下直行了約兩個時辰，沒有看見一點城池的影子。

石砥中不由得嘆了口氣，自己只喝了一口水，將水袋裡的水全數倒給紅馬喝了。

他苦笑道：「這下可好了，連一滴水都沒有了。」

他摸了摸昏沉的頭，拍拍馬背，又往前馳去，這下行了約有數十里，紅馬忽地仰首向空中連嗅幾下，長嘶一聲振鬣向北而去。

石砥中精神一振，心知紅馬可能已發現水源之處，故而任牠飛奔向北。

奔馳了好半晌，便見到一些烏黑的小草長在沙丘旁，再狂奔一陣，沙粒漸少，地勢更平，青草也多了起來。

石砥中大喜，果然聽到前面水聲淙淙，紅馬四蹄如飛，轉眼越過一叢叢小樹，來到一條小溪旁。

石砥中朗笑一聲，躍下馬來，就著水旁，捧起泉水便喝，直灌個滿心開懷，又把頭臉浸在水裡洗了洗，方始將水袋灌滿站起身來。

紅馬見到石砥中立起，方始輕嘶一聲，躍下溪水裡，引頸痛飲起來。

石砥中擦乾了頭和臉，深吸口氣，側首四顧，只見兩岸各有一個小小的山丘，蜿蜒而去，竟然愈來愈高，直到雲天盡頭。

他正驚詫在這大漠裡怎會有這樣一個世外桃源的地方，只見叢叢花樹，紅白相間，綠茵碧蔭，潺潺流水在叢樹花間流去。

數片落花飄下水面，清冽的溪水緩緩而去，載著芬芳馥郁……。

石砥中忖道：「現在已是深秋時節，怎的這兒卻溫暖如春？」

他好奇心一起，便覺不該就此便走，故而牽著紅馬，順著溪水而去。

走了一會，眼前一排松樹，翠綠參天，矮小的花林片片，參差不齊的遍布著在溪旁。

水流之聲漸大，好像匯聚在一個小湖裡似的。兩旁峭壁高聳，眼看這已是一個山谷。

他牽著紅馬，走入花林裡，只見水面倒映藍天，白雲，奇花，織成一幅絢麗無比的圖畫，周遭幽香傳來，中人欲醉。

他只覺此刻自己所處之地是仙境無疑，眼前群花含笑，竟然都像活生生的俏麗少女一樣。

他自花林參差間，往青翠的松林後望去，只見雪白的大理石砌成一座高大的宮殿，金碧輝煌，紅簷綠瓦，雕欄畫閣，重重疊疊，直深入松林內。

他頓時目瞪口呆，驚得都愣住了，不由自主地往那座大理石的宮殿走去。

但是他走了一會，忽然止住腳步，自言自語道：「今天我怎麼如此神魂不定，這明明是以花林布出的一個陣法。」

他家學淵源，陣法之學已至登峰造極，這下回過神來，略一察看，便已看出陣中樞紐。

但見他左繞右轉，轉了兩個彎便已來到一個白石砌成的道上，順著小道行去，沒走幾步，便看見當中一個大湖。

湖面上花片輕浮，清香四散，湖旁垂柳依依，倒映水中，美麗異常。

他連日來俱行馳在荒涼之地，這下眼見如此似畫風景，真個使他做夢也沒想到，當下目定神馳，緩緩坐在如茵的碧草上。

他忖道：「像這樣的世外桃源，我若能在此住一輩子多好？」

微風穿過山谷吹來，細柳輕拂湖面，激起圈圈漣漪。

水聲突地一響，一個人頭自水裡探了出來。

石砥中吃了一驚，只見那人黑髮披肩，溼淋淋的露出雪白如玉的肩膀。

那人似是沒想到會有人出現在草地上，驚叫一聲，便潛入水底。

石砥中站了起來，走向湖邊，喝問道：「什麼人？」

湖水一響，柳枝間探出一張豔麗的臉龐，黑長的髮絲上滴著晶瑩的水珠，周圍粉紅的花瓣，襯托著她如玉的肌膚，真個使人目眩神搖。

石砥中愕然凝望著她，不知如何是好。

那少女輕笑一聲，露出雪白晶瑩、有如編貝的玉齒，清脆地道：「你是什麼人？」

石砥中只覺得自己臉頰發熱，一時被她那聖潔無邪的笑容懾住，不知該怎樣回答。

那少女見石砥中這等模樣，噗嗤一笑，從水裡走了出來，瑩潔的玉體在陽光下發出聖潔的光芒。

石砥中大驚失色，沒想到那少女竟然一點都不害羞，美麗的胴體毫無保留地呈現在他的目光下，好似天真未鑿的嬰兒一樣，他嚇得趕忙掉過頭去。

水聲一響，那少女上了草地，拿起搭在柳枝上的羅衣，披上身去，姍姍地走了過來。

石砥中心頭猛跳，他知道那少女已經走了過來，卻仍然不敢回頭。

一陣幽香撲鼻，眼前那張美麗的臉孔，閃動著慧黠的目光，好奇似地望著他。

石砥中見到這少女一身藍色羅衣，黑髮如雲灑下，明眸皓齒，真個有閉月羞花之貌，沉魚落雁之容。

他被對方豔麗的神光所逼，不由倒退了一步，目光凝視在她似花的笑靨上。

少女問道：「喂！你是什麼人？」

石砥中嘴唇嚅動了一下，沒有說出話來。

少女哦了一聲道：「原來你是啞巴！真可憐！」

石砥中劍眉一皺道：「誰說我是啞巴？我叫石砥中。」

少女喜極拍手道：「原來你不是啞巴！這下太好了，喂！石砥中，你知道我是誰嗎？」

石砥中見對方如此天真，他笑道：「你沒告訴我，我怎會知道你是誰呢？」

這少女秀麗的眉毛一揚，睫毛眨動了兩下，笑道：「我叫東方萍，喂！石砥中，你怎麼會到這裡來的？爹爹說，天下沒有任何人敢不先問他而進這花園裡的，你問過我爹了嗎？」

石砥中搖搖頭道：「我是從那條小溪邊過來的。哦！你家前面還有路？莫非就是那座宮殿前面的山谷？」

東方萍點點頭，眼睛眨了兩下，微笑道：「我爹叫東方剛，我哥哥叫東方玉。喏！我哥哥就住在右側山上。喂！你認得他們嗎？」

石砥中搖了搖頭，紅著臉道：「我沒有到過江湖上去，我不認得他們。哦！你這兒真好，那宮殿般的房子，我可從來沒有見過。」

東方萍拍手輕笑道：「真愜意喲！你也說這房子好。喂！你知道這房子是誰畫的圖樣？」

石砥中見到她那天真無邪的笑臉，只覺心中萌起一股奇異的感覺，他答道：「我知道，這一定是你畫的！」

東方萍睜大眼睛，詫異地道：「咦！你怎麼知道？」

石砥中心想：「你這模樣不是明白地告訴我了嗎？還要問我怎樣知道。」

他只是微笑不語。

東方萍掠了一下垂下的黑髮，輕咬著紅潤的嘴唇，黑亮深邃的眸子正凝望著石砥中。

她詫異地自言自語道：「他怎麼會知道的？莫非他是真的認得爹？不然他怎會認得路，能穿過花林來到這裡？」

她好似想通了似的，笑道：「我知道你騙我，你一定認得我爹！我哥哥說天下沒有人不認識我爹，他說天龍大帝的威名如日中天，震爍天……。」

石砥中渾身一震，失聲道：「什麼？你爹就是天龍大帝？」

他想不到在這大漠裡，竟會闖到天龍大帝的宮殿來，這被狂妄的七絕神君所欽佩的天龍大帝，天下二帝三君中的第一位高手，竟然住在這兒，竟然會有如此美麗的女兒，使得石砥中不由大驚起來。

東方萍睜大秀麗的眼睛，望著石砥中，愕然道：「你難道不知我爹？」

石砥中定過神來道：「哦！我曉得天龍大帝的威名！」

東方萍一笑道：「你的紅馬真好看！全身通紅跟擦了胭脂一樣。喂！你肯讓我騎一騎嗎？」

石砥中道：「你這兒怎麼沒有一個人呢？若是你跌下馬來，我可不負責！告訴你，我這紅馬很兇的呢！」

東方萍自寬大的袖子裡，掏出了一支銀笛，用勁一吹，一聲尖銳的聲響傳了出去。

霎時之間，嬌笑之聲連連，自松林那邊奔來十幾個穿著花衫的少女，有如蝴蝶翩翩飛來。

她們一見石砥中，驚叫了一聲，飛撲過來，人影縱橫奔走，頓時將石砥中圍在裡面。

石砥中微微一愣，已見玉掌如雪，片片飛到，齊往自己要穴拍來，還沒容他考慮清楚是否要還手，沉重的勁道已觸及他的衣衫。

他低哼一聲，左足為軸，旋身飛掌，身上衫袍立時鼓了起來。

「啪！啪！」數聲，他雙掌接下那拍到的如玉手掌。

「哼！」他悶哼一聲，感到這股掌勁沉重無比，竟然使他的身子微微一震，方始站住了腳跟。

他大喝一聲，一股內力自掌心湧出，氣勁洶湧，將身旁那些少女逼開丈外。

他神威凜凜，昂首屹立，使得那些少女都目眩神移，個個怔在那兒，無法動彈一下，臉上顯出醉人的紅暈。

東方萍凝眸相視，緩緩走了過來，低聲道：「好俊的武功！但是你快點回頭走，因為嬤嬤馬上就會來了，你是贏不了她的。」

石砥中皺眉道：「她們為什麼要這樣？你為什麼不阻止她們？」

東方萍道：「我嬤嬤是幽靈大帝西門熊的姐姐，這幾天她……。」

這時遠處一聲威嚴的呼喚道：「萍萍，你怎麼啦？盡自玩得不想回來……。」

東方萍花容失色道：「快走！我爹來了！」

她大聲道：「爹！我就來了。」

石砥中猶疑了一下，已見到松林後出現一個峨帶高冠的中年儒生。

那些少女齊都一震，悄無聲息地撲了上來，將石砥中圍住。

那高冠儒生沉聲道：「是什麼人？站住！」

石砥中只覺耳鼓一震，隱隱作痛，那低沉的聲音宛如巨錘在他身上一擊。

× × ×

天龍大帝御風行空而來，轉眼便站在石砥中面前。

石砥中臉上色變，但是很快地便恢復正常，高傲地將頭傾側著。

因為他已見到天龍大帝那高傲冷峻，無視於一切的漠然表情。

他知道對於一個高傲的人，最有力的反擊便是更加高傲。

天龍大帝目光自遠處收回，冷峻地道：「你自何處而來？」

石砥中答道：「在下石砥中，因迷失路途而致闖入長輩宮院之中，尚祈長輩原諒。」

天龍大帝冷哼一聲道：「你是柴倫之徒？」

石砥中知道柴倫乃是七絕神君，故而他搖搖頭道：「七絕神君並非在下之師。」

天龍大帝冷哼一聲，目射精光，道：「你可知我天龍谷之規矩？」

他斬鐵斷金地道：「入谷者死！」

「爹！」東方萍驚惶地翩然而來，美麗的臉上有著惶恐表情。

她那黑亮的眸子反射在石砥中的濃眉上，一掠而過，她轉頭向天龍大帝道：「爹，他……。」

天龍大帝臉上一寒，道：「你認得他？」

東方萍吃了一驚，圓睜雙目，委屈地道：「我……我不認得他！」

天龍大帝臉色和藹地道：「你先回宮裡去，不要多說。」

東方萍無可奈何地向宮裡走去，帶走一大群的彩衣少女。

剎那之間，在寬闊的院裡，除了潺潺的水流聲之外，沒有一點聲音。

石砥中被對方逼人的威嚴逼得甚為不安，他問道：「前輩若沒有什麼事，在下告辭了。」

天龍大帝冷哼一聲，道：「依你的根骨來看，確為不世英才，但是你卻壞了我所訂的規矩，只有死路一條。」

石砥中只覺心中一股怒氣直衝上來，他喝問道：「你憑什麼要人聽命？你又憑什麼訂下這個規矩？」

天龍大帝一愕，似是沒想到會有人對他說出此話來，他忖思了一下，卻沒有話來答覆這個問題。

他注視著石砥中那張英俊又略帶稚氣的臉，突然狂笑道：「就憑著我的意志，憑著我的雙掌！」

石砥中冷哼一聲，道：「我道是二帝三君為天下之最，必有與眾不同之處，沒想到還是以力服人之輩。哼！憑你的拳頭能懾服我的意志？」

他昂然無畏地道：「憑著我的意志，憑著我的雙掌，我就是不畏死！」

「好狂的小子！」天龍大帝欺身而上，駢指斜劃道：「我看你怕不怕死？」

石砥中眼前一花，對方兩指挾著刺耳異嘯閃現過來，指影片片，利風削面，迅捷有如電閃風馳。

石砥中駭然色變，兩掌一翻，全身往後奮身一跳，劈出兩道掌風護住面門。

豈知他剛躍出丈外，天龍大帝已如影隨形，指風一縷劃破他劈去的掌風，將他的衣袍削開一道長長的裂痕。

「嘶啦！」聲中，石砥中怒吼一聲，雙臂一掄，奇幻地攻出一招，將對方指影擋出圈外。

天龍大帝詫異地道：「啊！原來你是千毒郎君的徒兒，更留你不得！」

石砥中深吸口氣，雙掌緩緩提起，佛門「般若真氣」運集雙掌。

只見他臉孔通紅，身上衣袍無風自動，一股宏闊的勁道迸發而出，彷彿大山傾倒，聲勢嚇人之至。

天龍大帝兩道斜飛入鬢的長眉高聳而起，目光愕然而視，驚愕道：「般若真氣！」

他兩隻大袖平拍而出，宛若鐵板，自袖底湧出的勁道旋激盪動，袖中雙掌乍隱即現，宛如白玉所雕，在陽光下閃閃發光。

「轟」然一聲巨響，草土翻飛，泥沙濺起，石砥中悶哼一聲，跌出一丈開外。

他臉色蒼白，衣袍全被那股犀利的掌勁削成片片飛去，他那胸前七顆紅紅的大痣有如北斗星在夜空中排列著，閃出奇異的神秘光輝。

他胸中氣血激盪，「哇！」的一聲，吐出一口鮮血在地上。

但他卻很快又站了起來，兩眼狠狠地盯著前面。

天龍大帝身形微傾，被對方發出的「般若真氣」震得幾乎立足不住。

他愕然於對方年紀輕輕，竟會有如此深厚的功力，幾乎有三十年以上的修為，他暗忖道：「崑崙何時出了如此高手，竟然超越各大派掌門人之上了！」

待他仔細一看，卻見石砥中胸前那七顆鮮紅的大痣，頓時之間，他神情大震，暗忖道：「沒想到他倒是個七星朝元之人，據古籍所載，這種人聰穎絕頂，具有一目十行、過目不忘之能，但是對於善惡之念卻最為固執，記仇之心極強。」

石砥中兩道怨毒的視線凝注著他，竟然使他起了一陣寒意，這對於他來說，簡直是不可能的，因為從沒有人敢以這樣的目光盯著他，而他也從未畏懼過任何人。

他忖道：「這孩子一身技藝好雜，殺氣好重啊！」

剎那之間，無數的念頭如電光石火在他腦際閃過，他走了過去，平和地道：「原來你是崑崙弟子，虧得你有如此深厚的功力！」

他自懷中掏出一顆金黃色有如梧桐籽般大的丸藥，道：「你的內腑震傷了，快服下這顆丸藥。」

石砥中一愕，隨即冷笑一聲，爬上汗血馬，掉頭便往花林裡而去。

馬蹄得得，花香陣陣，他方來到花林旁，便聽到天龍大帝沉聲喝道：「回來！」

石砥中心神一震，不由自主的掉轉馬頭。

天龍大帝道：「你是否知道你縱然驕傲，卻挽救不了你的性命？你已被我以『白玉觀音手』震傷任督兩脈，若在十個時辰內不服下我的『金梧丸』，你將全身血脈斷裂而死！」

他微微一頓道：「我不忍你就此年輕輕的死去，所以給你顆金梧丸！難道你以為我會給你毒藥吃？」

石砥中冷冷道：「連千毒郎君的毒也沒將我害死，我豈害怕死？哼！死又有何懼？但是我若不死，將會回來向你領教一式『白玉觀音手』！」

天龍大帝朗聲大笑，道：「你真以為我不敢就此殺死你？」

石砥中冷峭地道：「你真以為我怕你殺了我？」

天龍大帝臉色一變，道：「你走吧！我二十年來都沒碰見如此不怕死之人，這顆丸藥你拿去吧！我不怕你再來！」

石砥中接過擲來的金梧丸，看都沒看，便又扔了回去，道：「我石砥中絕不受人無端的恩惠，拿回去吧！」

他縱馬急奔入花林，朝林外飛奔而去。

天龍大帝輕嘆一口氣道：「只可惜這不世的英才了。唉，我為何只因他目中閃出一股怨毒的目光而驟然下了毒手，難道我真會怕他來報仇麼？」

他掉轉頭去，只見東方萍正目含淚水地站在一叢花樹前，那嬌豔的臉色上一片同情與哀傷的表情，這種表情使得他心頭大震。

因為在他的心裡，自己的女兒是個不會憂鬱，不會流淚，只知歡笑，從不知哀傷為何物的天真純潔的孩子，然而此刻卻如此地傷心。

他微笑道：「萍萍，你怎麼啦？」

東方萍放聲哭了起來，叫道：「爹，你壞死了，我……我恨你！」

她掩臉飛奔而去，留下驚愕的天龍大帝。

他望著她逝去的身影，喃喃道：「十七歲，她已經十七歲了……。」

他仰首望天，眼中充滿淚水，喃喃道：「若萍，你已離去十七年了，你知道萍萍已經長大了嗎？她已經會關懷別人，她已經有了少女的感情，若萍，你知道嗎？你知道嗎？」

他踉蹌地朝宮旁松林道裡走去。

風吹過松林，傳來陣陣松濤夾雜著的哭泣之聲。

第十章　將軍紀事

白雲悠悠，大風自沙漠彼端吹來，揚起濛濛的塵沙。

無止盡的沙漠，無可數的沙丘。

茫茫的黃沙中，石砥中拉緊了韁繩，任由汗血寶馬向西北邊方向飛馳著。

他的耳邊風聲呼呼作響，眼睛緊閉著，在眼角裡有未乾的淚水。

因為他認為此刻的自己被一切所遺棄了，他的武功竟在天龍大帝一式之下便被毀了，現在身懷內傷，不能活過十個時辰……。

「十個時辰？」

他睜開眼睛，看了看無數飛快向後退的沙丘，苦笑地忖道：「我現在還剩下幾個時辰？生命就是這樣？如此渺茫而不可知？」

一股寂寞的感覺浮上心頭，他不由興起「天地悠悠，滄然泣下」之慨。

他拍了拍馬頭，輕輕道：「現在只有你陪伴著我了。」自紅馬想到七絕神君，又令他想到東海滅神島與本門的糾結，於是他忖道：「若是我的武功未被天龍大帝所破，那麼此刻我一定趕到滅神島去與他們一拚。」

紛至沓來的念頭，如電光火石般在他腦海掠過。

他嘆了口氣道：「唉！我有如此多的事情要辦，豈能就此一死？我一定要設法將內傷療好。」

他拉了拉身上披的一件大袍，用手拍拍行囊，但他卻頹然地忖道：「金戈玉戟又有何用？上面刻的字，我一個也不認得，唉！」

他突覺頭腦一陣暈眩，胸中氣血一陣翻滾，幾乎栽下馬來。

他呻吟一聲，趕忙抖了抖韁繩，紅馬放慢速度，緩緩而行。

耳邊響起滔滔的急驟水流聲，他睜開眼一看，只見一條渾黃不清的河水，滾滾自西而來，水流急湍，帶著兩岸的泥沙向下游而去。

他順流直上，只見水勢漸緩，水流漸清，碧綠的河水潺潺流下……。

突地，一隻蒼鷹掠過空際，自北邊飛來，想要橫過這條寬闊的大河，誰知牠剛飛到水面上，便雙翼一斂，悲鳴一聲，落在水面上，轉眼便沉了下去。

「弱水！這是弱水。」他愕然道：「飛鳥不渡，鵝毛不浮，這是弱水！這是弱水！」

他的目光自滾滾的流水移至對岸，因為在大約十丈開外的對岸，此刻一條人影跟蹌奔來。

那人身上插著一根銀箭，銀色的箭羽閃出陣陣光輝，在箭桿沒入背上處，鮮血流滿了衣裳，此時正隨著他的移動而滴落在沙上。

他臉上神色痛苦無比，肌肉陣陣抽搐，但仍踏著不穩的步子往這邊而來，生似只要到了弱水便能救回他的命一般。

石砥中愕然地望著那個人衝向河岸，然後往沙上一趴，反手拔出深沒入背的箭簇。

「啊！」那人慘叫一聲，頭上汗水冒出，他拔出長箭，朝河裡一扔，然後絕望地站了起來。

那人扔在河裡的銀箭，竟然使得碧綠的水流立時冒起一陣黑泡。

石砥中悚然忖道：「原來這支銀箭上有毒，怪不得那人會如此絕望，原來他中毒已深，不能救治了，但他為何會見到弱水便臉現喜色？難道這水能治傷，或者他能渡過弱水而逃命？」

他正在忖想之際，那人已見到他了，大聲喊道：「喂！你可願意替我做件事？」

石砥中一驚，沒想到那人中毒以後，仍能支持如此之久，看來真是個內家高手無疑。

他問道：「你有何事？」

那人擦了擦汗，道：「我是幽靈大帝座下十二巡查使之一，斷日鉤吳斧，我這次拿了……。」

他痛苦地呻吟一聲，自衣囊裡掏出一個黑色發亮的錦囊，顫聲道：「這是昔年常敗將軍公孫無忌所著的《將軍紀事》，你……。」

他話聲未了，吐出一口烏黑的血液，身形一陣晃動，栽倒地上。

石砥中驚詫地叫了一聲，他沒想到引起西涼派覆亡與崆峒發生爭端的《將軍紀事》，會到了幽靈大帝手下人的手裡，看來斷日鉤是被銀箭所射而致中毒。

吳斧形同鬼魅，掙扎著站了起來，大喝一聲，將手中錦囊投了過來。黑色的錦囊帶著閃光的光輝，落在石砥中腳前。

石砥中下得馬來，將錦囊撿起，只見這是一個似絲非絲，似絹非絹，像是一種什麼毛編織而成的，柔細滑亮，閃著爍眼的光輝。

他抬起頭來，已看不見對岸吳斧的人影了，看來是已被滾滾的流水所吞噬了。

望著悠悠的弱水，他似乎像做夢一樣，只不過手裡多了一個錦囊。

他發了一會怔，方始苦笑了一聲，騎上了汗血寶馬，緩緩向上游而去。

在馬上，他將錦囊口打開，只見裡面一本厚厚的小書，上面題著「公孫紀事」四個龍飛鳳舞的小字。

他翻了開來，只見裡面密密的蠅頭小字，是用隸書寫就的紀事，儘是紀載著公孫無忌一生與人比武後的心得。

原來這公孫無忌原為宮中武將，曾作過潼關總兵，後來棄官不做，投入華山為徒，習練武藝。

然而他一生好戰，卻從未勝過敵人一次，每次都是藉著他自幼所習的天竺異功「瑜伽術」，將自己所受的內傷療好，然後詳細地體會對方武功的脈絡而創出破解之法。

故而這本紀事上，記載的儘是一些怪招，並有多門各派、各種武功的來路以及破解之法。

石砥中不禁大喜，他翻到書中最後一頁，只見所記的乃是天竺「瑜伽術」療傷保命的大法。

他是過目不忘的，將書中所載的每一個字都記在心中，然後把書放回錦囊中收好。

剎那之間，他的豪氣大發，一掃剛才那股憂傷孤寂之感。

現在，他所需的是一個靜謐的所在，好供他練功療傷。

他凝望著弱水三千，腦海中忽然記起了上官婉兒那撅著唇的小嘴，幾欲淚下的臉龐。

那時上官夫人一怒之下，幾欲將七絕神君殺死，然而她終於不忍地收回手掌，將她女兒的穴道拍開，然後帶下山去。

他送出山門之外，卻見上官婉兒含淚對他淒然一笑，真使他有了點離愁。

「唉！」他搖搖頭嘆了口氣，由碧綠的流水，又使他溯想到東方萍那天真無邪的凝眸微笑，以及她那披散的如雲黑髮，和晶瑩如玉的肩胛……。

思緒飄飄，水聲漸杳，石砥中自幻想中醒了過來，見到天上紅霞遍布，寒風颯颯，自大漠吹來，沙礫捲在空中，更加深了大地的迷濛。

他找到一個大沙丘，下得馬來，將包囊抖開，拿起一把鏟子，在沙丘旁挖了個大坑，然後將蒙古包架好。

等他架好了營帳，滿天的雲霞盡去，風也靜了下來，一輪明月在空中升起。

冷豔的光輝照射在靜靜的沙漠，遠處傳來狼嗥聲，淒涼而寒瑟。

沙漠吸熱快，放熱也快，故此日裡溫度極高，夜裡高地又極寒。

石砥中搓搓手，喝了口水，胡亂吃了點乾糧，然後他計算一下從天龍谷到現在所耗去的時間。

「哼！還有兩個時辰。」

他走進帳篷內，將紅馬牽在帳篷口，自己趺坐地上，用起功來。

腦海中深印的「將軍紀事」上的「瑜伽術」一一閃現眼前。

他雙掌開始緩緩畫起圓弧，全身放鬆，自任督兩脈處開始凝聚已散於百脈的內力。

夜空，不知何時竟降起霜來了，氣溫更低了，星星寥落地眨著眼，月漸斜……。

石砥中深吸口氣，自入定中醒了過來。

他從崑崙風雷洞裡便已習成「虛室生白」的夜眼之術，此刻睜開眼睛，已能清晰地看清帳內各物。

他體內之傷竟完全好了，是以心情也愉快非常。

他輕輕地走出帳篷，來到沙漠上，夜色茫茫裡，大地寂靜如死。

銀輝斜照，霜落在沙上，結了一層薄薄的白膜，夜冷如冰，清沁的空氣被吸進胸中，更是舒暢無比。

他立在夜風裡，緩緩地運氣，雙掌提起，急速地向前一拍，「般若真氣」

呼嘯旋激而出。

眼前一片迷茫，沙石翻滾，急驟飛濺開去，地上已被他的掌風劈出了一個大坑。

他身形一起，躍在空中，掌影縱橫，斗然之間，已連劈十二掌。

清嘯一聲，他身體有如夜鳥，在空中迴旋了三匝，緩緩落在地上。

他記起「將軍紀事」中，公孫無忌所獨創的「將軍十二截」的怪招，頓時那些圖樣一一閃現腦際，他開始在星空下比劃起來。

星移斗轉，月沉破曉。

沙漠的盡頭起了一道金色的光輪，天空之中魚白色的薄雲，也染上淺淺的金色光暈，美麗無比。

石砥中吸了口清沁的空氣，掏出汗巾擦了擦臉。

他方要走回帳幕內，卻見一輪紅日自沙漠盡頭升起，火紅的光芒漸升而上。

石砥中迎著朝陽昂然屹立著，正待轉過身去，突地見到漠野的遠處，一匹白馬飛馳而來，沿著朝陽的光輝，駿馬如龍人如玉。

他心頭一震，驚忖道：「這不是東方萍嗎？她怎會出來？」

他一個念頭還沒轉完，卻見地平線上，十騎平行，如飛趕到。

× × ×

黃沙漫漫，蹄聲中沙土飛揚，隨風而逝。

石砥中見到東方萍似是非常驚惶的樣子，竟然掉轉馬頭往西北而去，這樣便被弧形分散的馬隊所包圍了。

他噦唇一嘯，只見紅馬昂首自帳篷裡奔了出來。

長嘶聲中，石砥中一躍而上，四蹄如飛，躡行沙上，追蹤而去。

他雙腿夾緊馬腹，紅馬奔馳如火花閃現空中，眨眼之間，便自側面攔住東方萍。

他見到她披散的黑髮被一條藍色緞帶紮著，髮絲被風吹得掠在空中，玉面泛紅，櫻唇微張，粉紅的披風，在白馬的鬃毛上飛舞著，整個身上洋溢著醉人的美。

東方萍突見一道紅光自遠處急如電掣地飛射而到，不由吃了一驚，待她看清是石砥中時，不由大喜。

她臉上梨渦湧現，笑靨一展，如花初綻，眼中閃出一道欣喜的目光，露出有如編貝的玉齒道：「嗨！石砥中。」

石砥中點了點頭，道：「你怎麼出了天龍谷？」

他指指後面那些人，道：「這些人是不是你爹叫他們追你的？」

東方萍搖搖頭道：「他們都是沙漠裡的強盜，要搶我的珍珠。」

她羞澀地一笑道：「我知道你身負內傷，所以我拿了幾顆金梧丸，跑出天龍谷，想要找你……。」

石砥中道：「我已經自療內傷好了，你不要怕，這些強盜有我對付！」

他一拍馬首，倏然急剎住，然後掉轉馬頭，緩緩迎向急馳而來的十騎。

「呃——」

那當先一個滿頭亂髮、一臉鬍鬚的大漢，右手一揚，便帶住了馬，同時之間，其他九匹馬也都止住前進。

石砥中冷冷凝望著這十個彪勇的大漢，喝道：「哪個是首領？」

「哈哈哈哈！」

一陣狂笑，當中那鬍鬚滿面的大漢，粗聲粗氣地喝道：「嘿！原來是個雛兒，喂！小白臉兔崽子，老子半天雲馬鬍子，縱橫沙漠十多年，哪個來往沙漠的人不認得我？你小子哪裡鑽出來的？嘿嘿！真是送上門的肥羊一條。」

石砥中冷哼一聲，沒有作聲，但是殺氣已湧上臉孔。

那自稱半天雲的馬賊用手一揮，道：「老六、老七，拿下這兩頭肥羊，嘿！好一匹赤兔馬，這一下老子可有福了。」

兩個濃眉大漢，一齜牙一咧嘴，捲起袖子，露出粗壯的胳膊，縱馬而來，朝著石砥中和東方萍便抓。

「哼！」石砥中冷峭地哼了一聲，眉宇中殺意濃聚，隨著他肩膀微動，一道寒芒騰空而起。

「啊——」慘嗥聲裡，兩根粗壯的胳膊被削斷，血水濺出，均落在黃沙裡。

劍光乍閃即隱，那兩個大漢身形踰踉向後一跌，在他們眉心當中，一點血痕正流出來。

石砥中回頭望了望東方萍，見她已嚇得臉色發白，輕聲道：「不要怕，有我在這裡。」

東方萍驚懼地點了點頭，往石砥中身旁靠了靠。

那兩個大漢目光呆滯，眉心血液流下，僅站了一下，便向後倒去，毫無氣息地死了。

半天雲馬鬍子兩眼瞪得老大，嚷道：「好小子，你敢殺人？弟兄們，上！」

他一抖手中八環大刀，「嗆啷」一陣大響，刀光急閃，往石砥中砍去。

石砥中怒喝一聲，駢指一敲，其快如電，已扣到對方劈來的刀身上。

他大喝一聲，兩指扣住刀上鋼環，用力往懷中一拉，右掌倏拍而出。

「啪！」的一聲，兩指扣住刀上鋼環，石砥中五指齊飛，已掃在馬鬍子胸前。

「喀嚓」一聲，馬鬍子肋骨根根折斷，自馬上倒飛出去，一跤栽倒地上，噴得滿地的鮮血，就此了帳。

石砥中看到這般慘樣，似是一怔，但是卻聽到東方萍叫了一聲，他趕忙回過頭去，見到兩個馬賊拉著她，正想要跑呢。

他猛喝一聲，手中奪來的大刀一掄，刀風霍霍，脫手擲了出去。

他弓身躍起，有如急矢，跟著大刀一齊射去。

「噗！」大刀飛出，砍在左邊一個馬賊背上，石砥中已如天神而降，雙足踢在他的胸前，他慘嗥一聲，飛出丈外，「叭噠」一聲倒地死去。

石砥中深吸口氣，雙臂一振，身子倏然一轉，回空一旋，劍光繞身而閃。

他喝道：「哪裡走！」

劍影片片，嘯聲縷縷。

他回空擊出五劍，劍刃振動，劍尖點處，血絲冒起。

但見他身形一落，五個大馬賊都眉心著劍，一點紅痕，屍橫於地。

東方萍以袖掩口，睜大雙眼盯著石砥中，似乎是不相信他會殺人，而且殺了如此多的人。

石砥中垂劍而立，劍尖血水滴在沙上，霎時便被吸去，沒有流下一點痕跡。

他嘆了口氣，長劍入鞘，朝東方萍走了過去。

一眼，他便望到東方萍眼中的神情，他不安地道：「你很難過是嗎？我也是第一次殺這麼多人……。」

他赧然道：「我一見他們對你這麼兇狠，就禁不住滿肚子不高興，硬想殺死他們，所以……。」

東方萍放下掩唇的袖子，眨了眨眼睛道：「我知道你對我好……。」

她輕笑一聲道：「所以我看到你被爹打得吐血時，多難過喲，我那時真想讓自己被爹打一頓。」

她不好意思地笑了笑，一片紅雲飛上她的雙頰，所以她揚起手，裝著掠一掠髮絲，用袖子擦了擦臉頰。

石砥中感到一股從所未有的甜蜜泛上心頭，他微微一笑，沒有說什麼話，目光凝注著她的巧笑，生似要將之盡收心底，好留待以後慢慢回憶。

東方萍抿了下嘴唇，輕輕道：「你要到什麼地方去？」

石砥中自迷惘中醒了過來，道：「你要到什麼地方去？」
東方萍搖搖頭，沒有說什麼。
石砥中道：「我要先回居延城去，然後，我可能到東海去。」
東方萍欣然道：「那麼你能不能也帶我一道走？」
石砥中沉吟一下道：「我想這個也許不太方便吧！令尊……。」
東方萍一嘟小嘴，道：「反正我爹也不管我死活，有什麼不方便？喏！這是我帶出來的一箱珍珠，總夠我的旅費吧！」
石砥中豁然一笑道：「那我豈不成了替你保鏢的鏢客？不過我還要到西藏去一趟，女客人，你能不能去？」
東方萍肅容道：「嗯！女客人能夠去！保鏢的，先走吧！」
她話都沒說完，便噗哧一聲，忍不住笑了出來。
石砥中笑道：「那麼我先收拾帳篷，然後再走吧！」
他縱馬先行，緩緩朝著那個大沙丘而去，東方萍追了上來，並轡而行。
石砥中將帳篷和氈子收好，捆在包囊裡，拿出乾糧和水袋道：「你要不要吃點乾糧？」
東方萍拍了拍掛在白馬鞍上的兩個大布袋，道：「我這裡有醃好的肉，還有風雞、風肉……。」

石砥中朗聲大笑道：「這下我就有得吃了……。」

他笑聲未了，空中響起一聲尖銳的異嘯。

一支銀色的長箭，掠過空中，落在沙丘上。

箭桿微顫，閃閃發光，箭孔上掛著兩個穿孔的哨子。

黑色綢帶飄在箭羽上，流蘇絲絲……。

第十一章 幽靈騎士

蒼穹蔚藍，蹄聲自漠野傳來。

低沉的蹄聲，急驟如悶雷般在大漠響起。

石砥中極目四望，只見數十騎自東北方而來，馬上盡是赤裸上身、披著熊皮的彪形大漢。

他微感緊張地道：「你坐上我的紅馬，等下看我敵不過他們時，你就先縱馬向居延而去，我會趕上的。」

東方萍臉色發青，點了點頭道：「那你能擺脫他們的包圍嗎？」

石砥中想到自己有獨特的輕功「雲龍八式」，自信地點了點頭。

他將白馬上的包袱拿下來放在汗血馬上，然後對東方萍道：「現在你下馬吧，去騎上我的赤兔汗血寶馬。」

東方萍搖了搖頭道：「我現在不願意走路。」

石砥中道：「難道你還願意我抱不成？」

東方萍輕咬嘴唇，點了點頭道：「我長大後從沒人抱過，現在倒想讓你抱一抱。」

石砥中臉孔通紅，他回頭望那飛馳而來的數十騎快馬，又看看東方萍臉上那似笑非笑的神情，跺了跺腳，道：「唉！姑娘，這是什麼時候，你還當著好玩呢？」

東方萍慧黠的目光連轉，道：「我又不怕死，你怕死先走好了！」

石砥中嘆了一口氣，無可奈何地道：「好吧，我就抱你！」

誰知，他走到東方萍面前，伸出雙臂想抱她下馬，卻不料東方萍羞紅雙頰，搖手道：「不！不要你抱，我自己下來。」

石砥中一愣，跺了下腳道：「唉！到現在你還開什麼玩笑？」

東方萍眨了下眼睛道：「我不要你抱，不行嗎？」

石砥中側目一看，已見騎隊距離不足十丈遠了。

漫天飛沙中，鐵騎動地而來。

他不管三七二十一，托著東方萍雙腋，便走向紅馬，將她放在鞍上，然後拔出長劍，肅然凝視來騎。

東方萍赧然叫了一聲道：「喂！你要小心些！」

石砥中回頭一望，承受到投注來的萬斛柔情，他心中大為感動，只覺悠悠天地之中，自己已不再孤獨流浪了。

那關注的目光使他熱血沸騰，他點了點頭，手腕一振，劍刃嗡嗡作響。

數十騎快馬急馳而到，當先一個四旬左右的中年人，一身儒士打扮，身背一張大弓，紫色的弓背和白色的臉膛顯得很有些不相襯。

石砥中瞥見這中年儒士的馬上掛著三個箭囊，囊中插著許多銀色的長箭。

他頓時記起在弱水之濱，見到斷日鉤吳斧身中長箭，掙扎而亡的情形。

那吳斧為幽靈大帝手下十二巡查使之一，看來武功不弱，豈知仍然被這銀箭射中而致喪命，看來這個馬賊首領確有一手。

故而他心中暗暗警惕起來，體內真氣緩緩催動著，繞體運行於每一塊肌肉，慢慢發至體外，護住整個身體。

那些彪形大漢圍了一個大圈，將石砥中圍在裡面，個個都面現怒容地盯著他。

那身背紫弓的中年儒生，望見一地的十具屍體，漠然地移開目光，在東方萍所騎著的紅馬上停留下來。

他訝然地凝視那雄駿的汗血寶馬，回首對身後的三個長髯老者道：「這好像是大宛王宮裡所養的汗血寶馬，怎會到了這裡？」

那左首老者頷首道：「先生所言不錯，這正是大宛國王所寵愛的汗血寶馬，昔年三國之時呂布所有之赤兔即此一隻！」

中間那老者接口道：「師兄之言不錯，今世以七絕神君柴倫馴馬之技天下無雙，看來這兩個娃兒大有來頭，先生你可要小心些！」

石砥中見這幾個人對著汗血寶馬嚕嗦了許久，不由心中有氣，冷哼一聲道：「你們這樣算是什麼？馬賊還是強盜？」

那中年儒士沒有吭聲，他身後老者怒喝道：「無知小兒，豈敢對銀箭先生口出不遜？」

石砥中雙眉一斜，道：「什麼銀箭先生？哼！一個馬賊頭！」

銀箭先生勃然色變道：「就算你是七絕神君之徒也不能如此對我！無知小輩，這十個人是你殺死的？」

石砥中朗聲大笑，道：「這只怪你手下這些無恥之徒太窩囊，死也死得活該。」

他臉現殺氣，厲聲道：「你們橫行大漠，搶劫商旅，竟然連一個孤身的弱女都敢欺凌，算是什麼先生？呸！」

銀箭先生眼中睛光暴射，氣得滿臉通紅。

他手一揮，制止那些蠢然欲動的馬賊，然後催馬緩緩向前，冷冷道：「無知小輩，敢當我面前說出這些話來，哼！你這是死路一條！」

石砥中見到圍在四周的大漢個個露出兇殘的目光，心中殺氣倏然大盛，體內熱血沸騰，大喝一聲道：「你們這些混蛋都該殺！」

他話聲未了，狂風翻激，氣勁排空壓到，沉重如山，似欲將他置之於死地。

東方萍驚叫一聲，石砥中腳下倏轉，身軀微昂，左掌微晃，虛劃一圓，自胸前平推而出，一股寬闊的氣勁似海潮迸發，嘯聲中反擊出去。

那老者突施暗襲，以為憑這一掌定可要了石砥中的命，誰知石砥中所擊出的乃是「般若真氣」，威力奇大。

雙方掌勁一觸，那老者心脈一震，渾身氣血倒湧，掌勁被逼，立時噴出一口鮮血，整個身子倒翻出去，似是紙鳶脫線飛去。

另外那兩個老者大喝一聲，自馬上騰身而起，一抖大袖，狂飆旋激，齊往石砥中身上砸到。

「砰！」一聲巨響，四股勁風在空中一觸，沙石飛濺，馬聲驚嘶，那兩個老者跌出丈外，幾乎仆倒地上。

石砥中長吸口氣，沒等風沙落下，身如輕煙一縷，滑行尋丈，大喝道：

「你們也吃我一劍！」

他劍刃一振，光華疾閃，自三個不同方位各自擊出兩劍。

「嗤嗤！」聲中，劍氣倏起，一片劍影灑出，霎時便將那三個老者逼得狼狽無比。

他這一劍擊出，時間、火候拿捏得極為巧妙，剛好在那三個老者落地之際，身未站穩，便被劍鋒逼得滾地而走。

劍刃劃過，白鬚三綹飄起，接著第二劍交迭揮出，有如電掣星飛，疾快無比。

「啊！」痛苦的呼叫自劍光血影下發出。

石砥中劍刃翻轉，正待劈出「將軍十二截」中第二式，「雷動萬物」那似雷霆萬鈞的一劍。

倏地，在這電光火石的剎那，一聲弦響，「咻！」刺耳的尖銳嘯聲響起，一根銀色長箭掠過空中，一個銀色光弧急速無比地射向石砥中。

石砥中上身前傾，大翻身，斜拋肩，長劍順著綿延的劍式擊出一式「雷動萬物」。

「鏘——」

一點火花冒出，銀箭被劍刃硬生生切斷，兩截斷箭落下，餘勢未衰地插在沙中。

石砥中抱劍於胸，神情肅穆地注視著手持紫弓的銀箭先生。在他身後丈餘之處，那三個老者胸前衣衫都被長劍削破，血水滲出於衣上，滴落沙上。

銀箭先生臉色凝重地注視著石砥中，目光炯炯，沒有稍眨。在他紫色弓上，此刻有著三支長短不一的銀箭，弦被拉滿，隨時都有發出的可能。

一片寂靜，數十騎大漢齊都屏住呼吸，沒有作聲，緊張地盯著互相凝視的兩人。

銀箭先生暗自心驚，忖道：「崑崙何時出了這個怪傑？功力深沉竟有三十年以上的修為似的……。」

他腦中念頭流轉，突地他自石砥中抱劍屹立的姿勢中，想到適才擊出的一劍。

銀箭先生愕然驚道：「你這是常敗將軍公孫無忌的『將軍十二截』中的一式？你到底是什麼人？」

石砥中也是一驚，道：「你說得不錯，這正是『將軍十二截』裡的一招。」

他倏地側身喝道：「你們三個老鬼站住，哼！想要暗算誰？」

那三個老者面上一紅，道：「邛崍三老豈是暗算你的人？」
石砥中冷哼一聲，轉過頭來，道：「你到底是何意思？」
銀箭先生眉頭聚起濃厚的殺意，道：「要你將『將軍紀事』留下，哼！昨日我還道在斷日鉤手中，不料竟在你手裡……。」
石砥中狂笑一聲，道：「你有本事儘管拿去好啦！何必……。」
銀箭先生怒喝一聲，弦聲一響，三支銀箭射出。
三縷銀光曳著異嘯，向四外分散，竟然不是射向石砥中，而是向空中射去。
石砥中愕然注視著向空中射去的銀箭，突地，又有一支夾著尖銳的風聲，自紫色大弓發出，射向他的咽喉，來勢急勁，無與倫比。
石砥中悚然一驚，上身一仰，身形倒滑出六尺，劍影一閃，長劍斜揮，將這支箭砸飛。
誰知他身子方始閃開，頭山三支銀箭竟然陡地一頓，垂直而下，嘯聲急促，箭簇已距他不足五寸。
石砥中驚覺護身真氣竟也被這三支長箭穿過，尖銳的箭風，直往自己的死穴射來。
再也沒容他考慮，他弓身一縮，隨即清嘯一聲，倒穿而出，身形一轉，躍在空中。

銀箭先生大喝一聲，道：「再看我這一手！」

「嗤！」一支短僅一尺的銀箭脫弦而出，如流星掠空，射向石砥中小腹「血倉穴」而去。

他左手一彎，自箭囊裡掏出五支長約三尺的銀箭，右手如抱滿月，弦聲一振，五支箭似一片銀網，罩住方圓二丈的空中。

銀虹閃閃，石砥中渾身真氣凝聚於長劍之上，但見他手腕一抖，劍上湧起一蓬白色氣體。

他輕喝一聲，雙足在空中一縮，整個身子平空升起半尺，只見他右足一點，踏住那支急勁射到的小箭，虛空站住身子。

五支銀箭就在這時射到，他繞身一轉，劍氣瀰然護住全身。

「噗！噗！噗！噗！噗！」一連五聲沉重的響聲，五支銀箭擊在劍氣之上，折為兩段，落了下來。

石砥中清嘯一聲，有如鶴唳，回空一繞，掠了一個大弧，向銀箭先生撲去。

他這一連串的動作，都是剎那間完成的，待到銀箭先生銀箭被破後，石砥中已挾著劍自空而到，劍光倏閃，擊向銀箭先生。

紫色大弓一揚，銀箭先生大喝一聲，弓影弦輝，點點片片飛瀉而出，漫天席地舒捲而去。

「嗡！——」

弓弦急響，劍刃切上，光華一斂，石砥中整個身子貼在劍上，將對方大弓撐住，在空中搖晃上下，已與銀箭先生較量起內力來。

沒有遏止的內力，源源洶湧而出，劍刃微顫，弓弦凹入，銀箭先生身在馬上，臉孔通紅的撐持著。

此刻他手上所負全身的力道，劍刃滑開二寸，運集全身勁力，往下一壓，只聽馬聲悲嘶。銀箭先生身形一傾，跌倒黃沙之上。

「嗡！」一聲輕響，弓弦被劍刃割斷，石砥中身隨劍落，刺向銀箭先生而去。

銀箭先生座下的馬已被沉重的壓力所震斃，他跌在沙上，還沒移開，便見長劍自空射落，有如電光閃現。

他心神俱裂，弓身蠕行，手中弓背一掠，似劍的紫光剎那間將他身子護住。

石砥中身隨劍落，突見對方在危急中攻出的一式，竟然熟悉非常。

他「嗯」地一聲，躍了開去，愕然道：「你怎麼會這招天山『天禽劍法』中的『落雁翻翅』？」

銀箭先生站了起來，臉孔通紅，他左手一揮，道：「大家上！」

石砥中大喝一聲道：「東方萍！快走！」

他聲落劍走，怒劍劃出，風雷迸發，一式「將軍十二截」中的第四式「劍林森立」擊出。

劍式如虹，幻起無數長劍將對方罩住。

「啊！」銀箭先生慘叫一聲，左臂至肩，以及整個胸前都被劍尖刺中，破衣片片，血水冒出。

石砥中怒睜雙目，道：「原來你是東海滅神島來的，咄！你知道我是誰嗎？」

銀箭先生捂著胸，目光散亂地朝著石砥中道：「你是誰？」

但他話未說完，卻目現恐怖地凝望著他的身後。

石砥中回頭一看，只見滿地倒著人，那些身披熊皮的大漢齊都栽倒地上，每人的太陽穴上都插著一根三角尖錐，血正汩汩地流出。

邛崍三老呆立著，臉上肌肉由於驚愕而至收縮，他們口吃地道：「幽靈……靈……錐……。」

一個身穿黃金軟甲、金冠束髮的年輕英俊的漢子，瀟灑地點了點頭，道：

「不錯，三位老丈之言是對的，這正是幽靈錐。」

他側首道：「鐵牛，請三位老丈歸位！」

在他身後立著一個臉孔漆黑，身高丈外，有如鐵塔的大漢，聞聲應了一下，兩隻蒲扇大的雙掌一張，身形輕靈地一轉，十指一勾，神速無比地將邛蛛三老擒住。

鐵掌一合，三個老者吭都沒吭出聲來，便倒地死去。

那叫鐵牛的大漢拍拍手，撒開大步走了回來，好似沒有發生什麼事情似的。

那英俊的年輕人一揖，向著騎在紅馬上的東方萍道：「世妹請恕愚兄來遲，致使世妹受驚，容愚兄道歉。」

東方萍哼了一聲道：「誰要你來多管閒事？殺了這麼多人！」

那年輕人毫不為忤，瀟灑地一笑，道：「是！只怪愚兄多事！世妹你受驚了吧！」

東方萍「呸！」地啐了一口，道：「誰是你的世妹，西門錡，你放尊重點！」

她一帶韁繩，紅馬朝石砥中這邊奔來。

她笑道：「喂！好走了吧！」

石砥中道：「那可是幽靈大帝之子？」

東方萍點點頭，不屑地道：「仗著父親的勢力，橫行一時，又算得了什麼？喂！我問你好走了沒有？」

石砥中道：「等一會，我要問他幾句話。」

他轉身對銀箭先生道：「你自東海而來，可知道寒心秀士的下落？」

銀箭先生搖搖頭，道：「我不知道你說的是誰。」

石砥中雙眉一揚道：「你那招劍法向誰學的？」

銀箭先生冷冷緊盯了石砥中一眼，道：「你是天山派的什麼人？」

石砥中目中寒光倏射，斬釘斷鐵地道：「你若不把天山神鷹在滅神島的情形說出，我立時要斬你寸斷！」

銀箭先生如此深沉的人，也不由被對方目中露出的寒光嚇得打了個寒噤。

他吸了口氣，鎮定一下繃緊的神經，也不管身上流出的血，儘自思忖著脫身之計。

石砥中見對方仍不回答，心中怒火猛然上升，大喝道：「你再裝聾作啞，就不要怪我……。」

他話未說完，身旁風聲微颯，那西門錡已來到他的身邊，道：「這位兄臺請了！」

石砥中每當記起在天山目擊滅神島來的三大弟子所造成的遍地屍首、血流成渠的情形，激起仇恨之心，一直將滅神島當成殺戮的對象。

故而沒有分心注意到突如其來的西門錡，僅只顧逼問本門天山神鷹與滅神島之關連以及下落。

此刻西門錡悄然來到，這份輕功使得他悚然一驚，也使他注意到剛才那毫無聲息便將數十人殺死的功夫起來。

他側首一看，只見西門錡微笑地望著自己，那斜飛的劍眉以及薄薄的朱唇，顯得整個笑容都瀟灑無比。

他點了點頭道：「兄臺請了。」

西門錡微笑道：「七絕神君老前輩貴體無恙吧！小弟西門錡問候令師。」

石砥中道：「你就是幽靈大帝之子？」

他頓了頓，沉聲道：「在下並非七絕神君之徒！」

西門錡一愣，道：「哦！原來兄臺非柴老前輩之徒，敢問兄臺貴姓大名？」

石砥中道：「在下石砥中。」

東方萍不耐煩道：「喂！你別跟他說話好吧！他是個大壞蛋！」

西門錡臉色一變，霎時又恢復笑容，道：「世妹，你何必當著石兄面前挖苦我呢？嘿！這次你瞞著伯父大人，跑了出來，怕石兄……。」

東方萍叱道：「我出來又怎樣，關你什麼事？」

石砥中過意不去，道：「萍萍！你……。」

東方萍瞥見西門錡目中掠過一絲狠毒的神色，陰鷙地朝石砥中背後一揚手。她尖聲道：「西門錡，你想暗算人？」

石砥中猛然翻身，卻見西門錡瀟灑地拍了拍身上的沙土，朝自己一笑道：「石兄，你看她豈不胡鬧？我怎會暗算你呢？」

石砥中警惕地應了一聲，沒再說什麼，轉身對銀箭先生道：「你考慮清楚沒有？」

銀箭先生道：「天山神鷹仍在島上，而那金戈上的符文，島主也已知道。」

西門錡目中奇光倏現，插口道：「你是說大漠金鵬城的金匙，那支金戈？」

銀箭先生陰沉地望了石砥中一眼，道：「據我所知，那金戈現有兩支，一在金羽君之手，另一則已落入百靈廟朝元大法師之手……。」

「嘿！」西門錡道：「家父昔年與天龍大帝約好，不得去天山將金戈奪下，這下天山覆滅，看來那金戈該到幽靈宮亮亮相了，世妹，遇見令尊請告知此事！」

石砥中沉思了一下，向銀箭先生道：「這次放過你，下次我若再遇見滅神島來的人，必將一一殺死！你回去轉告島主好了。」

他一拱手道：「西門兄，在下告辭了。」

他躍上白馬，偕同東方萍向西北而去。

西門錡望著雙騎遠去，陰沉地道：「我要將你碎屍萬段，方能消我心頭之恨，萍萍怎會跟你這小子跑！」

他猛然回頭，哼了一聲道：「你現在才想跑！慢著，我幽靈太子手下可曾跑掉過一個人？」

西門錡厲聲道：「你自東海來到沙漠，是否專為探測大漠金鵬城之位置而來！嘿！嘿！你知道的事倒不少，可見你這等人留不得！」

銀箭先生嘿嘿假笑一聲道：「但是你現在卻不能殺我！」

西門錡陰鷙的目光一閃，道：「你有什麼理由讓我不能殺你？」

銀箭先生道：「第一，那姓石的武功淵博而雜亂，你為了不使天龍大帝之女對你誤解更深，只得假裝與他友好，然而你卻不能當著她的面將石砥中殺死，所以我能幫助你，因為本島與他結有仇恨……。」

西門錡陰鷙一笑道：「你以為我是傻子？哼！你看！」

他掏出一個銀哨，湊在嘴邊吹了一聲，尖銳的聲音響起，一座大沙丘後，閃出六個蒙面勁裝的玄衣騎士，每人的黑馬上掛著一柄月牙形的大斧和一支金光閃閃的吞鉤。

西門錡沉聲道：「這是我宮裡的特級劍手，六名幽靈騎士！」

銀箭先生臉色一變，因為他知道幽靈大帝手下有六名幽靈騎士與十二個巡查使。

這些幽靈騎士都有三種以上絕技，那就是斧、劍、鉤。而且他們個個毫無人性，似是都處於瘋狂之中，是以所到之處，屍骸如山。

他思緒急轉道：「但是石砥中武功襲自公孫無忌的『將軍紀事』為多。」

西門錡「啊！」的一聲，道：「原來他是自那不怕死的公孫無忌手著之『將軍紀事』中得來的功夫，怪不得他能識得各門各派的武功來路！哼！我派去的斷日鉤原來是被他殺死的，我道他為什麼還不回來呢？」

他恨恨地道：「第二呢？」

銀箭先生暗自抹了一把汗，繼續道：「據我師弟大力鬼王和鎖金神掌自天山歸來後，言及金戈已被寒心秀士拿去，這寒心秀士已因擅闖滅神島，被圍困於一條峽谷裡，而那石砥中提及寒心秀士，可能就是他的兒子，如果是的話，那金戈就在石砥中手裡。」

西門錡朗笑一聲，自懷裡掏出一支長約半尺的金戈，道：「這是得自百靈廟朝元和尚的金戈，而另一支則在金羽君手中，我只要找到另一支，則可辨真假……。」

銀箭先生淡然道：「真的和假的金戈，一共有五支，其中四支假的，你手中的可能是假的……。」

西門錡兩眼怒火飛熾，身形一動，五指扣住銀箭先生肩胛，大喝道：「你這話可真？」

銀箭先生還沒想及要躲開，已被西門錡扣住，頓時半身一麻，幾乎回不過氣來。

他凜然道：「這當然是真的！那天我師弟銷金神掌自天山回來後，曾將四支假鑄的金戈之事告訴我，我趕到居延城外約二十里之處，眼見上官夫人取去兩支……。」

西門錡鬆開手，問道：「那另兩支，你為何不取了下來？」

銀箭先生摸摸肩膀道：「就在那時，我眼見一人自林裡走出，朝著我這邊冷笑一聲，便跟蹤而去，我一驚之下便回來了……。」

他頓了一頓，說道：「那人乃是以弄毒聞名的千毒郎君！」

西門錡皺了一下眉頭，沉吟道：「這事真的愈來愈複雜了！好吧！你還有什麼話要說？」

銀箭先生道：「你可先到居延，在下將兩位師弟喚來，一起上居延城，那時再與太子你會合……。」

西門錡忖思了一下道：「好！到城裡見你。」

他厲聲道：「你千萬別耍什麼名堂，否則，哼！」

西門錡一揮手道：「鐵牛，咱們走吧！」

他一掠六丈，兩個起落便到那大沙丘上，跨上一匹「烏騅馬」，他一吹銀哨，向居延城飛馳而去。

那黑面大漢邁開大步，跟著那六騎玄衣黑馬的幽靈騎士，飛奔向茫茫的沙漠。

銀箭先生陰陰一笑道：「為了金戈玉戟，非叫你們死無葬身之地不可！」

他捂著胸前的點點劍傷，拾起袋囊，跨上一匹馬，朝東方馳去。

第十二章　五雷訣印

將近正午，沙漠裡颳起一陣大風。

沙石飛激，灰塵灑下，蓋在數十具屍骸上。

居延城近了，黝黑的城樓遠遠地在藍天下發著烏光。

雙騎如飛，前面是一匹紅色的駿馬，後面是潔白如雪的一匹白馬。

在沙漠上，似是兩條光線閃過。

黃色的沙土上，紅線一掠而過，響起一串銀鈴似的笑聲，接著又一道白線飛射而去，似光掠影，劃空奔去。

石砥中騎在白馬上，叫道：「萍萍，慢點！馬會跑出血的！」

他以氣勁逼出話語，傳出去老遠。

東方萍聽了，嬌笑一聲，聞言自語道：「哼！你騙誰？這麼好的馬會跑出血？」

她用手一摸馬背，竟然抹得一手鮮紅的血水，不由花容失色，趕忙勒緊韁繩停一停。

石砥中見到東方萍停了下來，連忙趕了上去。

東方萍秀眉緊皺，急著道：「喂！真的馬身上出血了，怎麼辦呢？」

石砥中見她果然被自己唬住，裝作痛惜地道：「我叫你不要那麼快，你看，這下可好了吧！馬都全身出血，等會死去了，還有什麼辦法？」

東方萍眼圈一紅，嘟起嘴道：「我從沒騎過這麼快的馬，像生了翅膀的天馬一樣，乘著風而行，所以想舒服一下，沒想到……。」

石砥中見她幾乎要哭出來似的，不由噗嗤一笑，道：「萍萍！我是騙你的，這馬不是出血！是出汗！」

東方萍睜大兩眼，不信地道：「出汗？汗怎麼會是紅的？難道紅馬就出紅汗的，黑馬就出黑汗的，黃馬就出黃汗的……。」

石砥中大笑道：「你那麼白，出的汗一定是白的囉！」

東方萍忍不住好笑，罵道：「你……你是個大壞蛋，壞死了。」

石砥中道：「我這馬叫『汗血追風』，原產西域大宛國境，是七絕神君送我的，牠出的汗鮮紅，好像血一樣。」

東方萍掏出一條絲絹，輕輕地擦著馬頸，柔聲道：「馬呀！辛苦你了，害你出了一身汗。」

石砥中見東方萍這種幼稚的舉動，但他卻沒笑出來。因為他知她純潔真誠，沒有一點心機，偏又是那麼美麗，竟好似仙女臨凡一般。

他懷著一種虔敬的心情，望著那瑩白如玉的手在馬鬃上輕拂著。這鮮明的景象，深深地銘刻於他的心中，使他凝注她的目光，也變得溫和了。

東方萍羞澀地一笑，一抖韁繩，緩緩縱馬，向著居延城而去。

石砥中趕忙跟隨著，也緩緩馳去。

東方萍一側頭，掠了下秀髮，發覺石砥中仍在盯著自己，不禁羞澀地嗔道：「你老是盯著我幹嘛？我臉上又沒開花？」

石砥中笑了笑道：「塞北的花，我都已經看過了，就是沒有看見哪一朵花，有你的笑容這樣的美！」

「呸！爛掉你的舌頭！」東方萍罵了聲，一夾馬腹，飛奔入城。

× × ×

進得城來，只見街道狹窄，房屋矮小，蒙人和回人趕著許多牛馬羊類，正塞滿了街道，原來這正是個趕集的日子。

東方萍皺了皺眉頭，輕輕地吸了吸鼻翅，石砥中已趕到了她的身旁了。

他瞧見那些趕到市集去的人們，都以欣喜的目光注視著東方萍，生似已分享到她的愉快一樣。

東方萍微笑道：「你就是住在這個城裡？」

石砥中頷首道：「嗯，就在這城底端，那邊一幢較大的房子，就是我爹以前砌的，當然這裡可不能跟天龍谷裡相較。」

東方萍道：「我當然不會在這裡吵……。」

她的目光轉移地望著街道的兩側，隨著石砥中，緩緩奔馳在街道的麻石路上。

突地，她的目光一掠，訝然道：「你看！天上飛著兩隻好大的鷹，上面還有人呢！」

石砥中聞言，向空中一看，果然見到兩隻大鷹盤桓在蒼穹，那兩隻鷹背上，竟然有人乘坐著。

他運集目力，方始看到鷹背上的人很是熟悉，東方萍已叫了出來，道：「那是剛才的銀箭先生……。」

石砥中一愕道：「哦！原來滅神島的人都來了，那另兩個一定是鎖金神掌和大力鬼王了……。」

他略一沉吟道：「來，我們先趕回家去，他們一定會因為發現不到我們蹤跡而下來，只要他們敢來，哼！」

他向街尾自己的屋宇而去，很快便穿過驚訝的人群，來到自己的屋門口。一別幾乎半年，他雖然見到房屋在肅殺的深秋裡，顯得很是陰沉，但卻仍抑止不住滿心的喜悅。

下得馬來，石砥中敲敲掛在黑漆大門上的鐵環，側身對東方萍道：「這就是我住的地方……。」

他看到她閃亮的眼睛，突地腦中靈光一現，問道：「萍萍，你會不會武功？」

東方萍輕笑一聲道：「你問這個幹什麼？我又不敢殺人。」

石砥中道：「那隻老鷹飛在天上約有二十多丈高，你怎麼能看得清楚鷹上的人呢？連我的眼力都看不清……。」

東方萍巧笑一聲，道：「你問這個幹嘛？哦！你這屋裡有女人是吧？」

石砥中愕然，凝神一聽，果然屋裡有著女人的嬌笑。

他不由一皺雙眉，喊道：「阿福！開門哪！」

裡面應聲道：「來了！是誰在外面大喊？」

石砥中沉聲道：「是我，少爺回來了。」

裡面人聲一停，隨即門檻一響，待了一會，門呀然開了。

自裡面走出一個光頭大漢，朗聲笑道：「哈哈！小子，你回來了！」

石砥中一見，大怒道：「原來是你，大力鬼王！」

大力鬼王十指箕張，撲了過來，風聲呼嘯，嚇人之至。

石砥中冷哼一聲，大袖一揮，佛門「般若真氣」擊將出去。

「砰！」

大力鬼王身上有似被鍾重重一擊，全身一陣顫抖，噴出一口鮮血。

他狂嗥一聲，右手一拉門板，「嘩啦」拆了下來，朝石砥中擲去。

石砥中左掌平拍，「啪」的一聲，門板碎裂成數塊，反激回去，大力鬼王悶哼一聲，回頭便跑。

他躍身追了進去，卻見大力鬼王陡然止住身子，翻轉身來，雙臂一絞一扭，便將石砥中胸前衣襟揪住。

大力鬼王狂叫一聲，將石砥中整個身子高舉起來，使出蒙古摔跤的手法，重重往地下一摔。

石砥中猝不及防，被大力鬼王揪住，他一運氣，全身氣勁外溢，右足急彈而出。

倏地「叭！」的一響，石砥中足尖踢中大力鬼王胸前「神封穴」。

大力鬼王狂吼一聲，堆金山倒玉柱的跌倒地上，噴得一地的鮮血。

石砥中彎身拉起大力鬼王，拍開他的穴道，冷冷道：「你可知寒心秀士在哪裡？」

大力鬼王爬了起來，急驟地喘了幾口氣，狠聲道：「小子，那次沒殺死你，沒想到你會變得如此的厲害！告訴你，寒心秀士，你那老頭，被困在島裡的一條峽谷裡，生不得生，死不能死！嘿嘿！你去送死吧！」

石砥中臉色一變，扣住大力鬼王左臂，道：「你這話當真？」

大力鬼王怒道：「我何時說過謊話？」

石砥中頹然放手，毅然道：「我一定要到島上去，那時天山與滅神島之間的恩怨將會了結。」

大力鬼王踽踽然走了進去，到了一個大柱旁，深吸口氣，大吼道：「我要與你同歸於盡！」

他雙手抱住柱樑，用力一拉，「喀吱！」一聲巨響，那根粗壯的大柱斷裂為二。

頓時樑折屋傾，「嘩啦啦！」的巨響裡，瓦片碎落，灰塵瀰漫，整個大廳倒了下來。

石砥中大喝一聲，在屋子傾倒的剎那中，雙袖擊出，氣勁旋激，將屋頂擊穿一個大洞。

身子一晃，他自大窟洞裡飛躍出來。

在空中他一抖雙臂，身子回空一折，繞行一匝，落在後面園裡的假山上。

眼見屋子塌下，巨響聲中，瓦片磚石飛濺四處，看來大力鬼王已沒有活命了。

石砥中暗自心驚於大力鬼王的神力，他想道：「若非般若真氣先將他打傷了，否則那時……。」

他忖想之間，頭上鷹揚雙翅，風聲颯颯，掠了下來。

三支銀箭自空射落，急勁無比疾襲向石砥中，他輕喝一聲，左掌翻掌拍出，狂飆翻飛，向空中擊去。

身形一轉，他躍到圍牆之上，抬頭一看，見到銷金神掌乘在鷹背上，正朝自己獰笑。

他剎那之間，記起了慘死的天山五劍來了。

他拔出長劍，默默道：「我要替你們報仇！」

他清嘯一聲，騰身躍起五丈，身形一折，回空斜飛一匝，眼看距離那隻老鷹不足一丈，他深吸口氣，又強自拔起五尺。

劍光一繞，石砥中懸空揮出一劍，朝那隻大鷹斬去。

悲鳴一聲，那大鷹一隻腳爪被長劍削斷，鋼羽片片落下，沖天飛起……。

石砥中身形墜落，背後響起一陣狂笑，眼見銀箭先生拉滿了紫弓，一蓬銀箭即將發出。

他抬頭一看，已見鷹翼離他不足六尺，銀箭先生那陰沉的狂笑，使他怒火中燒。

然而他的真氣已經一竭，再也不能停留在空中，急墜而下……。

「嗡……。」

一聲刺耳的嘯聲響起，那彷彿是尖銳的東西撕破空氣所發出來的，足以使人心顫。

石砥中見到三柄小劍成品字形掠過自己身旁，有如電掣般射將上去。

銀箭先生恐怖地大叫一聲道：「三劍司命！天龍大帝——」

他突地噎住話語，慘叫一聲，自空倒墜下來。

他的喉部和胸前插著兩支亮晶晶的小劍。

那隻大鷹雙翅被一支小劍射中，串在一起，也悲鳴一聲，筆直地墜落下來。

× × ×

石砥中自空中落下，飄身落在假山之上。

銀箭先生的屍體自半空摔落，跌得骨肉模糊，而那隻大鷹的雙翅被小劍串住，不停掙扎著。

他仰首一看，只見另一隻大鷹因為腳爪被斬斷，悲鳴著向西飛翔而去。

石砥中運集功力，大喝一聲，長劍脫手射出，有如流星掠過蒼穹。一道光痕倏閃，劍刃已射中那展著雙翼的蒼鷹。

鮮血滴落，那隻大鷹叫了聲，一斂雙翼，如隕石瀉落。

石砥中見到鎖金神掌臉上驚容畢露，正緩緩飄落。

他也顧不到發出三支小劍的是否是東方萍或者天龍大帝親到。

他眼見鎖金神掌，便立時想起自己五個師兄掙扎逃命、血灑大漠的情景來了，頓時怒火中燒，清嘯一聲，飛撲而去。

鎖金神掌自十丈空中跌下，雖然龐大的鷹屍能夠借力運氣，他仍然栽了一跤，滾出老遠，方始將體內翻滾不已的氣血舒平。

他剛一立起，風聲一響，石砥中已挺立在他的面前，朝他怒目而視。

他倒吸口涼氣，縱身退後六尺，雙掌一交，擺置胸前，目光在搜索著天龍大帝的影子。

石砥中見對方兩眼亂轉，冷哼一聲道：「鎖金神掌，你還記得我吧？」

鎖金神掌目光收回，凝注於斜飛雙眉、怒視自己的石砥中，他被對方那寒酷冰冷的目光所驚，在眼前，他知道這已不是半年前在天山的石砥中了。

他陰沉地一笑道：「當然認識你，小子，可賀你倒投入天龍大帝門下去了。喂！你現在意欲何為？」

石砥中寒聲道：「留下你的頭顱！」

鎖金神掌心中一震，雙目瞪視道：「你有能力儘管使，嘿，但我滅神島中人，豈有如此容易便……。」

石砥中大喝一聲，道：「住口，凡是自滅神島而來的人，我都要殺死他！」

「嘿嘿！石兄好大的殺氣。」

西門錡形同鬼魅，悄然飄身而來，望著石砥中，笑著說了這句話。

石砥中皺了一下眉頭道：「你怎麼也來了？西門兄，請稍待片刻，等我了結與滅神島之恩怨！」

西門錡道：「石兄非置他於死地嗎？要知道滅神島主神秘無比，武功奇詭，恐怕石兄你……。」

石砥中臉色一變，道：「西門兄是要為他說項？」

西門錡眼中閃過一絲狠毒的神色，臉色一變，左手食指曲起，似乎就要出手。但他一眼瞥見倒斃的銀箭先生喉上插著的晶瑩小劍時，臉色立即回復正常。

西門錡左右望了一下，笑道：「在下怎敢擾及石兄報仇之舉，哦！東方姑娘呢？石兄可曾見著她在哪裡？」

石砥中道：「她在前面街道上等我。」

西門錡笑道：「那麼我去看看她。」

鎖金神掌驀然狂笑道：「哈哈，想不到堂堂幽靈太子竟會屈膝於無名小卒之前，哼，不敢擾及……。」

西門錡雙眉一挑，臉上殺意大熾，厲聲道：「你真的不要命了？嘿嘿！我就成全你吧！」

他右手握拳，中指微曲，哼了一聲擊將出去。

鎖金神掌原本看出西門錡與石砥中之間有隙，希望挑起雙方的仇恨，他可從中取利。

哪知西門錡顧忌東方萍在側，不敢將石砥中打死，這下惱羞成怒，反向鎖金神掌出手。

鎖金神掌沒想到西門錡會突然出手，一怔之下，一股暗勁已撞擊上身。

他右足一滑，退後一步，雙掌平推而出，金色光霞一閃，他的手掌顯出淡淡的金黃色。

轟然一聲，如悶雷爆響，銷金神掌雙足深陷泥土中。

一滴汗珠自額上滴落，他驚叫道：「五雷訣印！」

話聲一了，他吐出一口鮮血。

西門錡陰森森一笑道：「你也知道五雷訣印，哼！我叫你再也不能罵人了。」

石砥中舉手一擋，道：「西門兄請稍待，我要先報了仇才能……。」

西門錡哼了一聲，右拳一引，左拳疾快地穿出，風雷之聲大作，朝銷金神掌飛擊而去。

石砥中劍眉倒豎，大袖一揮，自橫裡劈出了一道狂飆，截擋西門錡擊出的拳勁。

「砰！」的一響，石砥中身形一晃，幾乎站不住腳。

西門錡怒喝一聲，道：「你也嚐嚐我的五雷訣印！」

他右拳隨著移步上前，似萬鈞力道蘊於臂上，緩緩推擊而出。

他這「五雷訣印」一連五拳，力道層疊相加，每一式擊出，即較上一式力道加倍，直到最後一拳，真具有開山裂石的威力。

這下他擊出第三拳，氣勁隆隆，漩激盪動，風雷聲中，撞向石砥中。

石砥中適才已接上西門錡的一式，直震得胸中氣血翻滾，幾乎立足不住。

此刻他見到西門錡如此兇狠，心中驚愕，深吸一口氣，佛門「般若真氣」如潮湧出。

「轟！」然一聲巨響，石砥中只覺那股尖銳沉重的勁道，有種奇異的力量，竟能使自己的「般若真氣」被從中分開，自兩邊滑出的感覺。

他心頭一震，突地丹田之中一股熱流洶湧而起，繞過「任督兩脈」，暢通「天地二橋」，霎時布滿全身。

剎那間，只見他臉上洋溢出祥和的笑容，「般若真氣」突地柔和如微風，飄了出去。

西門錡第三式擊出，勁道與對方一觸之下，頓時便驚詫對方氣勁的深沉兇猛，他深吸口氣，左足跨將出去，左拳舉至頭頂，方待連環擊出。

驀然對方手掌輕揮，一蓬柔和的勁力，將他的拳勁完全化去。

他的身形前傾，胸前已觸及漫然掩及的氣勁，全身被纏，幾乎窒息了。

頓時之間，他臉色大變，悶哼一聲，左拳飛擊出去，上身朝後退了尺餘，避開那滾滾湧到的氣勁。

場中冒出一聲悶雷似的聲響，西門錡臉色肅然，「蹬！蹬！蹬！」連退三步，才立穩身子。

他駭然地凝視著自己的左拳，似乎沒想到這「五雷訣印」的第四式竟也擋不住對方那看似輕飄飄的一擊。

他愕然忖道：「他的功力好似突然增加，竟然深得像佛家『拈花微笑』的瀟灑行止，這是怎麼回事？」

石砥中雙足深陷泥土中，他低頭望了望深齊踝骨的泥土，又看了看眼前一個深闊的土坑，凜然忖道：「這西門錡真不愧幽靈大帝之子，那手『五雷訣印』巧妙的力道，真個厲害，我看來即將落敗，怎地又能擋住這推山裂石的一擊。」

他不知道他練功之日極短，僅半年多的時間，雖然在崑崙水火同源的「風雷洞」裡服下「玉香凝露枇杷」，且受到崑崙四老替他打通穴道，強行溝通天地之橋。但這些強灌進去的力道，一時之間不能被他所消化，僅潛在於兩脈之中。

在他經過與人拚鬥之後，這些潛伏之力漸漸被他吸收而發揮出來，尤其遇到的對手愈強，潛力愈易引發出來。

西門錡的「五雷訣印」霸道異常，有似鐵錘一擊，沉猛的勁道，將石砥中潛力捲起，頓時運行脈絡之中，內力生生不息。

石砥中只覺空靈幽寂，己身隱隱與天地相通，彷彿佛門的真義他已參悟，而開始有了高僧寬闊的胸襟。

這種感覺一掠即過，他瀟灑地反擊一掌道：「鎖金神掌，就這樣想溜了？」

他旋身躍起，勁風旋激裡，右臂直伸，以掌作劍，一式「將軍斬鯨」，奧妙神奇的劈將而去。

鎖金神掌剛才被西門錡劈了一記「五雷訣印」，震得氣血翻滾，吐出一口鮮血，幸得石砥中不願他被西門錡殺死，而擋住了向他劈出的第二掌。

他趕忙躍起了開去，陰鷙地望著兩人的拚鬥。

雖然他是天山的棄徒，又投入滅神島主座下，習得邪門武功。但此刻邪門第一高手幽靈大帝之子，使出霸絕奇妙的「五雷訣印」，與石砥中的佛門「般若真氣」較量得是地動山搖，使他看了暗吸一口涼氣。

他驚凜於雙方功力的高強，看了這場比鬥，他深知自己此刻已非其中任何一人的敵手，而這兩人都欲取他性命的。

他調好真氣，腳下微轉，打量一下四周的環境，想要向北逃去。

誰知沙礫一響，石砥中便已覺察出來，劈出一掌，「般若真氣」氣勁洶湧襲到。

鎖金神掌暗叫一聲不妙，不敢接住這如山的勁道，他身形一轉，躍起四丈，避開擊到的氣勁。

石砥中單臂作劍，躍起五丈，如流星掠空，朝銷金神掌撲去。

銷金神掌身在空中，只聽風聲急響，銳利的氣勁已經壓背，他弓身提氣，半空裡翻了個筋斗，手腕一振，一道劍光穿出。

石砥中朗吟一聲，左袖揮出有如鐵板，「啪！」的一聲，劍刃一折為二。

他右手駢掌作劍，已迅速如電地自對方空隙裡劃去。

「嗤啦！」一聲，銷金神掌胸前衣衫劃破，指尖如刀，頓時將他擊傷。

他痛苦地哼叫一聲，全身大顫，真氣一洩，跌落地上，灑得一地的鮮血。

石砥中飄然落下，五指一伸，正待要擒住銷金神掌時，卻突見西門錡臉孔通紅，雙眉斜飛，全身衣袍恍如被風吹動般獵獵作響，正自緩緩向自己行來，他立時肅容凝神……。

西門錡右手握拳，左掌撫著右腕，生像是托著千鈞重物，一步一個三寸多深的腳印，緩步朝石砥中走去。

石砥中體內真氣生生不息，飛快地運行兩匝。

他目射精光，凝注著那全身都繃得緊緊地有似弓弦的西門錡，沒有眨動一下。

「嘿！」西門錡大喝一聲，右拳疾穿而出，拳勁一發如江水決堤不可遏止，洶湧而去。

石砥中仰天長嘯一聲，雙掌連拍，宏闊柔和的「般若真氣」層疊交擊而出。

「砰！」密雷暴發，氣勁飛旋，沙石騰嘯而起，灰塵捲起半天空，瀰漫開去。

西門錡怒喝一聲，目中神光如電，那懸在空中的右拳，中指一彈而出，急銳的一縷指風如錐射出。

石砥中悶哼一聲，腳下一個踉蹌，被「五雷訣印」的最後一式擊得身軀飛起，護身真氣也幾被擊散。

他只覺胸中氣血一陣翻騰，喉間一甜，幾乎噴出一口血來。

他嘴方張開，西門錡彈出的尖銳指風，已如鋼針扎上他胸前「神封穴」上，他眼前一黑，心口一悶，頓時摔倒地上，昏死過去。

西門錡臉色蒼白，身形一陣搖晃，吐出一口淤血，然後狂笑一聲道：「好小子，你這下該死定了吧！」

他掏出銀哨，吹了兩聲，尖細的哨聲傳出老遠。

第十三章　三劍司命

遠自沙漠的邊緣，現出幾點黑影，玄衣黑馬如飛馳來。

西門錡剛收回銀哨，便眼見鎖金神掌站了起來，滿身血汙，形同鬼魅地獰笑著。

鎖金神掌咄咄的獰笑聲，眼中射出兇狠的目光，凝注於昏倒地上的石砥中身上。

他提起雙掌，淡淡的金光閃現於他的掌上，顯得神秘而恐怖。

他抬起頭來，冷冷地望了西門錡一眼，狂笑一聲，右掌劈下。

「啪！」的一聲，石砥中身軀一顫，背上衣衫盡碎裂成片。

一個淡金色的掌印，清晰地留在他白色的肌膚上。

鎖金神掌獰笑一下，左掌又劈下去——

就在這電光火石的剎那，石砥中突地噴出一口鮮血，身形急翻而起，長臂一揮，急劃如電。

「呃——」

鎖金神掌眉心滴血，翻身躍起三丈，「叭噠！」聲中，跌倒地上。

石砥中舉起袖子，一擦嘴角鮮血，臉上掠過一個驚悸後的笑容。

鎖金神掌悶哼一聲，自地上緩緩爬了起來。

他全身不停顫抖，眉心之中，一道傷痕深印，鮮血流了下來。

他怨毒地盯著石砥中，嘴唇嚅動了好一會，方始啞聲道：「你！你中了我的鎖金神掌，怎能不死？」

石砥中愕然道：「你問這個幹什麼？你……？」

鎖金神掌顫聲道：「我的鎖金掌有劇毒，而且掌力也能震斷你心脈！」

石砥中傲然道：「我不懼任何毒物，至於你那一掌，剛好解開了我被閉的『神封穴』。」

鎖金神掌狂吼一聲，栽倒於地，嘴角流出血來，已經死去了。

敢情他眉心「眉衝穴」已被石砥中劃出的指尖點中，腦中神經已毀，僅仗一股彪悍之氣支撐著意志，故而能夠站立著。

待他得知自己一掌替石砥中解開了穴道，不由氣血上衝，那股堅強的意志也都盡去，而倒地死去。

石砥中怔了一下，耳邊聽到急驟如雨的蹄聲，不由抬起頭來，朝那奔馳而來的數騎玄衣黑馬騎士望了一眼。

他緩緩走了過去，道：「西門錡，在下與你無仇無怨，現在爭執之由已經去了，我想我們總沒什麼過不去了吧？」

他頓了一頓，道：「在下領教過你的『五雷訣印』，深知這種剛猛的氣勁，較之玄門『罡氣』毫不遜讓，尤其你那最後伸出的一指更具奧秘。」

他目中神光暴射，沉聲道：「但我將來仍要領教你那一式。」

西門錡心中驚凜於對方的功力竟然毫無損傷，連中幾掌都像毫無事情一樣，而且還自稱百毒不侵……。

這使他簡直摸不清對方的來歷，不知石砥中的那些雜亂而又高絕的武功是從何而來。

他凜然之色一現即斂，因為那些幽靈騎士已經縱馬來到他的身後。

他呵呵笑道：「石砥中就此要走了？現在你可以再領教一下幽靈宮獨傳的『五雷訣印』！」

石砥中微微一笑道：「你現在已經不是我的對手了！」

他頓了頓道：「因為你內腑已經被震傷……。」

手了？」

西門錡臉色一變，冷笑道：「嘿！你認為我已經受傷，再也不能夠出

他四外一看，只見這兒寂靜無比，周圍沒有一個人影出現，頓時一股殺氣湧上臉龐。

西門錡望了一下那三支晶瑩的小劍，一咬牙，暗自忖道：「萍萍眼見便是我的，你這小子偏偏橫刀奪愛，哼！趁這機會，我要殺了你！」

他銀哨舉起，重重地一吹。

「咻——」的一聲長響，那六個幽靈騎士悄然飄身落地。

西門錡沉聲喝道：「布幽靈大陣中追魂之章，取他的性命回來！」

「嗆——」

劍芒閃爍，三道劍光汪然浮動，似水遍灑而出。

三個玄衣蒙面的幽靈騎士，雙掌一錯，互相配合著，三支長劍霎時交疊成網，將石砥中緊緊圍住。

石砥中只見這六個玄衣蒙面人，目光冷若寒冰，呆滯不動，似是十二顆寒星罩著他的四周，將他緊緊纏住。

他嘿的一聲喝道：「西門綺，你這是何為？」

西門錡冷笑道：「二十招之內，你若仍未身死，我便放過你一條命！否

則，嘿嘿——」

他一吹銀哨，大喝道：「攻！」

話聲未落，劍虹展露，鐵掌揮霍，這六個幽靈騎士所布之幽靈大陣，霎時便旋轉開來。

石砥中一聽銀哨響起，便見這十二道呆滯的目光立即活動起來，每一縷神光所現都是仇恨之意，這十二道仇恨的目光似針射進他的心裡。

他毛骨悚然，不寒而慄，生像這些人都是來自陰間的，帶著一身寒氣，使他冷澈入骨。

陣式一陣轉動，寒氣更濃，旋動的六條身影，交織成網，劍影拳風塞緊每個空隙，漸漸縮小。

石砥中臉色一變，心中思緒轉動如電，他深吸口氣，右掌覷準一個持劍的蒙面者，劈出一道狂飆。

他這一式，原本是查探對方虛實的，豈知他的掌勁擊出，便似石沉大海，毫無反應。

他大吃一驚，忖道：「這是什麼陣式？意然有如鐵桶一樣，我若容他繼續縮小，豈不活生生的被壓死嗎？」

他悶哼一聲，右掌一撤一放，「般若真氣」擊出，沉猛超逾千鈞的勁道，朝轉到面前的平疊雙掌的蒙面人攻去。

那蒙面人雙掌一晃，急速地劃出一個大圓，一縮一伸之際，便已接下石砥中的「般若真氣」。

石砥中瞥見這些蒙面人手上都戴著烏光閃閃的長手套，此刻一揮之際，那手套有似魚皮，滑開無匹的勁道，竟只硬接下一部分而已。

他愕然忖道：「他們六個人，手腕各自劃出了一個大弧，便將這重逾千鈞的勁道都卸下來了，結果是每個人只承受一點力道而已，嘿！天下真有如此奇妙的功夫？那他們怎麼只守不攻呢？」

這個念頭有如電光。在他腦際一閃而過，他騰身而起，右臂伸直，揮動如劍，連攻六式。左掌護胸，猛地推出一股洶湧的勁道。

他六式連環施出，仍然不能找出一絲空隙，只見那三支長劍輕靈如蛇，略一閃躍，便已將石砥中攻擊的掌式截住。

石砥中收回雙掌，左足為軸，右足緩緩抬起，單足直立如鶴，凝視著飛快轉動的陣式。

他忖道：「他們為什麼只守不攻呢，僅只是慢慢地束攏著圈子，要將我硬生生的死困住嗎？」

這時在陣外的西門錡，狂笑一聲道：「你再看看這如暴風雨的攻勢……。」

他一吹銀哨，哨聲疾銳，似欲穿雲而上，刺耳非常。

這六個幽靈騎士，頓時有如狂徒，劍影縱橫，凌厲毒辣，似乎不計生死的急衝而上。

石砥中大喝一聲，連出「將軍十二截」，掌風犀利，勁氣激盪，如劍的雙掌，連攻數招，擋住那閃閃欲動的劍影和無邊的掌風。

他所知道的各派秘藝不在少數，自得到了「將軍紀事」之後，更使胸中絕藝奇功蘊含很多，然而，此刻儘管連出數招「將軍紀事」中的招式，仍然抵擋不住那些猛烈的攻勢。

三劍三掌，那六個蒙面騎士配合起來，有如狂風暴雨，逼得石砥中氣喘連連，衣服被那如山傾倒的勁道颳得獵獵作響。

他的汗珠滴落，臉色紅潤，那縱橫急錯的人影如糾纏不斷的蠶絲，綿綿不斷侵襲而到，使他縛手縛腳，身形都舒展不開。

西門錡仰天長笑道：「現在是第八招，還有十二招，姓石的，你……。」

他笑聲一斂，迅捷回過頭來，只見身外約六丈之處，立著一個長身玉立、劍眉斜飛的白衫秀士。

那白衫秀士，手提著一個革囊，脅下掛著一柄墨綠色狹長劍鞘的古劍，形象瀟灑之極。

他見到西門錡，儀只淡淡一笑，便將目光凝注於那六個幽靈騎士身上，眼中露出驚詫之色。

西門錡堆笑道：「原來是東方兄來了，真個令小弟吃驚。」

那個白衫秀士微微頷首，道：「西門兄何時布的這個好陣？真有鬼神莫測之機。」

西門錡悚然一驚，心中忖道：「爹用盡心血訓練的幽靈大陣十個變幻，目的就是要在與天龍大帝一戰中取勝，而獨霸天下成為武林第一人，這下豈能讓他看清陣中奧秘而興防備之心？唉！我真的不該在此時施出這個陣式。」

這些念頭，有似電光一閃，在他的腦海中轉過，他大喝一聲，拍了兩掌，道：「你們退下來！」

人影乍閃即現，那六個幽靈騎士各自攻出一式，如爆出一爍亮的燈花，光輝燦爛的劍光大熾，隨著石砥中一聲悶哼，剎那便隱沒。

六條人影如風而退。

石砥中吐出一口鮮血，身形一弓，斜彈而起，右手一伸，捷如飛芒，扣住一個幽靈騎士的足踝。

他怒喝一聲，振臂揮起，立時將那人托在空中，用勁一摔，那蒙面騎士叫都沒叫出來，便頭顱碰地，碎裂成片，灑得一地的鮮血。

石砥中深吸一口氣，壓住又將湧上的鮮血。

他長眉輕皺，面色蒼白地挺立著，顯然的，在他身上有著劍刃劃過的痕跡，衣上破綻倒掛，絲絲鮮血滲出衣外，在最後那一式中，他沒能抵擋得了。

在西門錡的身旁立著那其他五個幽靈騎士，此刻仍自冷漠地向前望著，自蒙面的黑紗後射出呆滯的目光，彷彿沒有感覺到地上慘死的屍體。

倒是西門錡有點激動地瞪著石砥中，他狠狠地道：「好小子，我非要你橫屍於地不可！」

石砥中冷漠地望了他一眼，重重哼了一聲，沒有再說什麼，因為他在運功導引體內的真氣回歸丹田。

白衫秀士似是沒有聽到他們兩人的爭吵，他仰首望天，左手輕輕比劃著，像是在記憶一些什麼一樣。

西門錡見情，暗叫一聲不妙，忖道：「他智慧極高，可不要將爹所創的那式『劍歸蒼漠』硬生生的記了下去。」

他大聲道：「東方兄，令尊是不是派你出來尋找令妹？」

東方玉自沉思中醒了過來，他哦了一聲，道：「西門兄，你那劍陣真是神妙。」

西門錡淡淡一笑道：「天下使劍的，豈有伯父的『三劍司命』神妙，那才是無堅不摧的絕技。」

東方玉雙眉一斜，目光已自掠過插在死鷹上的小劍，他腳下一移，快速的將三支小劍拿到手。

他面一沉，道：「你可曾見她來此？」

西門錡道：「今天上午，我還見到令妹跟他騎著一匹馬……。」

東方玉面如冷冰，凝注在石砥中臉上，道：「我剛才趕到此地，見到天上兩隻大鷹，也見到你持劍躍在空中險被銀箭所傷……。」

他微頓一下，厲聲道：「我妹妹發出三劍，救了你的狗命，你知道她到哪裡去了？」

石砥中沉聲道：「你說話放客氣點，萍萍適才還在前面。」

東方玉道：「我看到她騎著一匹馬，等我趕到，她已遠遠看到我，飛快地奔走了！」

他目射精光，寒聲道：「你好大的膽子，敢到天龍谷裡去引誘她，哼！快說她會到哪裡去？」

石砥中想到當時在天龍谷裡遭遇到天龍大帝的一掌，便被打傷了，不由怒氣上升，怒道：「我是替你管妹妹的？」

東方玉大喝一聲，道：「在天龍谷裡沒喪了命，現在你還要嘴硬？我立刻要你橫屍於地！」

石砥中還沒作聲，西門錡已陰陰一笑，道：「姓石的，你好大膽子，敢惹上天龍谷，嘿，你死定了。」

東方玉冷冷望了西門錡一眼，對石砥中道：「我不管你是七絕神君之徒或是其他任何出身，此刻我再問你一句話，萍萍在哪裡？」

石砥中搖頭道：「不知道！」

東方玉朗笑一聲，也沒見他怎樣作勢，手中三支小劍一跳，白虹一閃，「嗤」的一響，一支小劍射出。

石砥中見那三支小劍宛如活物般似的，旋了一個大弧，又回到了東方玉手中。

誰知那後面兩支劍在最前面那支小劍上一落，前面那支小劍陡然射出，猶如急矢射到了眼前。

他的心中一震，悚然大驚，身形一縮一彈，躍起了三丈，欲待避過那支犀利的小劍。

豈知，他的身形方起，那支短劍已如影附形，似流星掠空，已向他的胸前射到了。

石砥中臉色一變，劈出一股勁風，雙足一彈，使出崑崙「雲龍八式」的迴旋身法，只見他陡然升起一丈，斜開飛去。

東方玉冷哼一聲，目中兇光一射，手中兩支小劍一揮，破空激射而去。

他手腕剛一揮出，便聽到一聲焦急嬌呼道：「哥！你不要殺他！」

駿馬急嘶，東方萍騎著赤兔寶馬掠空飛騰而來。

東方玉深吸口氣，右手一旋，左手回掌收起，那兩支射出的小劍宛如活物，靈活地旋出一個圓弧，回到他的手中。

然而石砥中卻仍然沒能避開那支小劍，被那支突地彈起而刺破他擊出一股掌風的小劍射中大腿。

他只覺一股深入骨髓的刺痛自腿上發出，整個身子都不由地顫抖起來，真氣一洩，自空中掉了下來。

就在這時，紅影急現，神駿的赤兔寶馬載著東方萍橫空掠到。

東方萍瑩白如玉的纖手一勾，便將石砥中落下的身體接住。

白裳飄飄，秀髮曳空，駿馬長嘶而去，一抹紅影如虹光閃過，轉眼便消失在沙漠後。

東方玉微微一怔，已見一匹白馬飛騰奔來，向著大漠衝去，他叫道：「大白！」

身形彈起，東方玉掠出數丈，跨上白馬背上，朝紅馬奔去的方向追去。

西門錡呆滯的目光投射在沙漠，喃喃地道：「好一隻潔白如玉的纖手……。」

他大喝道：「我一定要得到她！」

大風捲起他的衣袂，他揮舞著雙臂，在漫漫的黃沙下大聲叫著。

風沙一起，呼嘯旋激，西門錡頹然地放下提起的雙臂。

他低聲喃喃道：「我一定要得到她！」

他心中交織著愛與恨，這使得他痛苦無比，在漫漫的黃沙中，他迷失了自己……。

他咬緊了牙，恨之入骨地道：「我要殺死他！我要殺死那姓石的小子！」

他話聲一了，一個蒼老的聲息自他身後傳來道：「錡兒，你怎麼啦？」

西門錡轉過身來，看見一個高大的中年婦人，正緩緩朝自己走來。

他叫道：「大姑！」便撲在那婦人懷裡。

那婦人雙頰豐滿，雙眉濃黑如墨，斜飛似劍，插入鬢髮之中，目光凌厲，在飛沙中似是兩顆寒星，爍爍發光。

她拍了拍西門錡肩膀，嘆道：「孩子，又有什麼事使你這樣傷心？」

西門錡抬起頭來，歉然地笑了一下道：「大姑，害得你都趕來了……。」

那高大婦人目光變為慈祥無比，說道：「我倒不是來找你的，只是萍萍那孩子，不知怎的從天龍谷裡偷偷跑了出來，害得我和她爹還有她哥哥，都從谷裡出來了。」

她話音一頓，道：「咦！錡兒，你又為什麼到這裡，我看你臉色這樣白，莫非是受了傷？」

西門錡點了點頭，道：「我剛才碰到東方玉和萍萍……。」

「是啊！」那婦人道：「我就是與玉兒一起出來的，他爹也是往這條路走的，咦！難道是他把你打傷的？他敢？」

西門錡苦笑道：「不是他，是一個姓石的小子。」

那婦人目光凌厲地一瞪，怒道：「有誰能惹上我的侄兒？難道羅剎飛虹西門嫘的威名，他沒聽過？」

她話聲一頓，問道：「沿途我聽說有一匹赤紅的神駿寶馬載著一雙美麗似是神仙的男女，莫非是柴倫那小子的徒兒？」

西門錡嘆了一口氣，道：「那小子叫石砥中，技藝博雜無比，侄兒我也弄不清他是不是七絕神君之徒，不過，萍萍是跟他乘坐那匹紅馬而去的。」

西門嫘怒哼一聲道：「柴倫狗膽倒不小！敢惹上我們海心山幽靈一派！」

她從懷中掏出一顆丸藥，道：「呵！我倒忘了你受了傷，真沒料到柴倫會調教出這麼好的徒兒。」

西門錡吞下那顆藥丸，道：「我曾用『五雷訣印』將他擊倒，但不料這小子命大，好像打不死一樣，所以……。」

西門嫘頷首道：「我知道……。」

她肅容道：「錡兒，你也太過好玩，怎沒把你爹的絕藝學會，本門嚴深絕藝『冥空降』，你爹都沒教你？」

西門錡道：「爹說我武功還不夠，所以沒叫我學……。」

西門嫘道：「現在你回青海去，好好的閉門修練絕藝，你若要想得到萍萍，我一定會成全你的。」

西門錡大喜道：「大姑，你真好……。」

西門嫘嘆了一口氣，道：「我們西門家就只有你這麼一條命根子，我當然會替你設法的。」

她仰望著蔚藍的蒼穹，想到自己的事，不由得嘆道：「本來我在她出世的時候便想要掐死她，後來看看她實在可愛，所以……。」

西門錡道：「大姑，這麼些年也真苦了你，在天龍谷裡……。」

西門嫘拂了下鬢髮，悠悠地道：「為情惆悵，為情煩惱，使君縱有婦，還──」她苦笑了一下道：「這些過去的往事，都二十多年了，還提它作甚？」

西門嫘吸了一口氣，搖搖頭道：「我到現在還不清楚錢若萍到底有什麼特殊之處……。」

西門錡默然地望著自己的大姑，他突地感觸到一些什麼，卻又覺察不出來，只有默默地望著西門嫘。

西門嫘側首顧盼，發現那些木然的幽靈騎士，問道：「你爹真的訓練成了？我是說這些人！」

「還不怎麼熟練，不過已經很不錯了。」西門錡微微一笑道：「大姑，我得到一支金戈，現在就差那支玉戟了。」

西門嫘皺了下眉，道：「當年你爹不是答應東方剛，不得參加那金戈玉戟之事？為何又要……。」

西門錡道：「這都怪我那寶貝妹妹，她硬是想得到那大漠中鵬城裡的秘密，而且大內也派人向爹說項，希望爹能幫助取得鵬城中的寶物。」

他聳了聳肩道：「其實也是爹自己想要壓倒東方剛。」

西門嫘瞪了他一眼，道：「你怎麼如此說話？」

她換過口氣道：「你現在趕回青海去，年底我可能會去海心山。」

她目光鋒芒暴射道：「若遇到那叫石砥中的小子，我會收拾他的。」

西門錡猶疑了一下，道：「大姑，你可不能把爹訓練幽靈騎士的事告訴天龍大帝，否則……。」

西門嫘冷哼了一聲道：「你這次若不把絕藝學好，小心以後碰到我。」

她右手一招道：「我這就趕上玉兒去。」

一輛黑色馬車飛馳而來，四匹烏騅馬拽著車子向前飛奔，彷彿不奔向沙漠的盡頭，絕不休止。

西門嫘身形微動，已飄然掠起五丈，橫空步入飛馳中的馬車裡。

西門錡深吸口氣，舉起手中銀笛吹了兩聲，飛身躍起，騎上了自己的馬背，呼嘯一聲，朝西北奔去。

數騎駿馬似風，捲起一片沙塵，揚起空中。

大漠寂寂，蹄聲漸渺……。

第十四章　山人妙計

秋天，紅了楓葉，黃了青山。

蕭瑟的秋風捲起枯黃的落葉飄舞在空中，幾個旋轉後便又落下了地，被一陣風沙掩蓋。

承受著秋的悲哀，枯枝顫動著瘦弱的身軀，在秋風下可憐地仰望著蔚藍的蒼穹，彷彿要訴說些什麼似的。

這是山西北邊，靠近長城隘道殺虎口的一個小鄉鎮。

一條小溪嗚咽而過，幾百戶人家住在鎮上，嫋嫋的炊煙升騰而上……。

天氣很晴朗，將近正午了，在往大同府的官道上，響起急驟的蹄聲。

「躂躂！」的蹄聲敲碎了寧靜的秋，一條紅影如電掣般的馳來。

過了一排高聳的松林道，蹄聲漸緩，漸漸慢了下來。

東方萍騎在馬上，抬頭望了望四周，又低下頭來望著昏睡的石砥中，她的目光立時變得柔和而帶焦急起來。

她在居延時，遠遠的以「三劍司命」的絕技，替石砥中解去危難，恰好在她要繞過短牆時，卻遠遠的看到了東方玉。

於是，在他的呼喚中，她飛快地縱馬奔馳，直往西北大漠奔去。

直到她確定沒見到東方玉追來，方始停下來。

黃沙漫漫裡，她曾經迷惘於自己的所為，但她最後卻為自己找了個理由。

她想道：「他需要我，而我也需要見到他，因為我拂不開他的影子。」

所以，她又回來，在千鈞一髮中救了石砥中。

她一路上急速奔馳著，向東方飛奔，因為她要遠離她的哥哥，遠離她一切熟悉的人。

在石砥中昏迷時，她替他將深刺腿中的小劍拔出，並且替他包紮好，還將他昏穴點住，使他能有時間休息。

秋風呼嘯吹過淒涼而沒有人煙的長城以北的原野，那遍地蓑草遠接著遼闊的蒼穹，卻沒使這從小嬌養的東方萍懼怕過。

溫柔的她，在愛的激勵下，變得更堅強了。

她望著流過松林的溪水，忖思一下，決定循著水流而去。

縷縷的炊煙飄在空中，東方萍微微笑了。

她一抖韁繩，輕撫著紅馬的鬃毛，柔聲道：「紅紅，再走一段路，前面就是人家了，你也可以休息休息。」

紅馬輕嘶，四蹄一拋，向著鎮上馳去。

進了鎮裡，她的秀眉微皺，忖道：「討厭，有什麼好看的？一個個的賊眼死盯著人……。」

她厭惡地輕哼了一聲，右掌一拍，叫道：「喂！你們讓讓路好吧！」

敢情在這個鎮上，可從來沒見過這麼一個美若天仙的單身女人，又何況她騎著一匹高駿的紅馬，懷裡斜躺著一個昏睡不醒的男人，這叫他們怎麼不愕然地注視著她呢？

東方萍被那些目光凝視得臉色泛紅，她瞥見一個布簾高高挑起，被風颳得獵獵作響，上面寫著「平安老店」四個斗大的字，布簾下面一塊大匾，書著「平安客棧」幾個字。

她一見之下，頓時心中大喜，一帶韁繩，縱馬朝著那間客棧而去。

低矮而灰暗的土房，一個頭帶小帽的夥計，肩上披著一條毛巾，正坐在門口，靠著牆，閉上眼睛在養神。

他一聽馬蹄聲響，趕忙睜開眼來，見到東方萍這副模樣，他頓時愣住了，張開嘴想說什麼卻又說不出來。

東方萍微皺秀眉，嗔道：「喂！你們這裡就是平安客棧？」

那夥計哦了一聲，堆著笑道：「是！是的，女客官，你要打尖還是住宿？」

東方萍詫道：「什麼打尖不打圓的？喂！夥計！你這客棧是供人住宿的，怎麼這麼小呢？而且還這麼髒？」

那夥計尷尬地一咧嘴道：「姑娘，我們平安老店在左右方圓二百里內，哪個不知？招牌老，待人親切，並且是這兒唯一的一家客棧！」

東方萍道：「怪不得這麼髒，原來是獨家生意。」

她略一忖思，說道：「那麼你準備一間最大的房，打掃乾淨，替我餵餵馬，這兒是個藥餅，摻在水裡讓牠喝。」

她下了馬，扶著石砥中，朝屋裡走去。

那夥計接過藥餅，高叫道：「大柱子，將上房準備好，客人來了。」

凝望著東方萍纖細的身軀消失在門後，他方始吁了口氣，暗叫道：「我的奶奶，哪有這麼漂亮的姑娘？真是天仙下凡塵，唉！偏偏她卻抱著一個大男人！」

他一摸腦袋道：「我若是那男人多好？唉！偏偏我又不是。」

他拉著紅馬，朝屋旁馬廄而去。

×　×　×

且說東方萍扶著石砥中，走進了平安客棧，這時便有一個瘦小的夥計自帳房裡走了出來。

他一望見東方萍，也是大吃一驚，吶吶地道：「姑娘，是……你要住店？要上房？」

東方萍叱道：「把你這兒最好的房間準備好，還多囉嗦幹嘛？」

那叫大柱子的夥計嚇得一個哆嗦，趕忙道：「是，是！姑娘請跟我來。」

他帶著毛巾，朝右首一間大房走去，東方萍見到左首是一個通鋪大坑，上面正有幾個人在蒙頭大睡。

走進房裡，她將石砥中放在床上，對大柱子道：「你去飯館裡，給我叫幾樣最好的菜來，另外配些花捲和水餃。」

她自囊中掏出一塊碎銀，放在桌上道：「這些夠不夠？」

大柱子見這塊碎銀足有五六兩，趕緊接了過來，忙道：「夠了，還有多呢！」

東方萍揮手道：「多的給你。」

大柱子樂得渾身哆嗦，咧開張大嘴，捧著銀子，千謝萬謝地跑出去了。

東方萍將門關上，轉身走向床前，望著靜靜睡著的石砥中。

漸漸，她的目光凝住了，凝聚在他那斜飛的劍眉上，凝聚在他挺直的鼻樑，以及他的唇上。

她的臉頰染上了紅暈，眼中露出溫柔的目光，嘴角掛著一絲微笑，那是羞於偷看他的一絲喜悅。

她緩緩地伸出細細的纖指，輕柔地撫著石砥中的臉頰，輕柔地撫著他的頭髮。

隨著指尖的滑動，她的心在顫動，一縷從未有過的感覺，泛上了她的心頭，她的手掌熾熱了……。

突地，睡在床上的石砥中睜開眼睛，他手掌一反，飛快地捉住了她放在自己臉上的玉手。

東方萍一驚，用力地一掙，卻沒有掙脫開。

石砥中錯愕地望著她，輕輕地放開了手。

她縮回自己的手，臉上露出一絲微笑，這是少女羞澀的笑啊！

石砥中只覺眼前一亮，宛如花朵綻放的笑靨，使得他有了醉意。

他笑了，露出雪白的牙齒，飛揚的劍眉彎了下來……。

他輕呼道：「萍萍……。」

東方萍望了他一眼，細聲道：「做什麼？」

她低垂下眼睛，兩排茸長的睫毛合在一起，有著一種說不出的絕美風韻。

石砥中呆呆癡望著她，搖了搖頭，沒有說什麼。

東方萍沒聽見他說話，便又抬起頭來。

石砥中癡癡地道：「萍萍，你真美！」

東方萍渾身一顫，嬌羞地白了他一眼，側過身去。

石砥中伸出手來一拉，她嚶嚀一聲撲倒在他的身上，如雲的秀髮灑了開來。

他摟著她，伸出手來輕輕揉搓她的髮絲，良久，良久……。

在沉默中，他說道：「萍萍，你哥哥沒有說什麼？」

東方萍搖搖頭。

他又說道：「我曾聽七絕神君說過你們家的『三劍司命』神技，這一下親眼看見，果然真是厲害，就好像飛劍一樣。」

他一頓，好似想起什麼，問道：「萍萍，你既然會武藝，怎麼在沙漠裡會怕那些盜賊呢？」

東方萍抬起頭來道：「我雖然跟爹學過，但是卻從不曉得那是能夠殺人的，但是昨天見到你危險時，卻忍不住的出劍了，平常我是不敢看見血的。」

石砥中誠摯地道：「我要感謝你救了我的命，否則你哥哥的劍一定早已插在我的心上了。」

東方萍咬了咬嘴唇，輕聲道：「只不過我的哥哥會很傷心的，因為我聽到他的呼喚卻沒有回答，也沒有回過頭去，我一點都沒想到爹，我只想到要替你把傷口包紮好。」

她聲音一頓，隨即忸怩地道：「我不說了，你好壞！」

石砥中一愕道：「我好壞？我壞什麼？」

「你早就醒來了，卻讓我以為你仍沒醒，害得那麼多人盯著我看。」

「這是因為你太美了，有誰見過這麼美的姑娘呢？他們一定會說你是天上的仙女下凡。」

「哼！你這麼壞，我真的不來了！」

東方萍一嘟嘴，站了起來，向桌子走去。

她才走兩步，就聽到門口大柱子嚷道：「誰說我不來了？小姐，飯菜這不就來了嘛？」

話聲中，門被推開，兩個夥計提著兩個大飯盒進來，從裡面拿出幾盤炒的菜來，另外還有一大碗湯，以及十個花捲和十個包子。

大柱子咧著嘴笑道：「小姐，這裡是四葷二素，四個葷菜是炒牛肉，蔥爆里脊，醋溜魚，炒鴨舌，兩個素菜是……。」

石砥中一皺眉道：「你是飯店的夥計？好了，不要再報菜名了，你們出去吧！」

大柱子一愣，怔怔地望著石砥中沒有作聲。

石砥中自床上坐了起來，道：「有什麼菜，我們自己嘗得出來，你又何必報名呢！」

大柱子望了望身側的夥計，頷首道：「是，少爺你說得極是。」

他們一起退出去，那大住戶在門外嘟囔道：「真沒想到有這麼俊俏的大姑娘，也會有這麼瀟灑的男人，我大柱子從沒見過，今天倒見到一雙。」

石砥中輕叱道：「這些油嘴的傢伙！」

東方萍笑道：「有人說你好，你倒要罵人，真是狗咬呂洞賓，不識好人心！」

石砥中一跳而起，裝著發怒道：「好啊！你敢罵我是狗，看我的厲害。」

東方萍笑著舉起手來，道：「你敢過來，小心你的狗腿！」

石砥中撲了過去，東方萍繞著桌子轉，不住輕笑著。

嬉戲中，石砥中一皺眉頭，呼道：「哎喲，我的腿好疼。」

東方萍一驚，趕忙走了過來，憐惜地道：「什麼？腿還會疼？不是已經長肉了嗎？」

石砥中朗聲大笑，一把揪住她，道：「你中了山人的妙計了，現在還有什麼話好說？」

東方萍嬌叫道：「你真壞，我說你壞你就壞！」

石砥中笑道：「哪有這回事，你說我怎麼，我就會怎麼了！」

東方萍趁他不注意之際，拿起筷子，夾了塊牛肉塞在他的嘴裡。

石砥中嗯了一聲道：「不錯，這炒牛肉味道真好，來吧！趁熱吃了。」

愛情在男女間毫無拘束地萌發著芽，在笑聲裡開放著花……。

飯後，大柱子將殘餚撤去，端上洗臉水和一壺茶。

東方萍喝了口茶，皺眉道：「這茶真差！」

她放下茶杯道：「你要到什麼地方去？」

石砥中手撫茶杯道：「我要趕到東海滅神島去，因為我爹被困在那兒，而且我與滅神島主尚有舊帳未算。」

他沉吟一下道：「事後，我將要到中原，去赴四大神通之約。」

東方萍欣然道：「好啊，我也想到中原走走，看看那些壯麗的城樓，古樸的街道。」

石砥中瞑目低吟道：

「長相思，在長安。絡緯秋啼金井闌，微霜悽悽簟色寒。孤燈不明思欲絕，卷帷望月空長嘆。美人如花隔雲端，上有青冥之高天，下有淥水之波瀾；天長地遠魂飛苦，夢魂不到關山難。長相思，摧心肝！」

他睜開眼睛，道：「這是一首多麼美麗的詞！無盡的相思在滋生著啊！你想，現在有多少人在默默地吟著這首詩詞？」

東方萍跟著低聲哦吟，好一會兒，她嘆了口氣，幽幽地道：「我從沒有想到相思是什麼東西，現在卻能感覺得到那種刻骨銘心的思念是如此的令人難以抗拒，也是如此的動人心魄。」

她側首道：「我記得一首詞，念給你聽聽好吧？」

石砥中頷首道：「在天龍谷裡，你也會念詞？是不是令尊教你的？」

東方萍搖了搖頭道：「我爹從沒教我，不過，他最愛在我娘的墓前小室裡念這首詞，我聽得久了，自然能夠記得。」

她輕輕舔了一下紅潤的嘴唇，慢聲吟道：

「永夜拋人何處去？絕來音。香閣掩，眉斂，月將沉，爭忍不相尋？怨孤衾，換我心，為你心，始知相憶深。」

石砥中凝視著她的眼睛，發覺她那黑長的睫毛上，有兩顆珍珠般晶瑩的淚珠，他伸出手去，輕握著她擺在桌上的玉指。

他輕輕撫著她那光滑圓潤的纖細玉手，低沉地吟道：「換我心，為你心，始知相憶深……。」

似是夢幻之中，話聲繞樑，兩心相依，靜謐的室中，悄無聲息。

颯颯的秋風掠過，自窗外飄過一片黃葉，簌地一聲輕響，落在地上。

東方萍自迷惘中醒了過來，發覺自己雙手都緊緊地被石砥中握住，她嬌羞地低下頭來。

她那細長的睫毛眨動了兩下，掛在上面的兩顆淚珠落在他的手背上。

石砥中輕輕地提起手來，嘴唇一合，含住這兩顆晶瑩的淚珠。

他輕嘆一聲，道：「令尊真是個多情之人，當年他能夠以絕藝博得武林中人物的欽敬是值得的，但不知為何你們要住在大漠之中？」

東方萍道：「我娘在我出生那年便去世了，據爹說，她一生最希望的便是要到大漠去看看黃沙滾滾、萬里無垠的沙漠情景，所以我爹便在大漠裡建了那座房子定居下來……。」

她聲音提高一些，道：「你沒有到谷裡的松林後走走？在那裡有一個懷秋亭，亭上有我爹寫錄的兩句長詞，那是蘇軾的『江城子』。」

石砥中點頭道：「那是一首好詞。」

他低吟道：「十年生死兩茫茫。不思量，自難忘。千里孤墳，無處話淒涼。縱使相逢應不識，塵滿面，鬢如霜……。」

東方萍接上去道：「夜來幽夢忽還鄉，小軒窗，正梳妝，相顧無言，惟有淚千行。料得年年腸斷處，明月夜，短松崗。」

石砥中擦了擦眼角的淚水，道：「我也是從小就沒有娘的，一直都沒見到她老人家慈容，我們是同病相憐啊！」

共同的愛好以及相同的身世，促使他和她的心靈起了共鳴，於是，兩人都沉默了。

此時無聲勝有聲，輕風微拂過她柔長的秀髮。使室內洋溢起一層淡淡的芳香。

他們正沉浸在溫柔的情感裡，似乎已經忘記處身於何地。

突地，室外一聲大吼，將他倆自沉迷中驚醒過來。

門被拍得急響，店夥推開門進來，哭喪著臉道：「相公。」

石砥中道：「什麼事？」

大柱子搓搓手道：「從京裡來了幾位大人，要在此地接待貴賓，現在想要請相公讓出這間房！」

「什麼？」石砥中勃然怒道：「要我讓出這間房？那麼你們還有比這更大

的房間讓給我？」

大柱子哭喪著臉道：「我們整個客棧都要立即空出來，只好請相公你讓開了！」

東方萍秀眉一揚道：「什麼？憑什麼要我們讓房？」

她話聲未了，門外走進一個大漢、道：「憑我們是來自京城的……。」

他一眼瞥見東方萍，頓時愣住了，愕然道：「呃！沒想到這兒會有如此標緻的姑娘！姑娘，你要留下來也可以，舒大人正愁沒人陪酒呢！」

石砥中氣得臉孔通紅，冷笑一聲道：「誰是舒大人？」

這大漢一豎大拇指、道：「舒大人是宮裡二級侍衛長，權勢正在如日中天之際，這次接海南破石劍和藏土兩位大師去京城！」

石砥中冷哼一聲道：「你們這些狗腿子……。」

他話聲一頓，傾身而聽，果然馬嘶陣陣。

東方萍叫道：「那是紅紅的嘶叫。」

石砥中臉色一變，身形微晃，如風而逝。

這大漢只覺眼前一花，人影便消失無蹤，嚇得他一怔道：「這……這是怎麼回事？」

東方萍玉指一勾，道：「給我滾出去。」

她手指一彈，急銳的指風一縷飛出。

那大漢身上一痛，全身經脈霎時收縮起來，大叫一聲，跌出門外，滾了出去。

大柱子站在牆邊看得真實，他全身一抖，臉上嚇得變了色，「叭噠」一聲跪倒地上，顫聲道：「仙女奶奶，觀世音菩薩，你老饒了我吧！」

東方萍淡淡一笑，姍姍地走了出去。

第十五章 奪命雙環

且說石砥中循聲躍到客棧外的側院，已見院中飛沙騰起，那匹赤兔汗血寶馬四蹄飛揚，四周有七、八個黃袍掛劍的人已在拉緊韁繩，圍得緊緊的。而在靠牆處，有兩個光頭紅袍的大喇嘛，和一個臉色冷漠、身負長劍的年輕人。

在兩個大喇嘛身旁，一個長髯的老者正自皺著眉頭凝望著場中的幾個黃袍漢子。

石砥中大喝一聲，身如急矢飛去，五指揮出，勁風咻咻急響，剎那之間，劈倒了四個黃袍漢子。

紅馬長嘶一聲，雙蹄一揚，一個黃袍大漢不及提防，慘叫一聲，胸前肋骨齊斷，倒飛出去，灑得一地血跡。

紅馬掙脫了束縛，飛躍而起，落在馬廄之後。

石砥中大袖一揮，洶湧的勁氣如山擊出。

只聽數聲慘叫，那四個黃袍大漢齊都口噴鮮血，跌出丈外，殘肢斷臂摔落各地。

他已經怒火中燒，故而手下決不留情，佛門先天「般若真氣」揮出，那些侍衛怎能抵擋得了，所以一個照面之下便已橫屍於地。

那兩個紅袍喇嘛互相嘀咕了一下，大吼一聲，交錯夾擊而來。

紅袍如火燃燒，氣勁如山傾倒，自空中壓將下來。

石砥中深吸口氣，上身微仰，瀟灑無比地輕拂雙袖，佛門「般若真氣」自空氣裡旋激著，發出「嘶嘶」的輕響。

「砰！」勁氣相撞，如同暴雷響起，震得馬廄都簌簌作聲，灑落許多泥灰。

石砥中雙腳一晃，很快便站立不動。

那兩個紅袍喇嘛怪叫一聲，倒翻而出，一直飛出三丈，方始落下地。

石砥中提起腳，只見地上陷了個深約寸許的印跡，他淡淡一笑道：「藏土來的大師就只會合擊？嘿！也不見得如何。」

那兩個紅袍喇嘛臉色慘白，目光如狼，兇狠無比地盯著石砥中。

他們張口大罵兩句，突地身影一傾，噴出兩大口鮮血，一跤跌倒地上。

那長髯黃袍老者眼中露出驚詫無比的目光，他似乎沒想到這兩個喇嘛會如此的不堪一擊。

在他身側那個掛劍的年輕人冷笑一聲，道：「舒總管，我就說西藏來的喇嘛只不過是草包貨，你不相信，現在人家僅一擊之下，就已倒地不起了。」

他斜睨了石砥中一眼，陰陰地一笑，向前跨了兩步，凝視著石砥中。

石砥中臉上恢復了平靜，輕吸口氣，緩聲道：「你們不該欺人太甚，須知任何人都有反抗暴力的意志，只是要看他有沒有力量，你們平日欺人太甚，以為什麼事都如此容易獲得，強搶掠奪都來……。」

他想不到自己為什麼要說這些話，氣憤稍平，他淡然道：「所以我要讓你們看看我是怎樣施之於你們。」

那青年哈哈一笑，道：「想不到中原也有如此講理之人，真是難得，舒總管，你來跟他講理吧！」

那老者咳嗽一聲，走上前來，道：「老朽舒林，身居大內二級侍衛長之職，適才冒犯少俠，尚請原諒，請問少俠大名，以及令師……？」

他話聲一止，眼光為東方萍那俏麗的倩影所吸引。

那個身掛長劍的年輕人眼睛一亮，也癡癡地望著姍姍而來的東方萍。

東方萍見到一地的屍體，驚得叫了一聲，畏懼地朝石砥中身邊靠去，問道：「這些人都是你殺的？」

石砥中還沒有回答，那個青年朗聲笑道：「姑娘，不須害怕，這些人都是死得活該。」

他一揖道：「在下鄧舟，自海南來此，姑娘是在下一生中僅見的美麗少女，在下冒昧，能否請問姑娘芳名？」

東方萍見這個年輕人一張圓圓的臉，五官長得倒還端正，只不過眼珠亂轉，自裡面射出的光芒甚為邪惡，她厭惡地側過頭，朝紅馬走去。

石砥中冷哼一聲，道：「閣下未免太狂妄了吧！鄧舟。」

鄧舟臉色一變，陰陰地道：「我破石劍生來就是如此，小子，你仗著一張漂亮的臉孔，就如此神氣？」

他手腕一轉，「嗆！」的一聲輕響，電芒倏現，閃爍輝煌的劍光，顫出片片悽迷劍影。

鄧舟橫劍於胸，道：「抽出你的劍來，現在我要讓你看看海南特傳的劍法。」

石砥中朗吟一聲，目光如炬，逼視過去。

半晌，他才說道：「大內能派人接你，定然你有些絕藝，但我要告訴你，中原的劍術淵博浩瀚，豈是你海南小島所能望其項背的？」

破石劍鄧舟陰笑一聲，斜望舒林道：「舒總管，他說海南劍術不足與道，現在你可以為證，我在三十招內若不能贏他，那麼今後武林中沒有我破石劍的名字！」

舒林知道這鄧舟為海南島劍派宗師百杖翁最得意的徒弟，一身劍術會遍武當、華山、點蒼各大派中使劍好手，沒有落敗過。而且武林中，二帝三君、三島四神通的威名遠遠超過各幫派之上，諒必這個虧是不會吃的。

不過，他對石砥中那手威力絕猛的氣勁也是甚為忌憚，他忖道：「這次康熙皇上為了宮中御庫裡的古書上記載的大漠深處有一座城池，城裡埋著無數的寶藏，而防備蒙人得之，以作為南侵的資本，故此令宮中侍衛攜帶大批金銀找尋江湖高手，預備到蒙境取得寶藏，而鄧舟是海南島來的唯一劍手，若有萬一，我還能有命？」

他思忖至此，趕忙笑道：「鄧少俠，你何必過於認真？這位少俠……。」

石砥中道：「在下石砥中。」

舒林接口道：「石少俠是武林高人，若是少俠你能棄嫌，宮中與……。」

鄧舟寒聲道：「且慢，你敢不顧申屠大總管之令？」

舒林一想到大內一級侍衛長申屠雷的毒辣手段，不由打了個寒顫。

鄧舟冷笑一聲道：「姓石的，你敢來吧？」

石砥中仰天大笑，側首回顧東方萍，道：「萍萍！你看我敢不敢上？」

東方萍一聳肩，正容地道：「我看你不敢上，人家是海南來的劍手，你算什麼？姓石的多如沙粒，你只不過是其中之一，我看你還是過來，我們一塊走吧，別惹他。」

鄧舟得意地一振手中長劍，「嗡嗡！」聲輕響發出，劍刃閃起一層霞光。

他笑道：「對的，萍萍說得對，你還是走吧！不過，萍萍，你何不跟我一塊走？」

石砥中臉上罩了一層寒霜，問道：「萍萍，你說，這種狂妄的小子該不該死？」

東方萍原本是開玩笑的，這時一見鄧舟如此厚臉，心中也是怒火上升，她一咬嘴唇，點頭道：「嗯！該死有餘！」

石砥中一併雙掌道：「阿彌陀佛，我又要開殺戒了。」

他寒聲道：「鄧舟，我若不在十招之內將你殺死，我就不姓石。」

鄧舟狂妄地大笑道：「好！你拔劍吧！」

石砥中道：「我就空手接你的劍招。」

此言一出，鄧舟不由一怔，他輕叱一聲，劍身一斜，滑步移位，自偏鋒劃出一劍。

石砥中一振手臂，平貼脅下，轉身出掌，封住對方劍式運行，左臂伸直如劍，一式「將軍盤弓」反削而去。

鄧舟沒想到對方身形如此之快，心中一凜，趕忙一振手腕，上身不退反進，劍光劃了個小弧，倏挑而起，一溜劍光，奔向對方脅下「華機穴」，劍柄撞向對方手腕「曲池穴」而去，一招二式，凌厲詭奇，滑溜險絕。

石砥中臉色一正，身如絮軀，飄開丈外。

鄧舟立即收劍護胸，沒敢追擊而去，因為他剛才施出海南鎮山劍法「海蝠劍法」中的一式絕招「蝙蝠展翼」都沒能殺死對方，這使他更為警惕起來。

他們一觸即散，互相對峙著，沒有移動一下身形。

「嘿！」石砥中吐氣開聲，全身彈起四丈，如大鵬騰空，四肢箕張，臂飄千條，舒捲而起。

鄧舟大喝一聲，滑出三丈之外，兵刃隨身急旋，光影大燦，點點劍光倒灑而出，迎著對方撲下的身形截將上去。

石砥中連出三式，掌緣如刀切出，勁風旋激，纏綿不斷的掌式一齊劈在對方劍幕之上。

「噗！噗！噗！」

三聲悶響，鄧舟的身形一晃，退出數步，幾乎跌倒於地。

石砥中清吟一聲，回空繞了個圓弧，快如電閃般地飛躍而去，單臂掄出，左掌自一個奇妙的方位切去，疾似電掣飛星。

鄧舟身形還未站穩，便見對方又臨空撲了過來，匆促之間，他順著身形傾斜之勢，削出一劍。

劍風劃破空氣，響起刺耳的聲音，劍光犀利的刺出，適到對方脅下。

石砥中五指一張，奇快無比地擒住那刺到的劍刃。

他「嘿！」的一聲，真力源源而出，霎時之間便見長劍彎曲，劍刃微微顫抖著。

鄧舟身形斜立，臉孔漲得通紅，手臂已經在不住顫動著，眼中有了恐怖的目光。

一滴汗珠湧現於肌膚之上，劍刃更加彎了……。

「叭！」的一聲，長劍折為數段，鄧舟急喘了口氣，上身往前一傾，仆倒地上。

在這剎那間，一聲暴喝，三個金環如長空流星，破空飛射而到，分打石砥中「風府」、「命門」、「志室」三大要穴。

石砥中悶哼一聲，左袖反掌拍出，全身勁氣自每一個毛孔中滲出，霎時衣袍鼓起。

就在他反掌拍出之際，鄧舟左腕一翻，循著滾動之勢，將腿上縛著的短劍拔出，朝石砥中小腹刺去。

石砥中一瞥之下，心中大凜，還來不及思考，右掌合駢，五指飛快如電，劈過空際。

「啊——」

慘叫一聲，鄧舟眉心裂開三寸，鮮血濺湧而出。

他劍式引出，未及刺去，便已受到石砥中死命的一擊，臉上肌肉一陣抽動便倒地死去。

這些動作都是剎那之間完成的，石砥中翻身拋肩，左掌上掛著三個小金環。

他冷冷凝望著手中金環，又緩緩地抬起頭，將視線移往場中的幾個人身上。

他看見一個三綹長髯、目光陰沉的白面老者，正驚詫地凝視著自己。

而在他身旁，另有兩個道裝打扮的全真，以及三個身高八尺開外，白眉垂頰的紅袍老僧。

在這個老者身後，一排五個黃袍勁裝、腰紮黑色寬皮帶，穿著黑色薄底快靴的年輕劍士。

石砥中望著這十一個人，臉上沒現出什麼神色來。

那長髯老者陰森的目光自石砥中身上移到站在牆邊的舒林身上。

他嘿嘿冷笑道：「舒林，你可曉得你犯了何罪？」

舒林木然地望著他，並沒有作聲。

長髯老者大怒道：「舒林，你要死啊？」

他話未說完，東方萍噗嗤一聲笑了出來，道：「他已經絡脈被制，你要他怎麼說話？」

長髯老者眼中掠過一個奇異的神情，皺眉道：「如此蠢材要他作什？」一溜銀光自他袖中飛出，「噗！」地釘在舒林胸前「鎖心穴」上。

東方萍一怔道：「你好殘忍！」

長髯老者陰陰一笑，道：「我奪命雙環申屠雷行事向來如此。」

他沉聲道：「他的命要你來賠！」

他指著石砥中喝叱著。

那三個紅袍老喇嘛互相望了一眼，中間那個把長眉一掀，木然道：「還有他們兩個的命，也要你賠。」

石砥中微哂道：「你們這算是什麼？」

奪命雙環申屠雷目光掠過紅馬，突地想起一事，驚問道：「你是七絕神君之徒？」

石砥中冷哂一聲，道：「憑著這匹馬，大內高手也會吃驚？」

他拋了拋手中的三個金環，道：「這就是你的奪命之技，專門從背後暗算人的？」

申屠雷叱道：「無知小子，吃我一掌！」

他身隨掌走，滑步欺身，高舉右掌，左掌晃了個圓弧，右掌穿射而出，劈將出去。

掌風颯颯，凌厲快絕的掌形，將方圓六尺一齊罩住，倒瀉而下。

石砥中弓身吸腹，微退兩尺，雙掌一揮，連出三掌五腿，頓時將對方掌式封住。

申屠雷一擊未中，立時退了開去。

他臉色鐵青，忖道：「江湖上何時出了如此高手？看他舉手投足之際，倒有數十年功力一樣，他會是誰的徒弟？」

他這念頭還沒想出結果，便見受自己邀請來的華山天樞道長走了過來。

天樞道長肅容道：「無量壽佛，少俠適才所施之拳法係敝門『伏虎拳』中第十二式『虎嘯高崗』，不知少俠從何處學來？」

石砥中皺眉忖道：「這明明是『將軍十二截』中的第五式，怎會變成華山伏虎拳呢？」

東方萍緩緩走了過來，道：「道人，你以為他會是華山派的人？」

天樞道長未及答話，自土牆處躍起一個葛巾長衫、面如滿月、清秀出塵的中年人。

他淡淡一笑，道：「申屠居士，你下帖給我，又來找別人的麻煩幹什麼？」

申屠雷聞聲回頭一看，拱手道：「原來金羽君果然是你，莊師爺，你真會瞞人耳目呢！」

金羽君微微一笑道：「我已甘於淡泊，你又為何要激我出來？嘿！七絕神君的高徒果然不凡，竟能擋得了你的『銅殺手』，申屠雷，我們也該放手了，讓讓後一輩的！」

申屠雷陰陰一笑道：「我還不服老，你又何必怕老呢！」

金羽君道：「你下帖子找我有什麼事？」

「嘿，莊鏞，你再也不要跑掉了吧！」

一陣鈴響，自外面馳進一輛黑漆描金窗、繡著花卉的窗簾蓋得緊緊的馬車。

金羽君臉色一變道：「你把她找來了？」

中屠雷頷首道：「是的，滅神島主十年來初次蒞臨中原。」

「什麼？」石砥中一震，喝道：「這裡面是滅神島主？」

如同晴空裡響起一個霹靂，石砥中心神一震，只覺全身血液洶湧奔流，他倏然翻轉身去，凝神注目於圍牆外。

鈴聲輕脆，在空中搖曳著嫋嫋的尾音，漸漸散去……。

一輛四匹白馬拉著的墨綠色馬車，如風馳雲捲般地自五丈之外奔來，很快地便停在圍牆缺口之處。

金鞍繡帶，綠色的車門上有兩個小窗，窗上掛著一道湘妃竹編織而成的簾子，簾上流蘇絲絲，正自隨風飄動。

在馬車的車轅上，高踞著一個頭戴斗笠，濃眉虯髯，肩膀寬闊的大漢。

他手持一根翠綠的長竹桿，如同木雕泥塑似的端坐著，臉上沒有一絲笑容。

金羽君眉頭一皺，道：「吳勇，十年不見，你還是這個樣子，看來這輩子你的馬伕是當定了，現在你還記得故人嗎？」

馬車車轅上的大漢身軀微震，手中細長竹桿倏地一彎，「嗡！」的一聲怪響，彈出一縷急風，擊向金羽君。

金羽君身形一移，閃了開去，朗笑著道：「你居然還記得我是誰，真不愧是滅神島主的馬車夫，哈哈！整日長伴香車，真個不亦樂乎！吳兄，我好羡慕你哪！」

石砥中眼見金羽君那種激動的神情，似是有意要招惹車轅上的虬髯大漢發怒，而車轅上的大漢自竹尖彈出一縷急銳勁風後，便仍自端坐著，沒有任何表情流露在臉上。

他不由心中詫異，方待走過去，不料奪命雙環申屠雷已比他快了一步，躍自馬車門邊，一拱手道：「請島主下車。」

竹簾一掀，車門推了開來，自裡面走出一個全身黑色羅衣、蒙著紗巾，手持一根紫色竹杖的女人。

她渾身俱黑，唯有持著竹杖的右手露在外面，卻瑩潔如玉，雪白纖細，十指尖尖，如春筍般展露在人們的眼前。

她微一頷首，便朝金羽君走來，腳下似行雲流水，衣袂微揚，便已超出四丈，快速無比。

金羽君雙眼露出一股奇異的目光，沉聲道：「你終於又到中原來了，十年不見，你可好？」

滅神島主漠然地凝視著金羽君，似是沒聽到他的話一樣。

好半晌，她方說道：「你有金戈就交出來！其他不用多說。」

金羽君微怔，倏地冷笑道：「你還是這麼不要臉，哼！跟大內又搭上了線。」

他臉上露出痛苦的表情，頷下長髯飄飄拂動，嘆了一口長氣，自懷裡掏出一支金光閃閃的金戈。

他看了看手中金戈，道：「你拿去吧！」

滅神島主伸手接了過來，看都沒看，便擲給申屠雷，道：「這你好好收著，我還有事要辦。」

金羽君問道：「你這就回島上去嗎？這次我跟你一道去。」

他似是費了很大的勁，方始講出這句話來。

誰知滅神島主竟然發狂似地笑了起來。

她的笑聲有如銀鈴，直笑得如同花枝亂顫。

第十六章　金羽漫天

石砥中見到這情景，不由愕然地望著金羽君。

隨即，他大喝一聲道：「住口！」

滅神島主似是沒想到有人會敢在她面前大聲喝叱，她的笑聲立時止住。

石砥中指著她，怒道：「你以為憑你是滅神島主，就可以任意侮辱人嗎？儘管你美麗得如同天仙，但你卻不敢見到天日，這算得什麼？」

他正待說出自己來歷之際，突被金羽君喝住。

金羽君沉聲喝道：「你多言作什？給我滾開！」

石砥中一怔，臉色倏變，一時間竟氣得說不出話來。

滅神島主輕笑一聲道：「可笑呀，可笑。」

她的語聲一變，冷哼道：「像這種賤骨頭只能如此對他，男人就跟狗一樣，尤其他更是一條沒骨頭的狗！」

石砥中只覺怒火中燒，他大喝一聲，進步斜身，雙掌一抖，一式「將軍解甲」，片片掌影夾著沉猛的勁風劈將出去。

滅神島主上身微仰，手中竹杖斜揮，紫光一縷，疾快似電，猛朝對方劈到的雙掌捲去。

石砥中身形微挫，雙掌下移數寸，原式不變地朝對方腰部劈去。

滅神島主輕哼一聲，竹杖掠起一個小弧，自對方雙掌空隙裡擊出，杖風颼颼，一彈一震，截住對方雙掌。

「啪！」的一響，石砥中掌心一麻，已被竹杖擊中。

他悶哼一聲，雙手一握竹杖，用力一抖，渾身內勁逼出，急撞過去。

滅神島主沒有想到石砥中會有如此強勁的內力，身形一頓，竹杖幾乎自手中失去。

她那潔白的玉手霎時泛起一層淺紅色，渾身內力自竹杖上急傳過去。

「嗡！」一陣輕響，竹杖顫動，被雙方勁道逼得成了弓形。

滅神島主腳下一移，疾進兩步，輕哼一聲，手腕振起，欲待拋開對方。

石砥中蹬蹬連退兩步，腳印深陷泥中，臉孔漲得通紅，但是十指卻依然如鉤，緊緊抓住紫竹杖沒有放鬆。

滅神島主面上紗巾一陣拂動，顯然很驚詫於對方竟有如此深厚的內力。在場中的每一個人，也都駭然地注視著石砥中。

他們都是武林中成名的高手，深知滅神島主武功怪絕，內力深厚，而這一下顯然已經盡了全力，卻仍然無奈一個年僅二十的年輕人如何！

這等較量內力的硬拚之法，是絲毫不能勉強的，稍一放鬆便會內臟震裂而死，眼前這個年輕人卻能與滅神島主一較高低，這怎不使得他們大大的震驚？

石砥中深吸口氣，體內真氣源源不息，左掌一鬆，斜舉而起，迅如電掣地劈去。

誰知他手腕方一舉起，便被疾伸而來的手掌握住。

金羽君沉聲道：「年輕人！不要多管我的事。」

石砥中手腕被執，經脈一麻，全身立時酸軟無力。

金羽君振臂一拋，將石砥中整個身軀拋向半空，左袖一揮，擋住了滅神島主的竹杖一擊。

石砥中不及提防之下被捉住脈腕，心中急怒交加，此刻手腕一鬆，身子已被拋在空中。

他清吟一聲，曲膝躬身，身子斜斜兜了個大弧，如電閃星移般地自空中飛擊而來，朝金羽君撲去。

金羽君頷下三柳長髯，無風拂起，雙眉一軒，目射精光，右掌一立，微仰上身，左袖迴轉，拍出一道勁力，隨著右掌急劈而去。

勁風旋激，迎著石砥中急撲而下的身形，「啪啪！」兩聲大響，石砥中身形飄起丈許，落在東方萍身旁。

金羽君身軀微晃，依然站定了腳步，他低頭望了望自己陷入地中的腳背，自言自語道：「崑崙何時出了這個好手？」

他嘆了一口氣，暗自悽然忖道：「唉！我老了……。」

他臉上落寞的神情，滅神島主看得十分清楚，她移動眼光，凝視著石砥中。

當她看到東方萍拉住石砥中的手臂，不讓他躍過來時，她冷哼一聲，迅速地轉回自己的目光。

在她手裡的竹杖尖端，清楚印著十個指印，好似被火烙一般，有著焦灼的痕跡。

剎那之間，她整個思緒都為之凍結，只有一個念頭在腦海中盤桓。

她思忖道：「他已經溝通天地之橋，內力凝聚的真火都已經能夠發出，否則我這採自南海、堅逾鋼鐵的紫檀竹，不會被真火燒灼……。」

她悚然一驚，忖道：「那麼他已經看透我的面紗！」

她側目一看，只見石砥中正以驚詫的目光望著自己，那斜軒的劍眉微微皺著，似乎在想著什麼心事一樣，而東方萍卻緊靠著他，臉上露出了淡淡的笑容。

滅神島主冷嗤一聲道：「你也是個賤種，像這種賤骨頭的事，根本不需別人多管的……。」

她的語氣冷峭，罵得金羽君臉色大變，沉聲問道：「你罵誰？」

滅神島主哼了聲道：「就是說你，你就是賤骨頭！」

申屠雷哈哈大笑，接著，那十個黃袍劍士也都一同笑了起來。

剎那之間，笑聲迴盪著……。

金羽君怒吼一聲，雙臂一振，金光閃耀，片片羽毛旋轉翔空飛散。

石砥中只見金羽君發出一蓬金色羽毛，竟然好像都長著眼睛，旋轉飛舞，疾迅如電，射向那些人身上，卻不落向自己。

金羽君的羽毛疾如電閃，似燈花爆蕊，十五點光芒一閃，便分散開去。

霎時之間，那十個黃袍劍士竟一齊嗥叫一聲，跌倒地下。

申屠雷眼見金羽飛出，方始想到自己所嘲笑的乃是天下暗器的宗師，以絕門暗器「淬毒金羽」躋身武林三君之中的金羽君。

他的笑聲凝住了，身形一挫，閃躍出八尺之外，避開射向自己的二片金羽。

誰知他身形竄出，那二片金羽滴溜溜一轉，隨著他落身之處射到，急速有如附骨之蛆，不容他有喘氣的機會。

他心中一驚，這才相信江湖上傳言金羽君的金羽會隨著人身轉動的風旋而射到，所言不虛。

但是此刻已不容他再多加考慮，他悶哼一聲，雙掌急劈而出。

掌風翻滾，金羽急旋，那尖刃竟因尾部羽毛的旋動，而穿過他劈出的掌風，向他咽喉射到。

申屠雷挫身一移，左掌平貼胸部，右手一抖，兩個圓環疾如流星射出，迎向落下的金羽。

雙環似網，交射互出，正好穿過金羽，切截尖刃之上。

「鏗鏘！」兩聲，金羽被擊發出兩點火花，落在地上。

申屠雷喘了一口氣，抬起頭來，只見自己帶來的十個侍衛都是喉部出血，插著一根金羽而死的。

那三個藏僧胸前掛著的佛珠串，此刻也被金羽君發出的金羽打落，散得一地的佛珠。

他們滿臉驚怒，圓睜大眼，盯住金羽君。

金羽君全身彷彿發出一股懾人的神威，目中射出的凜然神光，彷彿穿透了人的心肺一樣。

他冷哼一聲道：「我還沒把功夫放下吧！儘管十年前我被迫離開滅神島時，曾被你暗中下毒。」

他眼中閃過一線黯然之色，隨即斂去，聲音轉為硬朗道：「我唐門暗器功夫天下無敵，淬毒暗器多如黃河之沙，固然弄毒方面不如千毒郎君，但區區鶴頂紅混雜著綠蟥血是不會毒倒我的，你知道嗎？你的臉上將會有著無數的皺紋，你到現在已經喪失了你的花容月貌，你已不能再蠱惑天下男人了。」

他激動地高聲呼叫，目中射出狠毒的神色，死盯著滅神島主。

石砥中微皺著眉，他左手握緊了東方萍伸來的右手，輕聲道：「你不要怕，他這是心情過於激動所致！」

東方萍詫異地問道：「他為什麼會這樣顛倒？一會兒那樣，一會兒這樣，好像發瘋一樣。」

石砥中道：「他和滅神島主定有一番恩怨，所以這次申屠雷會將滅神島主請來中原，但我一直弄不清金羽君怎麼也會有一支金戈……。」

東方萍詫異地問道：「怎麼？這金戈有很多支？」

石砥中道：「據我所知，一共有四支假的，一支真的。」

東方萍問道：「這金戈只不過是金子鑄成的，也值不了多少錢，他們會為了這支金戈，老遠地把滅神島主請來，而且可能還用東西來交換，難道金戈上刻了什麼秘笈之類的字？」

石砥中道：「這金戈上的確是刻著一些符文，但不是什麼秘笈，而是關於大漠裡一個鵬城的秘密。」

石砥中握緊了她的手，微笑地道：「這是說在大漠深處，有一神秘古城……。」

他的話聲被一陣高昂的笑聲所打斷，隨著他目光的移轉，看到了滅神島主揭開面紗的面容。

滅神島主道：「你可知道大內珍藏的紫色玉芝和千年雪蓮葉？天上人間，惟有這兩種藥物能使女人花容保持永遠青春，現在你可看到我臉上有沒有皺紋？」

她嬌笑如花，玉面泛紅，櫻唇微綻，目中發射出一股冶豔的光芒。

隨著話聲，她嬝嬝地扭動纖細的腰肢嬝嬝婷婷地向著金羽君行去。

金羽君目瞪口呆，他臉上肌肉抽動著，目中射出一股驚訝混雜著慾望的神色，似乎要撲上去一樣。

而在場中的那三個藏僧，此刻也是圓睜雙眼，發狂似地死盯著滅神島主。

金羽君嘴唇嚅動著，喃喃地道：「青媛，青媛……。」

滅神島主輕笑盈盈，巧目顧盼，有若粉蝶翩翩，很快便躍進金羽君懷中。

金羽君歡呼一聲，張開雙臂，將她摟在懷裡。

石砥中看到這種情景，愣了一下，但他卻突地想到一件事，大叫道：「且慢！」

隨著他身形的躍去，滅神島主冷笑一聲，手中竹杖揮起，紫芒倒瀉，點點星光溢出。

疾如電掣，已點住金羽君胸前六大要穴。

她冷哼一聲道：「去吧！」

玉掌交疊，掌力如潮，擊在金羽君胸前，頓時將他那龐大的身形擊得倒飛出去。

石砥中右臂一揚，將金羽君自空中墜落下來的身軀接住。

他一看之下，已見金羽君雙目緊閉，嘴角沁出血跡，略一忖量，便知金羽君內臟已全被摧壞。

他想到一個身懷如此絕藝的人，會如此輕易地被暗算，心中著實一驚。

但是當他看到場中各人隨著滅神島主目光流轉，而顯出的焦躁不安的模樣，他大叫道：「咄！你在練什麼妖術？」

滅神島主輕笑一聲，玉體輕旋，向他走了過來，露出雪白的如貝玉齒，道：「你說什麼？」

石砥中只覺眼前的倩影嫵視媚行，一股嬌柔可憐的模樣，使得他心中的怒火頓時消失無蹤。

她兩眼露出的迷人目光，使得石砥中整個心神都被吸住了。

他只覺得自己全身血液加速運行，心脈跳動加快，有了醉意的感覺。

那輕盈的倩影如凌波仙女，但是那如花的臉龐卻是那麼妖豔，微張的嘴唇，微微翕動著，紅豔欲滴。

這些嬌柔的挑逗，使得石砥中沉醉了。

他微笑著向前走了兩步，雙眼一直凝視她嫵媚的嘴角上的一抹淺笑。

終於，他將手中的金羽君扔在地上，張開雙臂撲了上去。

就在這剎那裡，東方萍清吟一聲，斜掠過來，一掌拍在石砥中頂門。

石砥中悶哼一聲，便昏倒在她的臂彎裡。

東方萍吶吶無言，雖然她想要說些什麼，卻又一時說不出來。

滅神島主眼見自己的「奼女迷神大法」就要見效，卻突地被東方萍將石砥中救去，不由大為震怒。

當她看到臉頰通紅的石砥中斜躺在東方萍懷裡時，一股酸意泛上心頭。

她目光一斜，瞥見奪命雙環和那三個高大的藏僧以及兩個道人都癡迷地望著自己時，不由一笑道：「你們說我美嗎？」

奪命雙環申屠雷咧開大嘴道：「姑娘真美……。」

滅神島主斜睨東方萍一眼，想要誇耀一番，卻看到她那純潔無邪，高貴無比的風姿，頓時她自慚地低下了頭。

但是，她又立刻抬起頭來，一掠披散的髮絲，媚笑道：「小妹妹，你好美呀！唷！你是他的什麼人，要你扶著他？」

東方萍心慌意亂，她見到滅神島主那股妖冶豔麗的神情，以及眼中露出的情慾之火，使得她更加心跳。

她臉上一紅，罵道：「不要臉的女人！」

滅神島主一扭身軀，笑道：「你還摟著一個大男人，竟會說別人？」

她嬌笑之中，紫竹杖一伸，斜挑而上，一式「紫氣東來」杖影片片，疾點東方萍脅下「期門」、「章門」、「太乙」三穴。

東方萍上身一移，急旋半弧，左掌反拍三式，擊向對方竹杖。

一股沉重的潛力將竹杖撞了開去，她怒叱道：「你再要上前一步，我就要……。」

滅神島主沒料到眼前這個純潔樸實的少女會有如此強勁的內力，心中暗暗吃驚，卻依然含笑道：「你就要怎麼樣呢？」

東方萍嚴肅地道：「我……我就要殺死你。」

滅神島主一怔，隨即笑道：「你還要殺人哪？」

她側目道：「申屠大侍衛，你說好笑不好笑？」

東方萍一睜雙眼道：「這有什麼好笑？」

她玉面肅然，卻掩不住心底的怒意，她伸手拍在石砥中背上，右掌貼在他背心，一股內力撞在他「命堂穴」上。

石砥中自迷茫中醒了過來，發覺自己依靠在東方萍懷裡，而她卻在微微發抖。

他立即想到剛才自己神志被滅神島主迷惑的情形，玉面不由一紅，趕忙掙開東方萍的懷抱。

東方萍欣然道：「你醒了，我幾乎沒想到是我自己將你的穴道閉住，我實在是嚇壞了。」

石砥中道：「他們對你怎樣？」

東方萍搖搖頭道：「我是害怕殺人，要看到血流於地，屍體橫陳……。」

滅神島主輕笑一聲，道：「聽你的口氣，任何人都會被你殺死，而你卻只害怕看見血而已，哼……。」

石砥中輕撫著東方萍的手臂，安慰地拍了兩下。

他肅容道：「她是有能力殺死任何人，只不過她過於善良，不願眼見自己滿手血腥，若非你以暗算之手段害人……。」

他沉聲道：「你不要冷笑，其實你並不是真正的滅神島主，我不想叫你橫屍於地，因為我要找的是真正的滅神島主，你回去對她說，我在月內會去滅神島的，我將要她交代清楚一件事。」

他話聲一了，見到滅神島主怔了怔，卻浮起不屑之色。

他雙眉斜飛而起道：「你們有誰自信能擋得住天龍大帝的『三劍司命』以及我石砥中的三記『般若真氣』？」

滅神島主大驚道：「她是天龍大帝之女？」

石砥中點了點頭，道：「你還有什麼懷疑？還不立即回島去！」

滅神島主輕笑一聲，道：「你憑什麼說我不是滅神島主？」

石砥中大喝一聲道：「就憑你接不了我三掌！」

他深吸口氣，全身衣衫緩緩鼓起，隨著目中神光的閃視，右掌瀟灑地一揮。

滅神島主見到石砥中嘴角微笑，臉色瑩白如玉，在陽光下顯現出奪人的神采，她不由一呆，在這剎那裡，內心深處已容納了他朗逸的神采。

隨著她的一怔，那沉重如山的氣勁，已經壓體而至。

她腳下一滑，退後六尺，竹杖拋擲在地上，雙掌略一晃動，氣功旋激。

那雪白的玉掌立時變為粉紅，似乎有著霞光射出，瀲灩流射……。

「嗤嗤——」

雙方勁道相觸，發出有如熱湯潑雪的響聲，氣勁飛旋，泥沙捲起。

「砰！」的一聲大震，如同暴雷急響，滅神島主身形一陣搖晃，立足不住，後退了數步，「哇！」地吐出一口鮮血。

她面孔嫣紅，默然拿起竹杖，擦了擦嘴角的血漬，道：「一個月內，我在島上等著你，你非來不可！」

她投過一個依戀的神色，放下面紗，輕嘆一聲，走回馬車去。

那似是木頭人一樣的車夫，一揮翠綠長杖，「咻！」的一聲急響，杖梢皮鞭掠起一個圓弧，抽在馬背上。

一聲長嘶，駿馬潑蹄而去。

車聲轔轔，留下兩道車轍，遠遠消逝在陽光下。

石砥中轉過身來，望了望那兩個道人，見到他們以驚詫的目光望著自己，他淡然一笑，道：「你們也許可以看到我所言非虛……。」

他眉頭一皺，只覺胸中氣血往上衝，心口鬱悶得幾乎說不出話來。

他心中一凜，想到剛才與滅神島主對掌之時，曾見對方手掌變為粉紅，這可能是一種邪功，而自己卻已中毒於不知不覺中。

他運氣壓下那股鬱積的悶氣，心中忖思道：「我所以要亮出天龍大帝的招牌，為的是要趁早解開金羽君的穴道，現在自己卻先受了傷，我要怎樣才能泰然離開這兒去療傷？否則再一鬧翻，萍萍她能否抵擋得住？」

他思緒飛快地轉動著，淡然一笑道：「申屠大總管，你手中所持之金戈，據在下所知，另有三柄。」

申屠雷愕然道：「你怎麼知道？難道是在天龍大帝手裡？」

石砥中搖頭道：「若是在他手裡，我還會跟你講嗎？現在我知道宮中必然需要從這金戈上解得大漠鵬城之秘，所以藏土布達拉宮才會派人來。」

申屠雷神色一變，道：「你到底是誰？怎麼知道的這麼多？」

石砥中自地上扶起金羽君，嘬脣一呼，紅馬縱蹄而來。

他微笑道：「據我所知，幽靈大帝之子握有一柄金戈，其他則由千毒郎君和上官夫人所持有……。」

他將金羽君放在馬背上，自己躍上馬。

申屠雷只覺眼前少年神秘無比，竟然與天下武林中頂尖的幾個人都認識，而本身武功則又博又雜，似乎各門各派都與之有牽連。

他上前兩步道：「且慢，你到底是誰？莫非幽靈太子就是你？」

石砥中朗笑一聲，道：「我石砥中是一派掌門，豈會有說謊之理。」

「你們不要再上前一步，否則要你們見識一下三劍司命之技……。」

他臉色泛紅，再也抑止不住上滾的氣血，嘴唇一張，吐出一口鮮血來。

東方萍驚叫道：「你怎麼啦？」

石砥中伸手一拉東方萍躍上馬，一抖轠繩，紅馬橫空騰起，躍出數丈。

長嘶聲裡，如天馬行空，飛馳而去。

申屠雷氣得大叫一聲，追趕而去。

霎時，人影飛騰，很快便消逝在秋風斜陽裡……。

第十七章　紅火綠漪

薄暮冥冥，夜的輕紗早已灑下，涼風柔和地越過枯葉，帶來一股淡淡的清香。

在一個小山崗下，幾株脫落了樹葉的老樹，枯瘦的樹枝高高伸入天空。

一彎眉月掛在樹枝上，穹空浮著幾片薄雲，使得秋天的夜裡，顯得格外的淒涼。

樹梢輕輕抖動，搖曳的樹影投射在一幢小屋頂上。

夜風捲起幾片枯葉，飄進那敞開的窗戶，落在屋子裡。

一燈熒然，清寂無聲。

燈光照著石砥中盤膝坐在床上，而在另外一張榻上，躺著金羽君。

窗前明月如霜，流洩著清瑩的玉芒。

東方萍倚著窗櫺，雙手支著下頤，雙眼凝望著窗外，任憑月光遍灑在她的髮上也沒有動一下，似是沉浸在冥想中。

好久，燈光綻起一個璀璨的光束，搖曳的燈光使得壁上人影不住地搖動。石砥中自空寂的趺坐中醒了過來，在他頭頂凝聚的一層白濛濛的似霧氣體也散了開去。

他吁了口氣，雙手一伸，自床上跳了下來。

東方萍緩緩回過頭，問道：「你好了？」

石砥中點點頭，道：「這番打坐，全身已沒有不舒服的地方，不過，我很奇怪，以佛門『般若真氣』仍然會被那女人的掌力所傷，這真使我有點不敢相信。」

東方萍詫異地道：「你怎麼能一口認定她不是滅神島主？」

石砥中思忖一下，望著她的眼睛，緩聲道：「我出身於天山，而現在天山一派卻整個自江湖絕跡，這都是由於滅神島主所傷……。」

他輕嘆一口氣道：「當年我師祖曾去滅神島，結果未曾回來，他所帶走的本門一些練功秘典，也都沒能重回天山，以致本門迅速地沒落下去了。現在我爹還留在島上沒回來，他就是為了探尋師祖下落而去的。」

他閉上眼睛，緩聲道：「我師祖中年時，滅神島主便已能施展色相迷惑人，到現在已四十多年，她豈有不會衰老之理？」

東方萍道：「據你這麼說，她至少該有六十歲了，當然不會那麼漂亮！」

石砥中點頭道：「所以，我不相信那女人是真正的滅神島主，儘管她自己自稱是滅神島主。」

東方萍道：「但是金羽君卻是在十年前就認識她，而現在他自己也承認她是真正的滅神島主呀！否則他也不會被暗算了！」

石砥中沉吟一下道：「我想這可能是金羽君一時的錯覺所致，他的神經似乎有點不正常，或許那女人是滅神島主之女也說不定，這一切等到他醒來後，便可以知道了。」

東方萍道：「我爹煉製的藥丸一向都很靈的，剛才他服下三顆之多，經脈已經被你解開，我想是沒有什麼問題的。」

石砥中微微點了點頭，伸出手去輕撫著東方萍的玉手。

他的嘴角掛起一抹微笑道：「你的手任何時候都是清涼的，清瑩如玉，就似那映進窗內的淡淡月光。」

東方萍默然，隨著月光的移轉，輕聲道：「今夜月色真好，秋色濃郁，夜涼似水。」

她抬起頭來，欣然道：「我在天龍谷裡從未能領略到這種深秋的情調，儘管我曾看到書上記載的秋天是淒涼而蕭瑟，但是我卻覺得秋天最富詩意。」

石砥中看著她那聖潔無邪的臉上洋溢著一片幸福的光輝，暗自忖道：「她是一個沒有經過任何風浪、任何挫折的女孩，只是沉醉於甜美的夢幻裡，唉！天龍大帝的女兒卻畏懼血腥，而我卻有那麼多的事未了，整日奔波於江湖中，要怎樣才能不傷害到她呢？」

東方萍道：「你可願陪我去看看月光？」

石砥中自沉思中醒來，問道：「你是說到外面去看月亮？」

他站了起來，一掌將燈火撲滅，順手在床頭拿起一件斗篷，加在東方萍身上，道：「深秋到底涼意濃了，你要添點衣裳，眼看著冬天就要來到，大雪繽紛的時候，才想到加添衣物，就會讓人笑話了。」

東方萍點頭道：「你也該加衣裳了，等明天到了大同縣城裡，多買幾件棉襖。」

他們走到窗口，石砥中道：「就從這裡出去？」

東方萍一笑頷首道：「就轉個兩圈便回來，還要到前面喚醒夥計開門，豈不太麻煩了？」

石砥中回顧睡著的金羽君，道：「他怎麼辦呢？不要醒了過來，找不著我們。」

東方萍掠了下垂在額上的一綹髮絲，道：「這倒不用擔心，他已經被我點中睡穴，非到破曉是不會醒的。」

他們躍出窗外，輕輕將窗子關上。踏著落在地上的枯葉，在簌簌的輕響裡，往郊外行去。

× × ×

月色如霜，灑在地上。

秋蟲唧唧裡，夜風自山谷掠來。

遠處的小山，在月色下，投射出一個龐大的黑影，流螢數點閃爍著微弱的光芒，順著夜風飄行在空中。

露水沾溼了鞋子，有了清沁的涼意。

東方萍深吸口氣道：「好清涼的氣息！摻雜著落葉的淡淡幽香。」

「過了這個山，就是大同府城。」

東方萍欣然道：「那麼在山上就可以看到那燈火萬點、閃爍明暗的夜景？走！我們到那裡去看看。」

石砥中仰首望了望穹空，道：「現在都快三更了，還是回去吧！」

東方萍一撅嘴道；「我要去看看，你要回去儘管先回去好了。」

石砥中還沒回答，東方萍已如夜鳥展翅，飄身掠空飛躍而去。

夜風中傳來她的笑聲道：「看誰先到那邊山頭上。」

石砥中輕罵一聲，道：「真是淘氣的丫頭。」

他一提氣，雙臂一振，橫空飛掠而起，身形一閃，已躍出六丈之外。

他清嘯一聲，回空盤旋一匝，急瀉而去，轉眼便追上東方萍。

他猿臂一伸，將東方萍手臂扣住道：「你要往哪裡跑。」

東方萍悄然一笑，身軀一旋，柔軟似風中之柳，飄然而去，在夜色中撲往山頂。

石砥中眼見自己手指已經扣住東方萍手臂，豈料她略一掙動，便已如泥鰍般滑走。

他一招落空，弓身激射，如疾矢穿雲，眨眼之間，便飛躍出數丈開外，直如御風飛行，流星掠空。

東方萍只聽耳邊風聲一響，人影倏閃，石砥中已越過自己，躍登山頂。

她一愣之下，立即大喜道：「對了，對了！」

石砥中伸出手來，接住東方萍凌空躍下的身軀，笑著問道：「你說什麼對了？」

東方萍沒有作聲，凝眸望著他的臉龐。

星光點點，月星流瀉。

他臉上輪廓分明，肌膚彷彿透出一層油質發亮的瑩光，秋風拂起他的衣袂，更使他飄飄似仙。

她感到一種從未有的欣慰，目光柔和地承受他望過來的眼波。

她露齒一笑，一排編貝在他眼前跳動著。

他問道：「到底是什麼事？」

東方萍道：「你在谷裡曾被爹以『白玉觀音掌』所傷，那時候我很……很傷心。」

她羞怯地一笑，繼續道：「所以我跑回宮裡，伏在床上大哭一頓，一直到了晚上，我都沒有看見爹，那時我哥哥還在山上面壁苦修，宮裡只有幾個下人，所以我愈想愈悶，直到第二天早晨還沒天亮，我跑到爹的丹房裡去，將櫃子裡和鼎爐裡的丹藥，每樣拿了兩顆出來。」

東方萍舐了一下嘴唇，讓那紅潤的櫻唇更加瀅潤。

她繼續道：「到了最後，我要出來時，看到一個錦盒裡放著一個蠟丸，在那盒上寫著『大還丹』三個字。」

石砥中道：「你有沒有拿出來？」

東方萍道：「我那時沒有多想，拿了放到錦囊裡，跑回自己房中，收拾一點東西，在天剛亮露出微曦的時分，便騎著馬從谷前奔出。」

她輕笑一聲道：「誰知遇到你時，你的傷勢已經自療好了，所以我就忘了給你，直到你遇到滅神島主，受傷之後，我方始想到那顆『大還丹』來，但是那時，我卻想不起哪顆是大還丹了，因為我爹的所有丹藥都是用同樣的蠟丸，而我拿的時候並沒有連錦盒一起拿。」

她掠了下髮絲，笑道：「所以我沒有辦法，統統拿來倒在桌子上，選出我認為是的，一共六顆丸藥，全部都灌進你的肚子裡。」

石砥中恍然道：「哦！怪不得我剛才覺得全身從所未有的舒暢。連輕功都較之昨天進展不少。」

他忖思一下道：「我原先學的是天山嫡傳的內功，走的是玄門一路，後來卻學的崑崙之藝，後來又得到當年常敗將軍之手笈，故而武藝雜亂非常，雖然我每次遇見的都是武林中高手，卻從未如遇見令尊時如此慘敗過。」

他搖搖頭道：「僅一招而已，我便受傷了。」

東方萍不知道他要說些什麼，但聽他說的很是黯然，歉然地笑了笑，捏緊一點他的手。

石砥中繼續說道：「現在若遇見令尊，我大概可支持到十招開外，然而我碰到幽靈太子西門錡所擺的那奇門怪陣，仍然不能支持到三十招，所以，我想到一件重要的事……。」

他頓了一下道：「我的傷是在那陣中所傷，怪不得我的『天樞穴』中老有一股鬱寒之氣，前日碰見滅神島那女人時，我才會猝然之間中了她的迷惑，本來我修習玄門內功，是不會如此容易受到迷惑的。」

他嚴肅地道：「所以我認為幽靈大帝所訓練的那些像是死人一樣的玄衣騎士，是武林中的一大危機，如果他要對令尊有所不善時，恐怕令尊會孤掌難鳴。」

東方萍啊了一聲，道：「怪不得我看到那些死人般的蒙面騎士會覺得心裡有一股寒意，感到他們和一般人不同，非常詭異而神秘，嗯！看到爹時，我會告訴他的。」

她眨了眨眼睛，沉思一下道：「不過，我爹最近也曾跟我說，他為了防備幽靈大帝會不服他老人家的名頭較響，可能會有一天撕開面子，所以他老人家專門修練一種叫『天龍大法』的奇功！」

石砥中看到靠西邊有塊巨大的青石，說道：「我們到那兒坐著好吧？」

東方萍點了點頭，和石砥中一同坐在石上，俯視遠處大同府城裡萬家燈火，仰觀蒼穹星火燦爛。

清涼的夜風帶來陣陣唧唧的蟲聲，時隱時現的傳入耳中。

這真是一個寧靜的夜，溫柔的夜……。

石砥中深吸一口氣道：「你剛才說令尊練的什麼『天龍大法』，到底是怎樣呢？」

東方萍搖搖頭道：「這個我也不知道，實在我也懶得管那麼多的事。」

她羞怯地笑了笑道：「我實在對練武沒有什麼興趣，我怕見到血。」

石砥中輕輕拍了拍她的手，沒有說什麼。

星光璀璨，明月秋風，眼前一片寂靜。

東方萍盈盈的流波，投射在石砥中的臉上，石砥中也溫柔地凝視著她。

沒有任何隔閡，目光纏結，深深的情意自目中射出。

良久，兩人相視一笑。

就在這溫馨的時刻，一聲慘叫突地劃破寧靜的夜，尖銳地刺進他們耳中。

東方萍悚然一驚，道：「這是什麼叫聲？」

石砥中站了起來，道：「有人被殺了，我們去看看！」

他一拉東方萍，朝山右枯林裡躍去。

× × ×

夜風之中，有如兩隻夜鳥翔空掠過，剎那間便來到枯林之後。

林中枯葉片片堆積，踏在上面簌簌作響。

月光自稀疏的樹枝間透了過來，投映在地上，細碎的光影滿地都是。

石砥中曾在崑崙絕頂的水火同源「風雷洞」裡瞑坐三日三夜，練成了黑夜中視物之能，故而此刻他一眼望去，藉著微弱的月光，看得清晰無比。

在樹根旁，樹枝堆積，雜草叢生，黃白的草根蔓延開去，如同一床氈子一樣。

在那草堆上，一個黑衣短裝的漢子，滿身是血的伏在地上。

他的右臂已被斬斷，左手高高伸在空中，五指不停顫抖，想要抓住樹枝，卻沒能抓到。

那痛苦的臉上，滿布汗珠，肌肉抽搐著，凝結成一種極其恐怖的表情，目光呆滯地望著樹幹，絕望而痛苦。

石砥中悚然心驚，他伸出手去抓住那人左手，將他翻轉身來。

「你……你……？」

石砥中見那人肚子上一條長約六寸許的傷痕，長長的自胸前直到小腹，血水汩汩流出，沾溼了整個衣衫。

他全身一陣寒凜，道：「我是石砥中，是誰將你殺成這樣？」

那人呻吟一聲，喘著氣道：「我……峨嵋……海南……崎……。」

石砥中只覺那人五指一鬆，一口氣呼出便悄無聲息了，他一摸那人額角，只摸得一手冷汗。

他猛然站了起來，一拉東方萍道：「走！海南島又有人來了。」

他凝神靜聽，果然在右側傳來了喝叱之聲，隨著夜風飄散開去。

東方萍問道：「怎麼回事？」

石砥中道：「剛才是峨嵋弟子，他好像是被海南派人所殺，好殘忍的手段！」

他提氣躍起，向右側飛撲而去。

東方萍隨著石砥中，躍向那一叢高及人膝的蔓草縱去。

夜風颯颯，冷月斜掛。

她悚然道：「這是什麼地方？」

石砥中見到石碑矗立，亂墳個個在荒草裡，冷清而淒涼。

他輕聲道：「這是墳場，不要怕。」

墳地旁一大塊空地，黃土露出在細碎的亂石下，此刻正有幾個人影在閃動著。

劍影翻騰，光華爍爍，不時雙劍相交，發出輕脆的聲響。

石砥中拉著東方萍的手，低伏在蔓草旁。

他輕聲道：「那右邊一個好像是海南一派的劍手，而左邊那個沉穩如山，劍輻闊大，好像不是走的中原路子。」

東方萍頷首道：「嗯！這兩個人劍法各有所長，不過那海南島來的那個，好像還沒盡到全力一樣……。」

她輕笑一聲道：「我是胡亂瞎猜的，你可不要笑我。」

石砥中道：「你說得沒錯，那左首的也是沒盡到全力，不過他們功力高強，劍法也很不錯，所以掩飾得很好。」

他詫異地道：「咦！他們為什麼要裝成這樣呢？我倒想要弄清楚！」

他略一忖思，便拉著東方萍，向叢生的亂草堆裡蹲行而去。

來到一塊大石後，他們伏在石上，自草叢間隙裡向外望去。

他們距那塊空曠的黃土地已不足五丈，故而可清晰地看到場中的情形。

在那裡有兩個臉色陰沉的中年漢子分別站在兩旁，場中兩個人都是一身短裝打扮，只不過左首那個較矮胖的漢子，身披一件羊毛皮襖，手持的寶劍也較短較厚，顯然是特別鑄製的。

他們行動如風，快捷的劍術，在夜色中發出閃動的光芒，時而雙劍反擊，

「鏘啷！」聲裡，綻出數點火光。

石砥中疑慮地忖道：「他們雖然裝成這樣子，但是卻好像瞞不住另外兩個中年漢子，難道他們是互相串通，要用來欺騙別人？」

他雙眼朝亂墳旁的矮林望去，卻又沒瞧見什麼，再把目光一轉，果然瞥見幾個人影躲在墳堆中的亂石碑後，正往場中窺視著。

他冷哼一聲，忖道：「我到要看你們到底弄的什麼鬼！」

他正在忖思之際，那矮胖的人大喝一聲，劍光倏閃，身如車輪一轉，已將與他對手之人手中長劍擊出，他左掌順勢急拍，只聽一聲慘叫，那高瘦的漢子身形飛起，摔落地上。

那矮胖漢子朗聲大笑，正待低頭自地上撿取什麼，卻不料那個中年漢子已悄無聲息地躍身而上，雙掌一抖，朝他劈下。

那矮胖漢子悶哼一聲，一個翻滾，向旁邊竄出數尺，劍刃一豎，封在胸前。

那中年漢子身如電掣，冷笑聲中，已如影隨形，掠到那矮胖漢子身旁，原式不變，雙掌平推而出，朝對方兩脅拍出。

那矮胖漢子劍刃一撩，幻起片片劍影，遍灑而出。

誰知他劍方擊出，那中年漢子已身形一斜，左掌劃一半弧，右手已不知何時掣出一柄長二尺餘的短劍，揮舞之間，已封住對方擊出的劍式。

那矮胖漢子大驚之下，未及躲開，已被對方左掌擊中胸前，慘叫一聲，頹然倒地。

這中年漢子身形還沒轉過來，他背後一聲吆喝道：「你且慢高興，哼！有我崎石島無情劍何平在此，你還想得到『綠漪寶劍』嗎？」

這中年漢子狂吼一聲，上身一伏，右腿踢出，疾如閃電，猛往何平小腹踢去。

何平冷笑一聲，身形飄起五丈，右手長劍毫不遲緩地往下一送。

「啊——」

那中年漢子慘叫一聲，身子一顫，仆倒地上不再動彈了。

何平哈哈一笑，拔出手中長劍，俯下身去，在地上撿起一柄短劍和一個鐵盒。

他將自己長劍插回劍鞘，拔出那支短劍，細細端詳一下，自言自語道：「這果然是柄好劍！」

石砥中藏身在石後，見到那自稱來自崎石島的無情劍何平手中所持的短劍，發出綠油油的一層光芒，略一揮動便是綠芒跳躍，霞光瀲灩。

東方萍輕輕拉著他的袖子道：「喂！那柄劍真好，我很喜歡。」

石砥中笑道：「你想要那柄劍？好！等會讓我去搶來給你，做個大強盜也無妨。」

東方萍一嘟小嘴，在石砥中肩上打了一下，道：「你敢調笑我，我……。」

石砥中噓了一聲道：「不要講話，看好戲！」

敢情那何平得意的一笑，方待躍走時，突地石碑後躍出了五條人影，將他團團圍住。

何平驚愕地道：「你們是誰？」

「峨嵋悶心劍桂宏！」

一個瘦削如猴的漢子大喝一聲，身隨劍走，朝何平點到，劍虹一閃，光華立即將何平圈住。

何平左手捧著鐵盒，右手持著綠漪劍，劍芒翻動，綠濛濛的流光，顫起了一個大圓弧。

「嗆！」的一聲輕響，桂宏手中長劍斷為三截，嚇得他連忙躍了開去。

「好劍！」

何平狂笑一聲，說道：「你們都是峨嵋派的！」

一個星目朗逸、淨白臉龐的年輕道士打了個稽首道：「貧道武當清靈。」

在他左首的一個和尚咧嘴一笑道：「貧僧少林淨緣，尚請施主施捨一二！」

何平哈哈笑道：「果然你們是被派來保護這『綠漪寶劍』和『紅火寶戒』的，嘿！中原各大門派何時又當了皇帝的保鏢？」

他目中神光四射，但是很快地便隱去。

這時，另一個年輕人冷冷道：「閣下大可不必這麼猖狂，崎石島也不見得有何了不起……。」

何平喝道：「你是誰？」

這年輕人哼了一聲道：「本人點蒼棲霞子！」

何平怒道：「好狂妄的無知小子，你知道我是誰？」

棲霞子腳下一移，拔劍出鞘，劍尖一抖，「嗡嗡！」聲裡，三朵劍花飛起，往何平手中鐵盒挑去。

他這拔劍、移身、擊出之勢，快如電光，只聽「嗤！」的一聲，已在鐵盒上刺穿一個孔。

何平狂笑一聲，沒見他怎樣作勢，綠漪點點，如同綠波流洩，已將棲霞子長劍封住。

棲霞子臉色一變，收劍斜擊，劍尖指處，點向何平胸前「血倉」、「鎖心」兩穴，劍式迅捷滑溜，詭奇莫測。

何平微訝道：「嘿！怪不得這麼猖狂，果然有兩手！」

他劍旋身轉，平空湧起一道綠屏護住胸前，綠霞閃爍，一點流光射出。

「嗆！」棲霞子長劍斷為兩截，滿頭長髮倒灑而下。

何平手中的綠漪劍倏繞，光影乍現即隱，便聽棲霞子悶哼一聲，跌倒地上。

他胸前一道劍痕，鮮血沾滿了他全身，頭上髮絲披在臉上，形如鬼魅一般。

第十八章　天雷轟頂

何平劍一出手，在一個照面之下便將對方長劍削斷，劍式轉動，眼見棲霞子便喪身劍下。

突地在他背後的一個長身玉立的年輕人，朗吟一聲，猱身躍上，劍芒乍射，疾勁的劍風「嗤！」的一聲，朝他背心射到。

何平身子一窒，猛地一吼，回身一劍劃出。

但是他的身子方始轉了過來，那年輕漢子身如飛絮，飄了起來，劍行偏鋒，靈巧地往下一削。

何平一劍撩空，頭上劍風已現，他急忙低身弓背，右手一勾，劍芒繞空劃出，欲待將對方長劍削斷。

然而那年輕漢子飄在空中的身形卻陡然上升五尺，只見他輕吟一聲，回空一折，旋了一匝，落在五丈開外。

何平臉色一沉，喝道：「你是崑崙弟子？」

那年輕漢子傲然道：「不錯，在下崑崙回空一劍墨羽，我看你劍路所行，並非崎石一脈，你為何要冒崎石島之名？而且還劫了大內送給幽靈大帝之寶物？」

何平哈哈一笑道：「果然你還有點眼力。」

他的臉色陡然變得陰沉無比，道：「凡是幽靈大帝之事，便與我有關，尤其你們以名門正派自詡，卻替大內宮中效勞，這也是我所要管的。」

他陰陰一笑道：「所以你們今天將要死了。」

武當清靈道人道：「檀樾以暗算手法殺害峨嵋劉師兄、華山鏡明道兄，現在該是與檀樾清結的時候了。」

峨嵋悶心劍桂宏大喝一聲，道：「還我兄弟命來！」

他身形一晃，雙掌劈出一道狂飆，向何平撞去。

清靈道人一挺長劍，悄無聲息地朝何平背心刺去，劍式快捷如電。

少林淨緣和尚一摸光頭，朝墨羽望了一眼道：「怎麼？咱們上吧！否則丟失了『紅火寶戒』，誰受得了？」

他一撩袍角，自脅下抄出一柄方便鏟，揮出一片烏光，朝何平擊去。

回空一劍墨羽猶疑了一下，也騰身躍起，加入戰陣。

他們四人各以本門絕藝繞著何平，光影層層，霎時便逼得何平沒有還手之力。

在這邊伏著的東方萍輕皺眉毛，悄聲道：「這些人怎麼如此不顧羞恥，圍攻一個人？」

石砥中道：「我也不知道他們怎會與大內有勾結？而且替他們護送東西給幽靈大帝，嗯！這柄劍我是要定了！」

他劍眉一皺道：「這回空一劍墨羽不知是哪位師兄的徒弟？竟然替宮廷作走狗，破壞崑崙名聲。我該查明了找掌門師兄依門規處置。」

此刻那自稱何平之人雖被困住不能動彈，卻毫無慌張之態，他左手托著鐵盒，右手綠漪劍發出一層光圈護住自己。

他哈哈一陣大笑，道：「第十六招，第十七招……。」

淨緣和尚怒喝道：「你笑什麼？」

他手中方便鏟一緊，一記「韋駄伏魔」掃出，自對方劍圈穿過，「啪！」的一響，擊中何平手中拿的鐵盒上。

何平手中一麻，鐵盒已落在地上，他大叫一聲道：

「雷響四方。」

突地那倒臥地上的矮胖漢子聞聲跳了起來，大喝道：

「雷吟八日。」

他喝聲如雷，震得草木都簌簌作響。

話聲一了，那背心中劍的中年漢子陡然躍起，大喝道：

「雷鳴九霄。」

那胸前中一掌、仆倒地上的瘦削漢子也一躍而起，喝道：

「雷嘯萬物！」

夜空中如同響起幾個霹靂，回聲向四外傳來，懾人心魂。

清靈道人臉色一變，道：「不好，這是四大神通！」

雷響手持綠漪劍，往下一切，卻又倏然上挑而起，一道綠芒迅捷射出。

就在這剎那間，雷吟、雷鳴、雷嘯三條人影一閃，各自擊出一劍。

四劍齊聚，劍風如雷，轟然一聲，清靈道人慘叫聲中，身子被劈為兩半死去。

淨緣和尚臉孔發青，整個身體都似乎已經麻木，被綠漪劍繞頰而過，沒有哼叫半聲便死去，光禿禿的頭顱飛出數丈，落在墳堆裡。

鮮血灑起，墨羽悶哼一聲，躍身騰空，脫開了四大神通的劍幕，朝這邊躍來。

這時，那倒臥地上的點蒼高手棲霞子突地飛躍而起，長劍掠空，快速毒辣地擊向空中的墨羽。

墨羽回身一劍，「龍遊蒼穹」，疊出三層劍影，擋住了棲霞子的長劍，身子飄落地上。

他罵道：「原來是你串通了害人！」

棲霞子冷哼一聲道：「綠漪劍本是我點蒼之物，豈能拱手讓人？」

他猱身擊出一劍，劍式運行點蒼「射日劍法」，一式「后羿射日」疾如電掣，朝墨羽射去。

回空一劍墨羽腿上一道劍痕，鮮血正自滴下，直痛得他發抖。

但是不容他稍有猶疑，劍刃已射到身前，他清吟一聲，回身躍起，以「雲龍八式」神妙身法，沒入夜空，朝這邊疾躍而至。

棲霞子知崑崙輕功身法天下無雙，他一劍削空，已見墨羽身在四丈開外。

他毫不猶豫，大喝一聲，舉劍一擲，長劍如流星劃空，射向墨羽。

回空一劍墨羽身上負傷，飛躍於空中，往一塊巨石後撲去，冀圖藉著亂草逃生。

點蒼棲霞子大喝一聲，長劍擲將出去，有如流星掠空而至，射向墨羽。

劍刃劃空，準確無比直向墨羽射到，眼見便將穿身而過，突地墨羽身形急墜，落在大石之後。

「噗！」的一聲，長劍穿過蔓草，插在一株樹幹上。

就在這時，悽慘的嗥叫倏然響起。

峨嵋悶心劍桂宏身形一顫，雙眼無光地呆滯著，走出兩步，便吐出一口鮮血，倒地死去。

雷響哈哈大笑道：「過癮！過癮！」

他叫道：「棲霞小道，你幹什麼？」

棲霞子應了一聲，道：「那姓墨的逃走了。」

雷吟道：「算了，他已中了我一劍，三刻之內便會毒發身死。」

棲霞子朝石砥中伏著的大石望了望，略一沉吟，便仍然向這邊走來。

石砥中剛才見到棲霞子擲劍，而墨羽身負重傷，看來是躲避不開了。

他拾起一粒小石，疾彈而出，擊中墨羽「湧泉穴」，大袖一招，便將之接住。

此刻他眼見棲霞子似要向這邊大石行來，臉上已經湧起一層殺氣。

他忖道：「似這等出賣朋友，以暗計害人的混蛋，真該將之處死！」

棲霞子依然不知石後伏著有人，他向前走了幾步，越過一叢雜木蔓草，眼見便要來到大石處。

突地雷響大笑道：「這綠漪劍真是寶物，我真捨不得交出去！」

棲霞子悚然一驚，回身躍回場中，質問道：「我們事先約好的，這劍該歸我。」

雷響望了他一眼，道：「你幾時聽說我們不守信諾？」

棲霞子哈哈笑道：「當然，貧道並非說前輩會怎麼樣，貧道的意思是說，這柄綠漪劍乃是我點蒼遺失之物！」

雷鳴一瞪眼道：「你少胡扯了，這綠漪劍明明是以前天山冷梅莊冷梅仙子之物，後來她所喜愛之女兒嫁與點蒼震天掌，所以才帶到點蒼去，你們點蒼弟子不肖，被大內搜自北京城的舊貨攤上……。」

棲霞子臉色一變，道：「但是事先我們曾經約好……。」

雷響大笑道，「當然，當然，劍一定歸你，那紅火寶戒該歸我們。」

他舉劍一削鐵盒，將鎖著的盒子樞鈕削開，然後將寶劍遞給棲霞子，道：「拿去，這是我們事先約好的！」

棲霞子大喜，接過綠漪劍和劍鞘，視若寶貝一樣的捧在手中，摸撫了一會道：「前輩們的化裝術真令人欽佩，而且適才晚輩眼見前輩劍已插入雷鳴前輩的背上。」

雷響哈哈大笑道：「這只不過是江湖騙術而已。」

他一摸臉孔，只見立時變成一個白臉無鬚的中年漢子模樣。

他說道；「這不過是人皮面具而已，沒什麼稀罕。」

他將背上長劍拔出，左手一壓劍尖，只見一柄長劍霎時縮了進去，他一拉之下，仍舊回復原來長度。

棲霞子恍然道：「啊！原來這劍是疊層的，裡面有機簧。」

他一笑道：「就像我胸前紮著的一個牛皮袋一樣，裡面裝滿了豬血，等到皮袋一破，裡面的血就流滿一身，前輩真是天才也！」

雷鳴斜了他一眼，沒有說什麼，俯身拾起鐵盒，道：「這裡面裝的真是那祛毒防寒的紅火寶戒？」

棲霞子道：「清宮大內供奉的白塔大師，自宮中庫藏裡找出這兩樣寶物，曾書函少林掌門百衲大師，囑之約定各派高手選送幽靈大帝，換回七派共立的『雁翎權杖』，我想不會是假的。」

雷鳴瞪了棲霞子一眼，道：「你好像很多嘴？否則何必說得這麼多？」

雷吟冷哼一聲，道：「我們與幽靈大帝有仇，急需取得紅火寶戒，以防備他的『幽靈巨掌』，你又怎麼敢惹他？」

棲霞子愕然道：「這點在下倒沒細想，不過幽靈大帝遠處青海海心山，在下將設法逃過他的追緝。」

雷鳴皺眉道：「你們不要再嚕嗦好吧？」

他將鐵盒的蓋子掀開，待要自裡面將紅火寶戒拿出，突地「嗆！」的一響，一排短箭自鐵盒裡射出。

雷鳴一驚，右袖急展，氣勁布滿袖上，擋住自己臉孔。

「噗噗！」數聲，那排小箭一齊射在他的袖上。

他哼了一聲道：「好毒的計！」

他伸手自鐵盒裡將一個紅色的小皮盒拿了出來，高舉頭上，將皮盒蓋子打開。

一道火紅的光芒自敞開的皮盒中射出。

雷響呵呵笑道：「有了這個，便再也不怕西門熊的陰寒掌力了！」

雷嘯冷冷道：「自此之後，四大神通之名將要超過三君三島，超過天龍大帝而為武林之首。」

雷吟仰天長嘯一聲，身形飛旋，如車輪急轉，一掌疾穿而出，向棲霞子撞到。

棲霞子大驚道：「前輩，你……？」

雷嘯冷笑道：「你知道太多，不能容你活命！」

他右臂伸直，以臂作劍，斜劃而出，五指到處，全是對方要穴，直欲立即置棲霞子於死地。

棲霞子大怒道：「原來你們也不講信譽……。」

他回身擊出一掌，擋住雷吟拍到的掌風，右手還沒伸到背後將綠漪劍拔出，雷嘯五指已經襲到，逼得他狂吼一聲，右掌自上急切而出。

「啪！」的一聲，他全身一顫，跌出五尺之外。

棲霞子深吸口氣，藉勢一滾，將背後綠漪劍拔出，挺身躍起，氣憤地道：「沒想到你們會如此無恥！」

雷響手上戴著一顆火紅的大戒，冷冷一笑道：「反正現在沒有人知道，又有什麼關係？何況你也是出賣朋友的無恥之輩！」

他右手一揮，劍式運行，疾如電掣劈下。

雷吟冷哼一聲自旁邊兜轉過來，雷鳴持劍斜轉，雷嘯哈哈大笑連進三步，一劍穿出。

他們四劍一聚，棲霞子恐怖地大叫道：「不要布天雷轟……。」

他話聲未了，劍風如電，已被劍刃刺穿胸膛。

他慘叫一聲，右手綠漪劍一揮，朝雷吟斬下。

雷嘯怒喝一聲，斜劍一掠，劍刃切過棲霞子的右臂，頓時將之斬斷。

斷臂持著綠漪劍，飛出數尺，落在大石旁的草堆裡。

雷吟飛躍而來，欲待拾起寶劍。

突地一聲冷哼，人影一閃，一隻白皙的手已比他快了一步將綠漪劍拾起。

一股宏闊急勁的狂飆撞到，雷吟怒叫一聲，振臂反拍一掌，長劍一挑，自掌風中射出。

「啪！」一聲巨響，他左臂一麻，全身大震，忍不住退出三步，方始站穩了身子。

他心中大驚，急忙一看，只見一個星目朗逸、臉含微笑的少年，正自瀟灑地望著自己。

他怒喝道：「你是誰？」

石砥中望了一下右手所持的綠漪劍，笑道：「在下石砥中。」

雷吟臉色凝重，問道：「你來多久了？」

石砥中微笑道：「從你們假扮之時便已來了。」

雷吟怒喝一聲，劍尖一顫，弧光片片，劍浪重重，朝石砥中擊到。

石砥中眼前一花，劍風已削面而至。

他心神微凜，內力自體內湧出，劍刃一動，綠光瀲灩，平空灑出。

「嗆！嗆！」兩聲輕響，雷吟大叫一聲，翻身躍出三丈。

三截斷劍落在地上。

雷響喝問道：「老二，你怎麼啦？」

雷吟吁了一口大氣，道：「沒什麼，這小子劍路走的是當年常敗將軍一路……。」

雷嘯大喝道：「原來是公孫無忌一路，老大，布『天雷轟頂』！」

石砥中斜引一式，劍尖綠芒伸出三寸，「嗤！」的一聲，向雷嘯撞去。

雷嘯面色一變，呼道：「你是柴倫何人？」

雷響目射神光，大喝道：「不要放他跑！」

他一拽袍角，自六尺外欺身而進，一劍上挑，幻影千重，大喝道：「雷響四方！」

雷吟縱身躍上，大喝道：

「雷吟八日！」

石砥中臉色沉重，回劍護身，他只聽雷鳴大喝一聲道：

「雷鳴九霄！」

劍風乍響，如雷初起，隆隆之聲不歇。

雷嘯手挑長劍，如負千鈞，緩緩推出一劍喝道：

「雷嘯萬物！」

霎時劍風如雷，光影爍爍，轟然一聲……。

霹靂似的劍氣迸發，綠色的弧光顫出縷縷燦爛奪目的劍芒，在黑夜裡畫出一幅絢麗的圖樣。

光華乍現即隱，五道人影分了開來，周遭立時變為寂靜。

雷響急驟地喘了兩口氣道：「小子，你是柴倫的徒兒？」

石砥中擋住那似雷擊的一式，只覺有似萬鈞重錘擊在自己劍上，逼得他奮力發出自己全身之內力，聚凝於劍上，承受這沉重的一式。

他劍式劃開時，全然不知道自己竟能將真氣自劍上發出，是以劍上鋒芒倏射，便似萬點星光遍灑而出，將那四大神通共同匯合的一劍承住。

他眼見手中綠芒伸出，四截劍刃便如同朽木被摧，斷碎遍地，頓時自己也呆了一呆。

他愕愕地忖思著，不知自己何時竟能自劍中發出劍芒，這有似當日在崑崙絕頂會見七絕神君時所見到的「劍罡」之術。

他愕然地望著雷響，問道：「什麼？你說什麼？」

雷鳴氣得大吼一聲，將手中劍柄一扔，怒道：「他媽的，原來是個混小子！」

石砥中吸口氣道：「閣下說話請客氣點。」

雷響肅然收斂了暴躁的心神，陰陰道：「你可是柴倫之徒？」

石砥中微皺雙眉道：「為什麼我遇見的人都說我是七絕神君之徒呢？」

雷響哼了聲道：「天下還有誰懂得柴倫的『劍罡』之術？」

石砥中愕然道：「你說我這是劍罡？」

雷鳴陰陰道：「縱然你是柴倫之徒，你也只練成初步的劍罡，你若想在老夫面前弄鬼，哼！」

石砥中暗自忖道：「我怎會無意中學會『劍罡』？咦！我記得這乃是『將軍紀事』中所載的運集劍氣之法。」

他倏地想到一事，忖道：「那天龍大帝的『三劍司命』之術，莫非也是以氣御劍？這以意克敵、以氣御劍之法，為劍道中最高的境界啊！」

他歡喜欲狂道：「看來我已窺視堂奧了！」

雷吟冷冷望了石砥中一眼，對雷響道：「老大，你看這小子是裝假還是真瘋？」

雷響搖搖頭道：「我真搞不清這小子的虛實。」

雷嘯哼了一聲，跨前一步，左手兜一半弧，右拳自中直搗而出。

「呼！」的一聲，拳風激盪，硬生生逼開空氣，撞向石砥中背後。

石砥中此刻正因為自己無意中將劍道中最深奧的以氣御劍之術，參悟了運用之訣，心中狂喜難禁。

他知道這種一時激起的靈機，是不可能經常都記得的，所以很快地便將自己全副心靈都投入在冥思之中，儘量回憶著適才一擊時的運氣之法。

是以此刻雷嘯擊出的一拳，凌厲沉猛地襲到，他也仍未覺察出來。

雷響覷得這機會，大吼一聲，也是左掌一劃，右拳直搗而出。

剎那之間，雷鳴、雷吟兩人未及考慮，也各擊出一招「雷動萬物」，風雷大作，四道拳風如群山崩倒，聚匯一起，撞將過來。

「啊——」一聲尖銳的女聲自草叢後呼出，響在如雷的拳風中。

在雷電石火的剎那裡，石砥中左袖揚起，佛門「般若真氣」彌然湧出。

他雙眼射出駭然的神光，全身衣衫倏然隆起，劍氣綠慘，使得他臉上有一股恐怖的綠色。

一圈圈光弧迸發而出，劍氣激灩，顫出絲絲芒痕，倒灑而出。

「砰！」一聲石破天驚的巨響，拳風飛激，四外草叢簌簌聲中，齊都貼在地上。

一片黃泥倒濺空中，那碧綠的劍光一黯，隨即如長虹一道，直飛而起。

請續看《大漠鵬城》2　凌空渡虛

風雲武俠經典

大漢鵬城【一】金戈玉戟

作者：蕭瑟
發行人：陳曉林
出版所：風雲時代出版股份有限公司
地址：10576台北市民生東路五段178號7樓之3
電話：(02) 2756-0949
傳真：(02) 2765-3799
執行主編：朱墨菲
美術設計：許惠芳
業務總監：張瑋鳳

出版日期：2025年7月
版權授權：蕭瑟
ISBN：978-626-7695-02-9
風雲書網：http://www.eastbooks.com.tw
官方部落格：http://eastbooks.pixnet.net/blog
Facebook：http://www.facebook.com/h7560949
E-mail：h7560949@ms15.hinet.net
劃撥帳號：12043291
戶名：風雲時代出版股份有限公司

風雲發行所：33373桃園市龜山區公西村2鄰復興街304巷96號
電話：(03) 318-1378
傳真：(03) 318-1378
法律顧問：永然法律事務所 李永然律師
　　　　　北辰著作權事務所 蕭雄淋律師

行政院新聞局局版台業字第3595號 營利事業統一編號22759935

定價：340元

國家圖書館出版品預行編目資料

大漢鵬城／蕭瑟 著. -- 初版. -- 臺北市：風雲時代出版股份有限公司, 2025.07
冊；公分

ISBN 978-626-7695-02-9 (第1冊：平裝). --

863.57　　114003702